우리집비밀

我が家のヒミツ

우리 집 비밀

초판 1쇄 펴낸 날 2021년 4월 2일 2쇄 펴낸 날 2023년 11월 30일
지은이 오쿠다 히데오 **옮긴이** 김난주 **펴낸이** 박설림 **펴낸곳** 도서출판 재인 **디자인** 오필민디자인
등록 2003. 7. 2. 제300-2003-119 **주소** 서울시 강남구 언주로 30길 13 대림아크로텔 1812호
전화 02-571-6858 **팩스** 02-571-6857

ISBN 978-89-90982-93-3 03830   Copyright ⓒ 재인, 2021 Printed in Korea.

책값은 뒤표지에 표시되어 있습니다. 잘못된 책은 바꿔 드립니다.

우리집비밀 오쿠다 히데오

김난주 옮김

재인

차례

충치와 피아니스트

오전에 맨 처음 걸려 온 전화에서 그 환자는 "어제저녁부터 사랑니가 아파서 견디기 어려운데 지금 가도 될까요?"라고 고통스러운 목소리로 호소했다.

그린 치과는 예약제라서 오늘은 오후 2시가 넘어야 진료가 가능하다고 대답하자 상대방은 "그럼 그때 가겠습니다."라고 말했다.

진료 대기자 명단에 올리려고 "성함이 어떻게 되세요?"라고 물었다.

"오니시 후미오라고 합니다."

그 말을 듣는 순간 아쓰미는 멈칫했다. 설마. 동명이인이겠지.

하지만 2시 5분 전에 나타난 환자는 피아니스트 오니시 후미오, 바로 그 사람이었다. 아쓰미는 몇 년 전부터 그의 팬이다. 세상에, 어떻게 이런 일이. 아쓰미는 흥분해서 하마터면 팬이라고 말할 뻔했지만, 가까스로 그 말을 삼키고 시치미를 뚝 뗀 채 접수를 마쳤다.

서른한 살인 고마쓰자키 아쓰미는 도쿄 히로오에 있는 치과에서 사무원으로 일한다. 치과 의사 한 명에 위생사 한 명

그리고 아쓰미까지 셋이서 운영하는 개인 의원이다. 결혼하면서 대형 신용 판매 회사를 퇴직하고 한동안 전업 주부로 지내던 아쓰미는 아무리 기다려도 아이가 생기지 않자 다시 일하기로 마음먹고 지인을 통해 이 일자리를 구했다. 예전에 다니던 회사는 규칙이 많아 답답했는데, 이곳은 마음 편히 일할수 있어 좋았다. 만화광인 치과 의사는 서른다섯 살의 미도리카와인데, 여자를 껄끄러워하는지 좀처럼 친근하게 굴지 않는다. 그러니까 오히려 별다른 신경을 쓸 필요가 없어서 매일매일이 편안하다.

오니시 씨는 초진이므로 문진표에 주소 등의 인적 사항을 기입하도록 했다. 클립보드를 무릎에 올려놓고 등을 구부린채 볼펜을 놀리는 몸짓이 영 서툴러서 아쓰미는 상상했던 대로라며 기뻐했다.

음악 잡지에 그의 에세이가 간간이 실리는데, 자신의 실패담을 재미나고 유쾌하게 쓴 글이 많아 아쓰미는 그 꾸밈없는성품이 무척 좋았다. 쉰 살 가까운 중년인 데다 별로 잘생기지 않았는데도 여성 팬이 많은 것은 안도감을 주기 때문일 것이다. 가령 술자리에서 술기운을 빌려 머리를 툭 쳐도 오니시씨는 화를 내지 않을 것 같고, 설사 화를 낸다 해도 쉽게 달랠수 있을 듯하다.

문진표를 건네받은 후 의자를 가리키며 "여기서 잠깐 기다리세요."라고 말하고 아쓰미는 접수 카운터 안에서 문진표를 들여다봤다. 영락없이 초등학생 글씨 같다. 아쓰미는 자기도 모르게 빙그레 미소가 지어진다. 오니시 씨의 팬이 얼마나 있는지는 모르지만 이런 사실을 아는 건 나뿐이라고 생각하자 슬그머니 우월감이 느껴졌다.

직업란에는 '음악가'가 아니라 '자유업'이라고 적혀 있다. 이런 부분도 오니시 씨답다.

예전에 자칭 작가라는 괴팍한 환자가 있었는데, 얼마나 거드름을 피우는지 학을 뗐던 적이 있다. 인터넷으로 검색해 보았더니 아닌 게 아니라 최근에 유명한 문학상을 수상한 작가였다. 그러나 소설에 관심이 없는 사람들에게는 그저 동네 주민일 뿐이지 않은가.

오니시 씨는 그런 세상 이치를 잘 이해하는 것이다. 클래식 연주가는 팬의 테두리를 벗어나면 어이없을 만큼 인지도가 낮다. 일반적으로 유명인, 하면 텔레비전에 나오는 사람들을 떠올릴 것이다. 오니시 씨는 부끄러움을 타서 그런지 외골수라 그런지 잘 모르겠지만 매스컴에 자주 등장하지 않는다. 클래식 애호가라면 누구나 아는 유명한 피아니스트지만 무대 밖에서는 보통 사람으로 평범하게 행동한다. 자의식에서 해방된 그런 모습이 좋다고 아쓰미는 생각한다.

카운터 안에서 그의 표정을 훔쳐보니 사랑니가 아픈지 손으로 뺨을 꾹 누른 채 얼굴을 찡그리고 있다. 안쓰러운데, 그만 귀엽다는 생각이 들고 만다.

의사가 진찰 전에 치아 엑스레이를 찍도록 준비하라고 지시했다. 아쓰미는 오니시 씨를 안쪽에 있는 엑스레이실로 안내했다. 기계 앞에 앉히고, 납 앞치마를 입히는데 오니시 씨가 엉덩이를 살짝 들어 입히기 쉽게 해 주었다. 키가 170센티미터쯤 될까. 무대에서 봤을 때보다 실물이 의외로 자그마하다.

어머나, 이렇게 가까이 다가가다니! 내 화장품 냄새가 괜찮을까, 하며 아쓰미는 자신도 모르게 약간 상기되었다.

턱받이에 턱을 얹도록 한 다음 고정하자 오니시 씨가 "어, 어, 이거 뭐죠?" 하며 조금 겁을 냈다.

"카메라가 360도로 회전할 거예요. 그대로 가만히 계시면 됩니다."

"이런 기계도 있군요."

"치과에 오랜만이세요?"

"15년쯤 되었나. 충치라도 생기지 않으면 안 오게 되잖아요."

"그럼, 치석이 많겠네요."

"아, 그렇겠군요. 이런."

오니시 씨와 대화를 나눈다. 흠, 이런 목소리였구나. 민낯의 연주가를 접할 기회가 거의 없었으니 모든 것이 새로운 발견이다.

아쓰미는 엑스레이를 촬영할 자격이 없으므로 미도리카와 선생과 배턴 터치를 하고 그다음 작업을 넘긴다. 촬영이 끝난 후 오니시 씨를 진료대로 데려갔다. 그리고 엑스레이가 나오기를 기다리며 미도리카와 선생과 나누는 대화에 귀를 쫑긋 세웠다.

"자, 어디 좀 볼까요. 입을 크게 벌리세요. 오니시 씨, 이거 치석이 이만저만 많은 게 아니에요. 이대로 방치하면 치주염이 생깁니다."

미도리카와 선생이 늘 환자들에게 협박조로 늘어놓는 말이다.

"잇몸도 많이 약해졌습니다. 한마디로, 칫솔질이 충분하지 않아서 그래요. 자, 입을 헹구세요."

"선생님, 사랑니는……."

"충치가 생겼어요. 그 옆 이까지 파고들었네요. 고마쓰자키 씨, 엑스레이, 나왔어요?"

"네, 방금요."

아쓰미는 갓 현상된 엑스레이를 미도리카와 선생에게 가져가서 함께 들여다보았다. 오른쪽 아래 사랑니가 비스듬히 돋아 옆의 이를 짓누르고 있었다. 게다가 사랑니가 대부분 잇몸에 묻혀 있다. 구강외과에 가서 수술을 받아야 하는 상황이란 걸 아쓰미도 알 수 있었다.

미도리카와 선생도 소견이 같았다.

"이건 저희 병원에서는 뽑을 수 없겠는데요."

그러면서 미간을 찌푸리자 오니시 씨는 불안한 듯한 표정을 지었다.

"대학 병원 구강외과를 소개해 드리겠습니다. 소개장은 조금 이따 쓰기로 하고, 예약도 여기서 할 수 있으니 일정을 조정해 보죠. 오니시 씨는 언제가 좋으신가요?"

"저는 한시가 급하니 제가 시간을 맞추도록 하겠습니다."

"알겠습니다. 고마쓰자키 씨, 저쪽 일정이 어떤지 전화로 한번 물어보세요."

"네, 알겠습니다."

아쓰미는 얼른 접수 카운터로 돌아가서 대학 병원에 전화를 걸었다. 그리고 담당 의사를 연결해 달라고 부탁했다.

그러는 동안 오니시 씨는 미도리카와 선생과 얘기를 나누었다.

"사랑니를 뽑으면 이틀은 지나야 부기가 가라앉을 텐데 혹시 사람들 앞에 나서거나 할 일은 없으세요?"

"나서게 되면 나서야겠죠, 뭐……."

"실밥을 뽑을 때까지 운동도 삼가야 합니다. 몸을 심하게 움직이거나 이를 악물어야 하는 일은요?"

"네, 그런 일은 별로……."

오니시 씨는 대답하기도 힘겨운 눈치였다.

아차차, 오니시 씨의 공연 일정이 어떻게 되더라……. 해마다 벚꽃 시즌이면 벚꽃을 따라 북상하면서 전국 투어를 하는데 지금이 바로 그 시즌이다.

병원에 문의한 결과 모레 오후 2시에 수술이 가능하다는 확인을 받았다. 다행이었다. 이틀만 참으면 된다.

"진통제를 드시면 참을 만할 겁니다."

미도리카와 선생이 웃는 얼굴로 그를 안심시킨다. 초진은 이렇게 해서 끝이 났다.

진료비를 계산할 때 대학 병원에 가져갈 소개장과 처방전을 건네며 본 오니시 씨의 손은 여자처럼 자그마했다. 그러고 보니 손가락이 짧아서 고생했다는 에세이를 읽은 적이 있었다. 부스스한 머리에 후드 티와 청바지 차림인 걸 보면 옷차림에 별로 신경을 쓰지 않는 것 같은데 신발은 빈티지 느낌의 아디다스 스탠 스미스 스니커즈를 신었으니 판단이 쉽게 서질 않는다.

"그럼, 몸조리 잘하세요."

아쓰미가 미소를 지으며 인사하자 오니시 씨는 "에"로밖에 들리지 않는 모호한 소리로 대답하고는 고개를 꾸벅하고 돌아갔다.

그 뒷모습을 바라보고 있자니 가슴이 설레었다. 오니시 씨를 만나다니. 살다 보니 이렇게 좋은 일도 일어나는구나. 하느님이 조그만 선물을 보내 준 것이다. 아쓰미는 그렇게 생각하기로 했다.

컴퓨터에 오니시 씨의 자료를 입력했다. 주소는 그린 치과에서 도보로 3분 거리에 있는 고급 아파트였다. 어디 있는지 안다. 지은 지 오래되었지만 튼튼한 벽돌 건물이다. 그야말로 오니시 씨다운 고풍스러운 취향이라는 생각이 들었다. 가족란은 공백. 이혼 경력이 한 번 있는 독신이란 건 예전부터 알고 있다. 오늘 저녁밥은 어떻게 하려나. 괜스레 걱정스러웠다.

병력란에는 역류성 식도염이라고 적혀 있다. 맞아, 전에 에세이에 '드디어 나도 지병이 생겼다.'라고 자학적으로 쓴 적이 있었지. 그래그래, 정직하게 신고했군. 아쓰미는 그런 소소한 일마저 기뻤다.

그날 집에 돌아가자마자 인터넷으로 오니시 씨의 공연 일정을 검색했다. 소속사의 홈페이지에 들어가니 바로 나왔다.

아니나 다를까, 전국 투어 중이다. 규슈에서부터 북상해 지금은 간토 지역을 순회하고 있었다. 오늘과 내일은 일정이 없지만 모레 저녁 도쿄 히비야에서 콘서트가 있다. 말도 안 돼, 수술 당일이잖아. 어처구니가 없었다. 오니시 씨는 대체 어쩔 셈일까. 공연을 취소할 작정인가.

계속해서 공연장 홈페이지에 들어가 봤다. 발코니석을 당일 오후 5시에 단 몇 장만 발매한다는 공지가 올라와 있었다. 일을 빨리 끝내고 보러 가면 좋으련만.

말이 팬이지, 요즘은 통 연주회에 가지 못했다. 음악에 전혀 관심이 없는 남편 다카아키는 같이 가 봤자 꾸벅꾸벅 졸기만 하니 이제는 같이 가자는 말을 꺼내지도 않는다. 전에는 클래식을 좋아하는 친구도 있었지만 다들 결혼해서 가정을 꾸린 후로 소원해졌다. 그래서 오니시 씨의 연주회도 2년 넘게 가지 못했다.

가고 싶지만 조퇴는 무리여서 포기했다. 더 검색해 보니 토요일 오후에 하치오지에서도 콘서트가 있고 자리도 몇 석 남아 있었다. 가끔은 혼자 보러 가는 것도 좋겠지. 어차피 다카아키는 휴일 근무를 하거나 동업자들끼리 하는 스터디가 있을 것이다.

아쓰미는 연주회에 가기로 했다. 그렇게 결정하자 공연히 오니시 씨의 연주가 듣고 싶어져 방에 있는 미니 컴포넌트에 CD를 걸었다. 도메니코 스카를라티 작곡의 소나타 모음이다. 첫 곡부터 밝은 터치와 유쾌함으로 가득한 연주가 춤추듯 흐른다. 말 많은 평론가들은 오니시 후미오가 과거의 정념을 잃었다고 혹평하기도 하지만, 아쓰미는 오니시 씨의 요즘 연주를 더 좋아한다. 어디까지나 기본을 지키고, 악보대로 충실하게 연주한다. 그런 담담함이 지금의 아쓰미에게는 편안하게 느껴진다.

음악을 들으면서 저녁을 준비하는데 다카아키에게서 메시지가 왔다. 또 야근 때문에 늦는다는 내용이겠거니 하면서 열어 보니 역시 그랬다. 평일에는 집에서 저녁을 함께 먹는 일이 거의 없다.

다카아키는 1급 건축사로, 유명한 건축가의 사무소에서 일하고 있다. 서른다섯까지는 어떻게든 독립해서 마흔에 자기 집을 짓는 것이 그의 목표다. 아쓰미가 스물네 살 때 지인의 소개로 만나 3년간 사귀다가 결혼했다. 열렬한 연애 끝에 골인한 건 아니지만 마음이 잘 맞는다는 건 이내 알았고, 부부의 연을 맺은 것도 지극히 자연스러운 흐름이었다. 화려한 것을 싫어하는 성격은 쌍둥이마냥 서로 비슷했다.

저녁으로 새우 프라이와 다진 고기 튀김을 만들었다. 그리고 감자 샐러드. 다카아키 몫도 준비해 놓았는데 먹고 온다니 내일 도시락 반찬으로 가져갈 생각이다.

식탁에 앉아 클래식을 들으면서 혼자 저녁을 먹었다. 눈앞의 벽에는 주택의 평면도가 담긴 액자가 몇 개 걸려 있다.

다카아키는 결혼한 이래 석 달에 한 번꼴로 자신이 꿈꾸는 집의 평면도와 디자인화를 그려 왔다. 거기에 아쓰미가 의견을 덧붙이며 부부가 서로의 꿈을 나누는 즐거운 시간을 가지

곤 했다. 그 가운데 완성도가 높은 작품을 액자에 담아 벽에 걸어 둔 것이다.

그런데 지난 1년 동안 다카아키는 평면도를 그리지 않았다. 그 이유는 아쓰미도 알고 있다. 어쩌면 자신들에게 아이가 안 생길지도 모른다는 걸 희미하게 감지했기 때문이다. 그렇게 되면 '여기를 아이 방으로 하고, 둘째가 생기면 칸막이를 설치해서……' 하는 계획을 세울 수 없다. 지금은 아이 문제를 건드리고 싶지 않은 것이 두 사람의 심경이다.

저 액자, 떼어 버릴까. 아쓰미는 마음속으로 그렇게 중얼거렸다. 그림 액자를 걸어서 방 분위기를 바꾸고 싶다든가 하는 이유를 대면 다카아키도 뭐라 하지 않을 것이다. 계기를 마련하지 못한 것뿐이다.

아쓰미는 후우, 한숨을 내쉬었다.

2

이틀 후 오후, 오니시 씨가 뺨이 퉁퉁 부은 모습으로 그린 치과에 나타났다. 대학 병원의 구강외과에서 사랑니를 뽑고 그길로 진료를 받으러 온 것이다.

아쓰미는 그의 얼굴을 보자마자 자기도 모르게 의자에서

벌떡 일어났다.

"아프셨어요?"

"아니, 아니요. 뽑을 때는 마취를 해서 괜찮았는데, 지금은 그 효과가 떨어져서 조금씩 욱신거리는 정도입니다."

오니시 씨가 미간에 팔자 주름을 잡은 채 조그만 소리로 말했다. 입을 열기가 힘들어서 그럴 것이다.

"병원에서 처방해 준 진통제랑 소염제는 드셨어요?"

"아니, 아직요."

"그럼 물 갖다 드릴 테니까 지금 드세요. 그리고 진료를 받으시려면 한 15분 기다리셔야 해요."

"알겠습니다."

아쓰미가 가져온 물로 진통제를 먹고 난 오니시 씨가 대기실에 걸려 있는 거울에 자기 얼굴을 비춰 보고는 흠칫 놀라는 표정을 지었다.

"저, 이게 금방 가라앉을까요?"

그가 아쓰미 쪽을 돌아보며 걱정스럽게 묻는다.

"시간이 조금 걸릴 텐데요……."

"조금이라는 게 어느 정도인가요?"

"글쎄요, 거기까지는 저도……."

아쓰미는 대답할 말이 궁했다. 개인차가 있기 때문이다.

"저……."

내내 신경 쓰이던 일을 묻기로 했다.

"진료 끝나고 일이 있으세요?"

"네, 있어요."

오니시 씨가 고개를 끄덕였다. 오늘 저녁 공연이 예정대로 진행되는 모양이다. 프로그램은 아마 무소륵스키의 '전람회의 그림'일 것이다. 사랑니를 뽑자마자 그런 대작을 연주할 수 있을까.

잠시 후에 미도리카와 선생이 오니시 씨를 진료했다. 사랑니를 뽑은 자리가 예상보다 많이 부어서 그 옆 이의 썩은 부분을 확인하기 어렵다고 했다.

"실밥도 뽑아야 하니 한동안은 오셔야겠어요. 그렇게 급한 건 아니니까 시간이 날 때 오시면 됩니다."

"네……."

오니시 씨가 기운 없이 대답했다.

"이참에 화이트닝도 하시면 어떨까요? 저, 오니시 씨는 무슨 일을 하십니까?"

"그게, 자유업입니다."

"그럼 집에서 일하시나요?"

"집에서도 하고, 밖에서도 하고……."

"그럼 하세요. 웃을 때 하얀 이가 보이면 인상도 좋아집니다."

선생이 열심히 권한다. 요즘 치과는 임플란트나 심미 치료를 하지 않으면 돈이 벌리지 않으니 의사도 어쩔 수 없이 영업적인 멘트를 날린다.

"젊은 여자들이 좋아할까요?"

오니시 씨가 농담처럼 받아친다.

"좋아하다마다요."

"그럼 기분 전환 삼아 해 볼까요?"

"하시죠. 그럼 제가 일정을 짜고 견적도 내 보겠습니다."

단박에 상담이 이루어졌다. 오니시 씨가 귀가 얇은 편이네, 하며 아쓰미는 재미있어했다. 에세이에도 해외 공연 당시에 거절을 못해서 쓸데없는 기념품을 산 얘기가 몇 번이나 나온다.

하지만 아쓰미로서는 반가운 일이었다. 화이트닝은 시간이 많이 걸리니까 오니시 씨가 당분간 이 병원에 다닐 것이다. 언젠가 기회를 봐서 팬이라고 밝히고도 싶었다. 묻고 싶은 일도 잔뜩 있다.

오니시 씨도 이십 대 때는 눈에 띄는 사람이었다. 턱시도를 싫어해서 양복을 헐렁하게 걸치고 목에는 머플러를 두른 채 무대에 섰다. 연주 스타일도 대담하고 거칠어서 한마디로 말하자면 이단아라고 할 수 있었다. 특유의 스타카토 주법까지 더해져 '일본의 글렌 굴드'라고 불렸고, 전문가들의 평판도 나쁘지 않았다.

그 무렵에 여배우와 결혼해서 매스컴에서도 주목을 받았다. 당시 아쓰미는 초등학생이었지만 그때 일을 희미하게 기억한다. 그녀 자신이 피아노를 배우고 있었기 때문이다. 오, 이런 사람이 다 있구나, 하고 생각했다. 하지만 무엇보다 그녀의 기억에 강하게 남은 일은 그 결혼이 이내 파탄에 이르고 상대 배우가 그를 '지루한 사람'이라고 일컬어 화제가 된 사건이다. 그 일로 오니시 씨에게는 한동안 '지루한 사람'이라는 별명이 붙어 다녔다.

오니시 씨는 삼십 대가 되자 빈으로 이주해 일본에서는 모습을 감췄다. 팬들은 그 기간을 '공백의 10년'이라고 부른다. 그동안 그가 뭘 했는지는 명확치 않고 그 자신도 그 일에 대해 여러 말을 하지 않는다. 피아노에 전혀 손을 대지 않은 기간도 있었던 것 같다.

그는 마흔 살이 되어 일본으로 돌아왔다. 그리고 달라졌다. 번들거리던 부분이 사라지고 기름기가 쫙 빠진 듯한 인상을 주었다. 스타카토 주법을 자제하고 레가토를 많이 사용해 전체적으로 간결하고 담담하게 연주하는 느낌이었다.

평론가들은 '큰 사슴이 뿔을 잃고 돌아왔다'느니 '개성이 없는 죽은 연주'라느니 하고 혹평했지만 오니시 씨는 아랑곳하지 않고 자신의 페이스대로 밀고 나갔다. 아쓰미가 오니시 씨의 피아노 연주를 직접 들은 건 바로 그 무렵이다.

아쓰미는 다섯 살 때 엄마의 뜻에 따라 피아노를 배우기 시작했는데 선생들이 하나같이 엄격해서 별로 즐겁지 않았다. 친구들은 밖에 나가 노는데 자신만 레슨을 받으러 다녀야 하는 점도 그녀를 우울하게 했다. 중3이 되자 더는 배우고 싶지 않은 데다 반항기까지 와서 마침내 피아노를 그만두고 말았다. 그때까지 매일 세 시간 넘게 연습해 온 터라 좌절감도 컸다. 그 여파로 클래식이 싫어지기까지 했다.

달라진 것은 사회인이 되고 나서다. 아쓰미가 취직한 신용 판매 회사에서 공연을 후원하는 일이 많았고, 덕분에 연주회 티켓이 들어오곤 했다. 그중에 컴백한 오니시 씨의 솔로 연주회 티켓이 있었다. 반가운 이름이었고 마침 시간도 있어서 별생각 없이 보러 갔는데 그 밤에 아쓰미는 그만 마음을 빼앗기고 말았다.

오니시 씨의 연주가 편안하고 기분 좋았기 때문이다. 간결하면서도 괜스레 어려운 것을 시도하지 않는 태도가 좋았다. 마치 무색투명을 지향하는 것이 아닐까 싶을 만큼 색조가 없었다. 아무것도 의도하지 않으며 외치지 않는 고요함. 저런 표현법도 있었나 하고 눈이 번쩍 뜨이는 느낌이었다.

그 후로 아쓰미는 다시 피아노를 좋아하게 되었다. 그래서 오니시 씨에게 감사하고 싶었다.

진료를 마친 오니시 씨가 카운터로 왔다. 실밥 뽑는 날짜를 정해야 한다. 아쓰미는 오니시 씨의 공연 일정을 꿰고 있었다. 다음 주에는 오미야와 미토에서 연주회가 있다. 그러니까 그날을 피해서…….

"수요일, 오전 10시가 어떠세요?"

아쓰미가 묻자 오니시 씨는 2초 정도 달력을 바라보다가 "네, 좋습니다."라고 대답했다.

잠시나마 매니저가 된 기분이었다.

"진통제를 드시고, 오늘도 힘내세요!"

"아, 네……, 흠."

오니시 씨는 총 맞은 새 같은 표정을 잠시 지었지만 이내 미소를 머금으며 고개를 끄덕였다.

토요일에는 하치오지에서 연주가 있죠, 하고 말하고 싶었지만 이번에도 참았다. 느닷없는 말로 놀라게 하고 싶지 않았고, 지금은 아무도 모르게 혼자서 이 상황을 즐기고 싶었다.

"그럼, 몸조리 잘하세요."

"네, 고맙습니다."

오니시 씨가 부은 뺨을 누르면서 돌아갔다. 창밖에는 죽 늘어선 벚나무에 꽃이 활짝 피어 있었다.

그날 밤에는 오니시 씨의 연주회에 신경이 쓰여 아무 일도 손에 잡히지 않았다. 혼자 저녁을 먹고 소파에 드러누워 내내 그 생각만 했다.

진통제가 제대로 들을까. 항생제도 복용하는데 혹시 잠이 쏟아지지나 않을까. 관객에게 변명할 수는 없으니 참고 견디는 수밖에 없다.

트위터를 검색해 보았다. '곧 오니시 후미오 씨의 연주회가 시작된다'는 트윗이 몇 개나 올라와 있었다. 동지들이 있어 기뻤다. 오니시 씨의 팬은 충성도가 높다.

그때 전화벨이 울렸다. 다카아키의 누나였다. 동생에게 볼일이 있다면 그의 휴대 전화로 직접 걸었을 것이다. 다시 말해서 아쓰미에게 볼일이 있다는 얘기인데, 좋은 일은 아닐 거라고 직감했다.

아니나 다를까, 시누이의 목소리는 밝지 않았다.

"내가 이런 건 개인적으로 반대라서 마음이 무거운데, 그래도 미리 알려 줘서 올케가 마음의 준비를 하게 하는 편이 낫지 않나 싶어서 전화했어."

무슨 말을 하려고 이렇게 빙빙 돌릴까 싶었다.

"엄마가 말이야, 아무리 기다려도 아이가 안 생기는 걸 그대로 둘 수 없다면서 병원에 가서 진찰을 받아 보게 해야겠다더라고. 물론 올케 혼자가 아니라 다카아키랑 같이 말이지. 그래서 둘 중 한쪽에 문제가 있다면 치료를 받으라는 거야. 그런 일은 부부간의 문제니까 아무리 부모라도 끼어들면 안 된다고 내가 몇 번이나 말렸는데도 엄마는 손자를 안아 보고 싶다는 생각뿐이라서 그렇게 중요한 일을 무조건 당사자 멋대로 하는 건 너무 염치가 없는 일이라고 하시네. 대체 어느 쪽이 염치가 없는 거냐고 뭐라고 하고 싶지만, 그게, 그 세대 사람들에게는 여전히 봉건주의적인 생각이 남아 있어서 아무리 말해도 들을 것 같지 않고⋯⋯. 미안해, 올케. 이런 불쾌한 얘기를 하게 되어서."

"아니에요, 괜찮아요⋯⋯."

말은 그렇게 했지만 아쓰미는 순식간에 기분이 푹 가라앉았다. 언젠가 이런 날이 올 거라고 짐작은 했지만 그게 오늘 밤일 줄이야.

"다카아키한테 말해 봐야 기분만 나빠했지 걔가 뭘 하겠어. 물론 그래도 상관은 없지만, 엄마가 이미 병원을 물색해 둔 모양이야. 당장이라도 올케한테 말을 꺼낼 기세여서 내가 올케 충격이나 받지 말라고 하는 말이야."

"그렇군요. 고맙습니다."

시누이는 아이가 둘 있는 전업 주부다. 온화하고 상식적이며, 사생활도 배려할 줄 아는 좋은 사람이다. 시누이 짓을 하는 사람이 아니어서 진심으로 다행이라고 생각한다.

"미안해서 어째⋯⋯. 아이를 낳고 안 낳고는 부부에게 가장 근본적인 문제라서 남이 이러쿵저러쿵할 일이 아닌데, 엄마는 그걸 모르시니 말이야."

"하지만 어머님이 남은 아니잖아요."

"무슨, 당신이 낳을 것도 아닌데. 이런 경우 부부 두 사람 말고는 다 남이야. 만약 엄마가 쓸데없는 소리를 하거나 하면 나도 올케를 거들고 나설 테니까 꼭 알려 줘. 다카아키는 도움이 안 되잖아."

"후후."

아쓰미는 씁쓸하게 웃었다. 시누이 말마따나 다카아키는 숫기가 없어서인지 말을 딱 부러지게 하지 못한다. 프러포즈도 이메일로 했을 정도다.

전화를 끊고 나자 만사가 귀찮아져서 천장을 올려다보고 서서 한숨을 푹푹 내쉬었다. 부모란 어쩜 그렇게 하나같을까. 아쓰미의 친정엄마도 딸한테 아이가 생기지 않아 걱정이 이만저만이 아니다. 말로 하지는 않지만 태도로 알 수 있다. 친정에서 함께 텔레비전을 보다가도 아기만 나오면 어색해하며 입을 다문다. 혹시 사돈 볼 면목이 없다고 여기는 것일까.

아쓰미는 스마트폰으로 트위터를 확인해 보았다. 오니시 씨의 연주회에 관한 트윗이 두세 개 더 올라와 있다.

'오늘 밤 연주는 엄청나게 열정적이네요. 어떻게 된 일이 죠, 오니시 씨? 이를 악물고 연주하는 오니시 씨를 오랜만에 봤습니다.'

"으하하."

우울했는데 웃고 말았다.

'이렇게 드라마틱한 〈키예프의 대문〉은 처음 들어요. 오니시 씨, 브라보!'

그래, 오늘 연주곡목은 무소륵스키의 '전람회의 그림'이었지. 가 보고 싶었는데. 아쓰미는 오니시 씨가 이가 아픈 것을 꾹 참으며 피아노와 마주하고 있는 모습을 상상했다. 어떤 표정으로 무대에 섰을까. 뺨의 부기는 좀 빠졌나.

그런 생각을 하자 기분이 약간은 나아졌다. 고민해 봤자 소용없는 일은 고민하지 말아야지. 물론 그럴 수만 있다면 고민할 사람이 아무도 없겠지만.

오늘 밤에도 CD로 오니시 씨의 피아노 연주를 듣기로 했다.

3

토요일 오후, 오니시 씨의 연주를 들으러 지하철 쥬오선을 타고 하치오지로 갔다. 비록 뒤쪽 자리지만 티켓도 구했다.

다카아키에게 같이 가자고는 해 보았지만 건축주와 약속이 있다고 했다. 혼자 가고 싶었으니 마침 잘되었다고 생각했다.

프로그램은 드뷔시, 라벨, 무소륵스키 등이다. 오랜만이라 아침부터 흥분 상태였다.

너무 일찍 공연장에 도착한 터라 로비에 있는 카페에서 커피를 마셨다. 로비에 있는 사람은 모두 오니시 씨의 팬일 것이다.

주위 사람들을 둘러보면서 팬 층의 두터움에 새삼 감탄했다. 여성 팬이 기본이기는 하지만 중학생에서 노인에 이르기까지 다양한 사람이 있었다. 그들의 공통점은 하나같이 캐주얼한 차림에 분위기가 느긋하다는 것이다.

클래식 애호가 중에는 일가견이 있는 사람이 많아서 때로는 본의 아니게 긴장되는 일이 있다. 누가 조금이라도 엉뚱한 말을 하면 공격의 화살이 쏟아지기도 한다. 인터넷의 클래식 관련 사이트도 무서운 세계라서 아쓰미는 절대 가까이하지 않는다.

하지만 오니시 씨의 팬들은 그렇지 않다. 오니시 씨 본인이 거드름을 피우지 않으니 팬들도 고상한 척하지 않는 것이다.

아쓰미는 새삼스럽게 자신이 왜 오니시 씨의 연주에 끌리는지 생각해 보았다.

일단 위압적이지 않다. 젊은 시절에는 과도했던 표현이 컴백 후로는 물 흐르듯 자연스러워졌다. 마치 눈에 띄기를 꺼리는 듯한 소박함이 좋다.

그리고 불필요한 작품 해석을 하지 않는다. 불순물을 배제

하고 오직 이성으로 밀어붙이는 점 등이 재미없다는 지적도 있지만, 작품에서 한 걸음 물러선 오니시 씨의 자세가 고상하다기보다는 짐짓 시치미 떼는 것처럼 느껴져 풋, 웃게 된다.

한마디로 오니시 씨의 연주에는 허세가 없다. 나 이런 사람이야, 하는 구석이 조금도 없다. 예술가가 어찌 그리 자의식이 희박할 수 있는지, 그 의외성에 팬들이 끌려드는 것이다.

공연 시간이 다가오자 관객들이 하나둘 연주회장으로 들어갔다. 아쓰미도 그들을 뒤따랐다. 객석에 앉자 다들 큼큼, 헛기침을 한다. 그리고 예정된 시각에 오니시 씨가 무대에 모습을 드러내자 관객들은 열렬한 박수로 그를 맞았다. 아쓰미는 핸드백에서 오페라글라스를 꺼내 그의 얼굴을 보았다.

뺨의 부기는 거의 가라앉아 있었다. 아, 다행이다. 이제 피도 안 나지요? 다음 주에 실밥을 뽑을 테니 그때까지는 피가 날 만한 동작을 하지 마세요. 연주 중에 머리를 앞뒤로 격렬하게 흔든다거나 이를 악문 채 건반을 두드린다거나요. 그에게 마음속으로 말을 건넨다.

오니시 씨가 사랑니를 뽑았다는 사실을 아는 사람이 이 연주회장에서 자신뿐이라고 생각하니 왠지 뿌듯했다.

연주는 훌륭했다. 이토록 순수하고 자연스러운 '전람회의 그림'을 듣기는 처음이었다. 터치가 부드럽고 전체적인 흐름이 편안하다. 브라보! 마음속으로 쾌재를 불렀다. 이건 어째

습관이 될 것 같다. 주말을 이용해서 지방까지 쫓아다니게 되는 건 아닌지.

공연이 끝나자 팬들이 로비에 줄을 섰다. 현장에서 CD를 구입한 사람은 그 자리에서 사인을 받을 수 있기 때문이다. 오니시 씨는 에세이에 '레코드 회사의 부탁으로 사인을 하는 것이니 굳이 CD를 사지 않아도 된다.'라고 썼지만, 절반은 쑥스러워서 그랬을 것이다. 그 증거로, 로비에 모습을 드러낸 오니시 씨는 젊은 여성 팬들에게 에워싸여 흐뭇하게 미소를 지었다.

아쓰미도 CD를 사는 줄에 설까 하고 생각했다. 그리고 자기 차례가 오면 "사랑니를 뽑은 자리는 좀 어떤가요?" 하고 묻는 거다. 오니시 씨가 화들짝 놀라며 아쓰미의 얼굴을 보겠지. 그리고 "아니, 여긴 어떻게⋯⋯?" 하며 어리둥절해할지도 모른다.

그러나 5분 정도 망설이다 그만두기로 했다. 만에 하나 오니시 씨가 기분 나빠한다면 다음에 병원에 왔을 때 어떤 얼굴로 대해야 할지 알 수 없어서다. 사람은 누구나 남에게 보이고 싶지 않은 모습이 있다. 자신은 뺨이 퉁퉁 부은 오니시 씨의 약한 모습을 봤다. 그러니 적어도 이 자리에서는 알은 체하지 않는 편이 나을 것이다.

오니시 씨가 테이블 안쪽에서 열심히 CD에 사인을 하고 있었다. 사인이 어떻게 생겼는지 궁금해서 고개를 쑥 내밀고 봤더니 영문으로 쓰고 있다. 외국에서 오래 생활한 데다 유럽에도 팬이 있으니 그럴 만도 하다.

아니지, 어린애 같은 글씨가 부끄러워서 그럴지도 모른다. 아쓰미는 멋대로 상상하며 미소를 지었다. 자신이 마치 오니시 씨를 장난감처럼 가지고 노는 것 같다.

오길 잘했다고 생각했다. 마음속 응어리가 절반은 날아간 느낌이었다.

저녁에는 집에서 다카아키와 둘이 밥을 먹었다. 요리할 시간이 없어서 백화점 지하에서 사 온 반찬을 늘어났을 뿐인데도 다카아키는 마뜩잖아하는 기색을 전혀 보이지 않는다. 일단 맛이 있으니 별 불만이 없을 것이다. 마요네즈에 버무린 새우가 탱글탱글했다.

"다음 주 토요일에 스케줄 있어?"

다카아키가 음식을 먹으며 물었다.

"아니, 아직은."

"엄마가 사이타마 집에 와서 같이 밥을 먹자는데?"

"으응, 알았어."

아쓰미는 시침을 뚝 떼고 대답한다. 속으로는 드디어 올 것이 왔다고 생각했지만. 이마에 땀이 삐질삐질 솟았다.

"나는 귀찮은데 말이야. 쉬는 날에는 종일 자고 싶어."

다카아키가 그렇게 말하면서 얼굴을 찡그렸다. 그는 원래 부모와 거리를 두고 싶어 하는 사람이다. 입 밖에 낸 적은 없지만 장남이라는 점을 부담스러워하는 듯하다.

"그럼 못 간다고 하지 그래."

"무슨 핑계로? 선배 집들이에 초대받아서 부부가 같이 가야 한다고?"

"그건 전에 써먹었잖아."

"그랬나? 그럼 당신 친구 결혼식."

"결혼식은 일찍이 예정되어 있는 거잖아. 거짓말인 줄 금방 아시지."

"그렇긴 하네. 당신도 아이디어를 좀 내 봐."

"더는 자식 노릇을 하고 싶지 않다!"

아쓰미가 김밥을 우물거리면서 말했다.

"당신, 무서운 말을 하네."

"농담이야. 당신이 부모님 집에 가는 걸 늘 싫어하는 눈치니까 말해 본 거야."

"싫다기보다……, 가도 할 일이 있어야 말이지. 아버지를 상대하려면 피곤하기도 하고."

아쓰미는 아이가 있다면 좋을 텐데, 하고 말하려다 입을 다물었다. 아이가 있으면 귀찮은 일이 싹 해결될 것 같았다. 양쪽 부모 모두 내심으로는 손자를 안아 보고 싶을 것이다.

한동안 대화가 끊겼다. 상대방이 무슨 생각을 하는지는 서로 묻지 않아도 뻔히 안다.

다만 그 생각하는 내용이 뭔지는 알 수 없다. 아이를 간절하게 원하는 건지, 생기면 좋지, 하는 정도인지, 안 생겨도 상관없겠다는 건지……. 다카아키가 자신의 의사를 밝힌 적은 없다.

부부니까 물어봐도 될 텐데 좀처럼 입이 떨어지지 않았다. 만약 그는 간절하게 아이를 원하는데 불임의 원인이 아쓰미 쪽에 있다면 그녀는 이혼을 요구할 것이다. 아쓰미는 그런 성격이다. 누구에게도 부담이 되고 싶지 않다.

아쓰미 자신으로 말하자면 갓 결혼했을 때는 아이를 낳고 싶었는데, 아무래도 안 생길 것 같다고 느끼고부터는 그런 마음이 서서히 옅어졌고, 마침내는 아이가 없어도 하는 수 없다고 여기게 되었다.

애초에 욕심이 없는 성격이었다. 무언가에 집착하는 일도 없다. 씩씩하고 과감하게 자신의 인생을 개척해 나간다는 생각도 딱히 없다. 체념이 빠른 건 타고났다.

"이번에는 나 혼자 갈게."

"뭐라고?"

"당신은 그 피아니스트 연주회에 간다고 하면 되잖아. 계속 따라다닐 거지?"

"싫어. 당신 혼자 가면 어머니가 어떻게 생각하시겠어."

"적당히 둘러댈게."

"내가 가면 불편할 일이라도 있어?"

"아니, 없는데."

다카아키가 눈을 마주치지 않은 채 고개를 젓는다. 뭔가 숨기는 일이 있는 것일까. 아니면 어머니가 무슨 말을 할지 눈치채고 아쓰미와 마주치지 않게 하려는 것인가.

"그 연주회, 다음에는 나도 데려가."

다카아키가 화제를 돌렸다.

"좋지. 하지만 자면 안 돼."

"내가 자기는 왜 자?"

"전에도 잤잖아."

"그때는 피곤해서 그랬지."

"그럼 피곤하지 않을 때 가자고 할게."

"그래, 알았어."

다카아키가 피식 웃는다.

다카아키는 식사 후에 DVD로 영화를 보면서 위스키에 소다수를 섞어 마셨다. 아쓰미는 그대로 식탁에서 책을 읽었다. 각자 시간을 보내는 것이 어느새 당연한 일이 되었다. 그것역시 아이가 없어서일 것이다.

그날 밤에는 생각이 많아 좀처럼 잠이 오지 않았다. 옆에 누운 다카아키도 마찬가지인지 내내 몸을 뒤척였다.

수요일이 되어 오니시 씨가 실밥을 뽑으러 왔다.

'브라보! 토요일에는 즐거웠어요.'

마음속으로 말을 건넨다. 이제 오니시 씨는 아쓰미의 정신 안정제다.

"별일 없으셨어요?"

"이를 뽑고 사흘간은 컨디션이 안 좋았는데, 그 후로는 원래대로 돌아갔다고 할까요. 지금은 괜찮습니다."

오니시 씨는 안색도 좋았다. 수염이 좀 자랐는데, 오늘은 공연이 없어서 그럴 것이다. 머리도 흐트러져 있었다.

"일에는 지장이 없으셨어요?"

"그게 말이죠, 정신력으로 이겨 냈다고 할까."

"뭐 하나 물어봐도 돼요?"

"네, 뭔데요?"

"선생님은 삼십 대 때 어떠셨어요? 어떤 10년이었나요?"

왠지 친근한 기분이 들어 아쓰미는 그만 엉뚱한 걸 묻고 말았다. 오니시 씨가 느닷없는 질문에 어리둥절해한다.

"어머, 죄송해요. 환자분께 이상한 걸 여쭤봐서요. 제가 지금 서른한 살인데, 여러 가지로 고민이 많아서요."

아쓰미가 횡설수설하며 얼굴을 붉혔다.

"저는 삼십 대 때 잠만 잤어요."

뜻밖에 오니시 씨가 대답을 했다.

"주무셨다고요?"

"물론 말하자면 그랬다는 얘기지만, 모아 놓은 돈도 있고 해서 최대한 빈둥거린 건 사실이에요."

"왜 그러셨는데요?"

"글쎄요, 과장된 이십 대를 보내고 나서 그 반작용이었나 ……."

오니시 씨가 아련한 눈빛으로 대답했다.

"과장된 이십 대요?"

"그래요. 젊을 때는 다들 자신의 인생을 과장되게 생각하잖아요. 과대평가한다고 할 수도 있겠죠. 나도 그랬어요. 내 인생은 찬란해야 한다고 믿었죠. 그런데 실은 차분한 성격이라서 그 격차 때문에 상당히 괴로웠어요. 그런데 10년 동안 빈둥거렸더니 그런 사고방식이 변하더군요."

"어떻게 변했는데요?"

"사람은 호흡하는 것만으로도 기적인데, 하물며 옷을 입고 밥을 먹고 사랑을 하고 피아노를 치다니 하고……."

오니시 씨가 자신도 모르게 피아노라는 말을 내뱉더니 갑자기 말을 멈추고 아쓰미를 바라보았다.

"아이고, 내가 대체 왜 이런 얘기를 하는 거지?"

"어머, 죄송합니다. 금방 준비할게요."

아쓰미는 허둥지둥 진료실로 달려갔다. 내가 대체 무슨 소리를 한 거야.

하지만 그 덕에 좋은 얘기를 들었다. 사람은 호흡하는 것만으로도 기적이란 말이지. 정말이지 옳은 얘기다. 그 이상은 전부 덤 같은 것이 아닐까.

마음이 순식간에 따스해졌다. 오니시 씨가 며칠 더 왔으면 좋겠다.

4

아이 문제에 신경을 써서인지 불임으로 고민하는 부부의 이야기가 자꾸만 눈에 들어왔다. 오늘 아침에도 신문을 펼치니 시사 주간지 광고에 괜스레 불안감만 부채질하는 '불임 치료의 최전선, 아이가 간절한 부부들'이라는 제목이 눈에 띄어 우울해졌다. 게다가 그 주간지는 그린 치과에서 대기실에 비치하는 정기 구독 잡지로, 아쓰미 자신이 직접 사다 놓는 것이었다.

읽고 싶지 않았지만, 눈앞에 있으니 그만 집어 들고 말았다. 짬이 나자 접수 카운터 안에서 페이지를 넘겼다. 자극적인 제목에 비해 실제 기사는 취재를 바탕으로 한 것으로 내용이 객관적이었다. 온갖 가능성에 매달리는 부부들을 긍정적으로 다루지도, 그렇다고 부정적으로도 다루지도 않았다. 그럼에도 아쓰미는 위화감을 느꼈다. 의학이 발달하지 않았던 30년 전이라면 누구나 포기했을 일이다. 가능성이 있다 해도, 아쓰미 본인은 그럴 정열이 없었다.

그녀는 그저 자연스럽게 살고 싶었다. 아이를 못 낳는다고 해서 누군가에게 미안한 마음이 있는 것도 아니었다. 대체 자신을 비난할 권리가 누구에게 있단 말인가. 압박감이 느껴진다면 사회에 문제가 있는 것이라고 생각했다. 또한 어떻게든 아이를 갖고 싶어서 애쓰는 사람들의 의사는 존중하면서도 자신과는 종류가 다르다며 거리감을 느끼는 것도 사실이었다.

오니시 씨 식으로 말하자면, 인생을 과장되게 여기지 않으면 웬만한 일은 포기할 수 있는 것이다. 그걸 비극으로 받아들이는 사람과 운명으로 여기는 사람의 차이는 마음속 스위치 하나에 불과하다.

용기가 없는 건지도 모른다. 겁이 많은 것도 사실이다. 그래도 상관없다. 나는 행복하다. 자신들의 잣대로 남의 인생을 판단하지 않았으면 좋겠다. 나는 나대로 살고 싶을 뿐이다.

아쓰미는 기사를 읽고 나서 주간지를 옆에 놓인 쓰레기통에 던져 넣었다. 아차차, 아니지. 이건 병원 비품이다. 얼른 꺼내서 잡지꽂이에 도로 꽂았다.

토요일 오후에는 혼자 오니시 씨의 연주회에 갔다. 다카아키가 가지 않아도 된다고 해서 사이타마의 시댁에는 가지 않았다. 시부모님께는 다카아키가 적당히 둘러댈 터였다. 시어머니가 언짢아할지도 몰라 걱정스러웠지만, 오니시 씨의 연주를 듣고 싶은 욕망이 그런 걱정을 눌렀다.

이날의 프로그램은 베토벤의 피아노 소나타 '월광'과 '전원' 등이었다. 어릴 적 발표회에서 제대로 연주하지 못해 무대 뒤에서 엉엉 울게 했던 곡이다. 오니시 씨는 어떻게 연주할까 궁금했다.

그런데 티켓을 예약하는데 생각지도 않게 앞에서 세 번째 줄 정면 좌석이 구해졌다. 오니시 씨와 눈이 마주치지 않을까 싶어 긴장되었다. 그의 집중력을 흐트러뜨린다면 오니시 씨 본인에게나 팬들에게나 미안한 일이다.

연주는 역시 훌륭했다. '월광'은 첫 소절부터 소름이 끼쳤다. 이루 말할 수 없이 잔잔한 도입부. 며칠 전 병원에서 들은 얘기 덕분에 오니시 씨의 스타일을 한층 더 이해하게 되었다. 어설픈 개성 따위는 필요 없다고 선언하는 듯한 느낌이다.

피아노를 배울 때, '조금 더 마음을 담아서' 치라고 혼날 때마다 아쓰미는 늘 미로를 헤매는 기분이었다. 마음이란 것이 누가 담으란다고 해서 담을 수 있는 것인가. 그보다는 훨씬 충동적인 무언가가 있어야 할 것이다. 그게 없을 때는 자면 그만이다.

아아, 그래서 오니시 씨는 삼십 대의 10년간 내내 잠만 잔 건가? 아쓰미는 즐겁게 사는 방법을 또 하나 터득한 기분이 들었다.

연주가 끝나자 맨 먼저 일어나 박수를 쳤다. 오니시 씨가 이쪽을 보았다. 헉, 안 돼! 아쓰미는 허겁지겁 팸플릿으로 얼굴을 가렸다.

주위의 관객들이 잇달아 일어나 기립 박수를 친 덕분에 다행히 눈을 마주치지 않을 수 있었다. 위험했네, 위험했어. 언젠가는 팬이라고 털어놓고 싶지만 아직은 좀 더 훗날로 미루고 싶다.

스스로도 납득할 만한 연주였는지 오니시 씨는 만족스러운 표정이었다. 무뚝뚝한 얼굴이 약간 누그러진 정도지만 팬들은 그 작은 차이도 이내 알아차리니까 박수 소리가 점점 커진다. 이번 주도 주말을 잘 보냈다.

다카아키는 밤 10시가 넘어서 돌아왔다.

"어머니가 뭐라고 하셔?"

아쓰미가 조심스럽게 물었더니 다카아키는 "별말씀 없었는데."라며 시바견마냥 눈을 가늘게 떴다. 그런 표정은 기분이 좋다는 표시다. 어머니와 언쟁을 벌이지는 않은 모양이다.

며느리가 오지 않아서 말하기 쉬워진 시어머니가 아들을 다그치지 않을까 염려했는데, 아무래도 예상이 빗나간 듯하다. 내 생각이 지나쳤는지도 모르겠다.

내심 안도하면서 오늘 연주회에 관해 다카아키에게 열변을 토했다. 누구에겐가 그 얘기를 하고 싶어 견딜 수 없었던 참이다.

"그럼 다음에는 나도 데려가."

"이걸로 간토 지방 연주회는 끝났고 여기서 또 하려면 멀었어."

내주부터는 호쿠리쿠 지방 투어가 시작된다.

"그럼 이제 치료하러도 오지 않는 거야?"

"아니, 아니. 음대에서 강의가 있으니까 그 스케줄을 알아보고 도쿄에 있을 만한 날로 진료를 잡을 거야."

"그쯤 되면 오니시 씨도 수상하다고 여기지 않을까? 이 여자가 어떻게 그렇게 스케줄이 비는 날을 족집게처럼 집어내나 하고 말이야."

"그럴지도 모르지. 하지만 수상하다고 여겨 주는 것도 나는 기뻐."

오니시 씨와의 나날이 아쓰미에게는 어느새 은밀한 게임 같은 것이 되어 버렸다. 그것은 그녀만의 즐거움이다.

다음 날인 일요일, 시누이에게서 전화가 걸려 왔다. 다카아키는 휴일 근무가 있어 출근하고 없었다. 또 그 얘기를 하려나 싶어 아쓰미는 귀를 쫑긋했다. 어젯밤 다카아키가 시치미를 뗐을 뿐 사실은 시어머니에게 병원에 가 보라는 소리를 들었을지도 몰랐다.

"올케, 다카아키가 아무 말 안 해?"

"아니요, 별말 없었는데요."

불안이 엄습한다.

"어머니하고 있었던 일 말이야."

역시 그 일인가.

"정말로 아무 얘기도 안 했어?"

"네. 무슨 일이라도 있었어요?"

"하하, 다카아키답네. 그 녀석이 부끄럼쟁이라서 그냥 자기 가슴에 묻고 말려는지도 모르겠어."

시누이가 전화기 저편에서 킥킥거렸다. 그러는 걸 보면 나쁜 일은 아닌 모양이다.

"저, 형님, 무슨 일인데요? 말씀해 주세요."

"그게 말이야, 내 입으로 말해도 되는 일인지……."

"그이 걱정은 안 하셔도 돼요."

아쓰미의 채근에 시누이는 "흠." 하고 망설이는 듯한 소리를 내다가 마침내 어젯밤에 있었던 일을 털어놓았다.

"엄마가 다카아키더러 그렇게 아이가 안 생기면 병원에 가서 친찰을 받아 봐야 한다, 그래서 문제가 있으면 치료를 받아야 하지 않느냐, 그랬거든. 그런데 다카아키가 말이야, 자기네는 순리에 맡길 거고 검사 같은 건 받지 않을 거라고, 정색하면서 딱 잘라 말하지 뭐야."

"그런 일이 있었어요?"

놀라웠다. 다카아키는 집에 와서 그런 내색을 전혀 하지 않았다.

"엄마가 계속해서, 아이가 있어야 인생이 행복하다, 그러다가 나이를 더 먹으면 어쩔 거냐, 아무리 애써도 임신이 되지 않으면 그때는 어쩔 수 없지만 처음부터 포기하는 건 무책임하다, 어쩌고 하면서 장황하게 늘어놓으니까 마지막에는 다카아키가 화를 내면서, 나는 검사를 받지 않을 거다, 아쓰미에게도 받으라고 하지 않을 거다, 아이가 안 생기는 건 누구탓도 아니고 운명일 뿐이다, 다른 사람들과 다르다고 해서 우리 부부가 불행해지지도 않을 거고 기죽을 일도 없다, 한 번만 더 그 얘기를 꺼내면 나는 두 번 다시 이 집에 발을 들이지 않을 거다, 그러더라고."

"그랬어요?"

아쓰미는 시누이의 말이 도무지 믿기지 않았다. 평소의 다카아키를 봐서는 상상도 할 수 없는 일이기 때문이다.

"나 말이야, 동생을 다시 봤다고 할까, 감동했다고 할까⋯⋯."

"허⋯⋯."

"얼마나 멋지던지. 내 아내는 내가 지킨다, 그런 결의가 보이더라니까. 다카아키가 혼자 온 이유도 엄마한테 그 말을 하려고 그런 건지 몰라. 아버지도 옆에서 감동하는 눈치였어."

"그래요⋯⋯."

"어떡할까, 내가 지금 말한 일, 다카아키에게는 비밀로 하는 게 좋을까?"

"네, 어머님께 죄송하기도 하고요. 저, 못 들은 걸로 할게요."

"그래, 그러는 게 좋겠어."

"형님, 고마워요, 말씀해 주셔서요."

갑자기 코끝이 찡해 왔다.

"올케, 앞으로도 내 동생 잘 부탁해. 어수룩하고 말주변도 없지만 좋은 녀석이니까."

"네, 잘 알아요."

전화를 끊고 나자 눈물이 줄줄 흘렀다. 아쓰미는 입고 있던 티셔츠 자락을 끌어 올려 얼굴을 대고 엉엉 울었다. 여태 쌓였던 무언가가 한꺼번에 터져 나오는 느낌이었다. 집에 아무도 없어서 마음껏 울었다.

　오니시 씨가 치료를 받으러 왔다. 사랑니를 뽑아 옴폭 파였던 잇몸도 서서히 아무는 등 경과가 양호하다.

　그런데 생각해 보니 오니시 씨는 매번 똑같은 후드 티를 입고 왔다. 신발도 내내 스탠 스미스다. 아무래도 사생활은 야무지지 못한 모양이다. 좋게 말하면 예술가 중에 흔한 고등한량일지도.

　이날은 오니시 씨가 접수 카운터에서 진료 카드를 내밀자마자 "오늘은 듣고 싶은 얘기 없어요?"라고 먼저 말을 걸어왔다.

　"아, 그게⋯⋯."

　별생각이 없던 아쓰미는 잠시 머뭇거렸지만 금방 질문이 떠올랐다.

　"선생님은 인생에서 포기하신 게 있어요?"

　"또 엉뚱한 질문이군요."

　오니시 씨가 어깨를 으쓱했다.

　"죄송해요. 제가 결혼은 했는데 아무래도 아이가 생길 것 같지 않아서요."

　이 무거운 말이 오니시 씨를 상대로는 술술 나왔다.

　"그렇군요. 나도 아이가 없지만, 포기고 뭐고, 태어나서 지금까지 인생의 청사진을 그려 본 적이 없어요. 설계도가 없으니까 손에 든 퍼즐 조각이 맞지 않아도 '그럼 다른 걸 찾지, 뭐.' 하는 생각이 들어요. 그래서 신경도 쓰이지 않습니다."

오니시 씨가 접수 카운터에 양손을 얹고 연설하듯이 말했다.

"오직 플랜 A뿐인 인생은 고달플 거예요. 일류 스포츠 선수, 연주가, 배우 들은 항상 플랜 B, 플랜 C를 준비해 놓음으로써 예기치 못한 사태에 대비하죠. 즉 이상적인 전개 따위를 애초에 믿지 않는 겁니다. 이상을 핑계로 응석을 부리지도 않고요. 뒤집어 말하면 그것이 일류의 조건입니다. 그러니까 인생에도 그걸 응용하면 되죠. 그쪽도……."

그러고서 그는 아쓰미의 가슴에 붙어 있는 이름표에 눈길을 주었다.

"고마쓰자키 씨도 플랜 B와 C를 즐기며 살면 되겠지요. 안 그렇습니까?"

"맞아요."

아쓰미는 가슴이 뜨거워지는 것을 느끼며 고개를 크게 끄덕거렸다.

"그런데 말이죠, 지난 토요일에 어떤 곳에서 고마쓰자키 씨를 꼭 닮은 여성을 봤어요. 그저 닮은 사람이었나……?"

그러면서 오니시 씨가 아쓰미의 얼굴을 빤히 들여다보았다. 이런, 역시 들켰나. 아쓰미는 그만 얼굴을 붉히고 말았다.

"만일 고마쓰자키 씨였다면 처음부터 내가 누군지 알고 있었다는 얘긴데, 그런데도 모르는 척했다는 건 참 나쁜 사람이라고 해석할 수도 있지만, 직업 윤리적으로는 옳은 일이라고 볼 수도 있고……. 나야 뭐, 어느 쪽이든 상관은 없지만요."

"닮은 사람을 보신 걸로 해 두죠."

아쓰미는 그렇게 말하고 말았다.

"알았어요. 그럼 그런 걸로."

피아니스트 오니시 씨가 아쓰미의 눈앞에서 어깨를 들썩이며 웃고 있었다.

마사오의 가을

I

아무래도 가와시마가 차기 국장으로 내정되었다는 통보를 받은 듯했다. 그 정보가 귀에 들어온 날 밤, 우에무라 마사오는 제국 호텔의 바에서 혼자 술을 마셨다. 회사 사람 그 누구도 만나고 싶지 않았고, 단골 술집에서 주인이나 단골들과 말을 섞기도 싫어서 비싸지만 혼자 있을 만한 곳을 선택한 것이다.

뒤에 있는 테이블에서 백인 비즈니스맨들이 떠들썩하게 담소하는 소리를 들으며 카운터 한쪽 구석에서 위스키 소다를 마셨다. 석 잔을 마신 후에는 온더록스를 주문했다. 온더록스를 넉 잔째 주문하려고 빈 잔을 들어 올려 흔들자 백발의 바텐더가 이제 그만하시지요, 라는 듯이 걱정스러운 미소를 지으며 다가왔다. 마사오는 2초 정도 그와 마주 보다가 "마지막 잔!"이라고 스스로에게 다짐하듯 외치며 잔을 내밀었다.

우에무라 마사오와 가와시마 요시오는 입사 동기다. 대학을 졸업하자마자 대기업 계열 기계 회사에 취직해서 올봄으로 딱 30년째를 맞았다. 그동안 영업국에서 함께 일하면서 경쟁해 왔고, 같은 시기에 과장으로 승진해 거의 동시에 부장이 되었다. 그리고 3년 전 나란히 국차장 겸 부장이라는 직함을 달았다. 주위에서는 언젠가 둘 중 한쪽이 영업국장이 될 것이라고 말했고 마사오 자신도 그러리라고 생각했다. 다시 말해서 두 사람의 승진 레이스에 마침내 종지부가 찍힌 셈이다. 가와시마가 이기고 마사오가 졌다. 누구라도 그렇게 판단할 것이다.

마사오는 원래 출세욕이 강한 사람이 아니었다. 재즈와 클라리넷이 취미이고 혼자 무언가에 몰두하기를 좋아한다. 인간관계 면에서도 마음이 맞는 사람끼리 조용히 대화 나누기를 좋아하지 인맥 쌓기에 열을 올리는 타입이 아니었다. 일밖에 모르는 사람도 아니고 승진에 연연하지도 않았다. 하지만 가와시마에게 지고 보니 솔직히 말해서 가슴이 쓰렸다.

마사오는 가와시마와는 영 뜻이 맞지 않았다. 걸핏하면 파벌을 만들고, 부하 직원들을 함부로 대하는가 하면, 상사들에게는 자기 어필을 하느라 여념이 없었다. 말하자면 마사오와는 정반대 성격이라고 할 수 있었다. 특히 연극에 가까울 정도로 일에 열성적인 척하는 모습은 속이 뻔히 들여다보여서 영 마뜩잖았다.

회식 자리에서 싸움이 벌어질 뻔한 적도 있었다. 업무 처리 방식에 관한 사소한 의견 차이로 두 사람 간에 입씨름이 벌어졌고 거기에 술기운까지 더해져 멱살을 잡기 직전까지 갔다.

그 후로 사내에 두 사람이 견원지간이라고 소문이 퍼져 더욱 사이가 서먹해졌다.

이제 승부가 갈리고 보니 온갖 생각이 마사오의 뇌리를 스쳤다. 결국 윗사람들은 가와시마를 선택한 것이다. 그 점이 가장 큰 충격이었다. 마사오는 실적으로는 자신이 가와시마를 앞선다고 생각해 왔다. 특히 동남아시아 시장을 개척한 것은 마사오의 공적이었다. 프로젝트 리더로서 해외 사업부와 제휴해 3년간 태국과 인도네시아에서 일했고, 출장도 1년에 스무 번 넘게 다녔다. 자신의 40대에서 하이라이트라고 할 수 있는 업무로, 사내 표창을 받기도 했다. 그런데 그런 실적이 제대로 평가받지 못한 것이다.

이것으로 임원으로 올라가는 길도 막히고 말았다. 누구에게도 말한 적은 없지만 내심 자신이 임원까지 오를 것이라고 예상했었다. 그런 꿈이 무너지고 말았다.

물론 그동안도 귀를 의심할 만한 인사는 주위에서 셀 수 없이 많았다. 지나치게 유능하다 보니 오히려 미움을 사서 한직으로 밀려난 사람도 있었고, 은행에서 낙하산으로 내려온 사람에게 하루아침에 임원 자리를 빼앗기고 자회사로 발령을 받은 사람도 있었다. 회사란 그런 곳이다. 받아들이는 수밖에 없다.

아무리 그렇게 스스로를 설득하려 해도 역시 납득이 가지 않았다. 지금쯤 영업국 사람들 모두가 쑥덕거리고 있을 터였다. 내일은 다들 어떤 태도로 나를 대할 것인가. 그런 생각을 하자 출근하기가 싫어졌다.

마사오는 마지막 한 잔을 단숨에 털어 넣고 자리에서 일어났다. 바텐더가 "조심해서 가십시오." 하고 미소를 지으며 고개를 숙였다.

"고맙습니다."

술값을 치른 뒤 바에서 나왔다. 호텔 입구를 나서자 도어맨이 마사오를 보고 "택시를 불러 드릴까요?"라고 물으며 웃는 얼굴로 다가왔다.

사람들의 친절함이 마음을 파고들었다. 지금 누군가에게 냉대를 받는다면 자신은 분명 기력을 잃고 쓰러지고 말 것이다. 호텔 바에 오기를 잘했다고 생각했다.

새벽 1시가 넘어 집에 들어가니 가족이 모두 잠들어 집이 조용했다. 아내 미호와도 얘기를 나누고 싶지 않아 그녀를 깨우지 않도록 조심스레 옷을 갈아입고 옆 자리로 기어들었다. 상당히 취했는데도 좀처럼 잠이 오지 않았다. 자신도 모르게 몇 번이나 한숨을 쉬었다. 잠들기까지 두 시간이 걸렸다.

다음 날 아침 6시에 일어났다. 미호는 늘 그 시간에 일어나는데, 오늘은 같이 이불에서 나왔다. "벌써 일어나게?"라며 의아해하는 미호에게 "술기운이 가시지 않아서 샤워나 하려고."라고 대답했다. 술 냄새를 풍기며 회사에 가고 싶지 않았다. 횟술을 마셨나 보다고 부하 직원들이 짐작하는 게 싫었다.

남편의 태도가 평소와 사뭇 다르다고 느꼈는지 일순 뭔가 묻고 싶은 듯한 표정을 짓던 미호가 말없이 부엌으로 들어갔다. 25년을 부부로 지내다 보니 서로를 알 만큼 아는 터라 묻지 않는 편이 낫겠다고 판단했을 것이다.

하룻밤 지나면 감정이 조금 다스려질까 기대했는데 그러기는커녕 더욱더 요동쳤다. 과장해서 말하자면 마치 불치병이라도 선고받은 기분이었다. 가와시마에게 졌다, 그 말이 머릿속을 계속 맴돌았다.

샤워를 하고 부엌으로 가니 스물네 살 된 딸이 식탁에서 토스트를 우물거리고 있었다.

"웬일이냐, 이렇게 일찍?"

마사오가 딸에게 물었다.

"금요일 아침에는 모임이 있어."

딸이 퉁명스럽게 대답했다.

사회인 2년 차인 딸은 한창 일과 자기 계발에 열심이다. 아침 일찍 하는, 서로 다른 업종 사람끼리의 미팅에 참가하고 있다. 자리에서 일어나 주스를 쭉 들이켜더니 접시를 싱크대에 가져다 놓고 횡하니 나가 버렸다.

대학 4학년인 아들은 아직 2층에서 자고 있었다. 은행에 취직이 결정되어 이제 마지막 놀 기회다 싶은지 집에 진득이 있는 날이 없다. 마침내 아이들이 모두 사회로 진출한다. 그런데 자신은 아이들과 교대하듯이 직장을 잃었으니 인생이란 참 아이러니하다.

식탁에 앉아 신문을 펼쳤지만 글자가 눈에 들어오지 않았다. 머릿속이 온통 회사에 가고 싶지 않다는 어린애 같은 생각으로 가득했다.

미호가 식탁에 아침을 차리며 "어젯밤에 누구랑 마셨어?" 하고 물었다.

"거래처 사람."

마사오는 거짓말을 했다. 혼자 마셨다고 하면 아내가 걱정할 것 같았다. 하지만 언젠가는 이 일을 털어놓아야 한다. 두 살 아래인 미호는 같은 회사에서 일했던 동료로, 두 사람은 사내 결혼을 했다. 그러니 회사 일을 숨기지 못한다.

나중으로 미룰수록 알리기 어려워질 것 같아 가볍게 말을 꺼내기로 했다.

"새 영업국장이 가와시마로 결정됐나 봐."

하지만 말을 입 밖으로 내다 보니 그만 목소리가 높아지고 말았다.

"그렇구나……."

미호의 얼굴이 금세 흐려졌다. 두 사람 사이에 10초 정도 침묵이 이어졌다.

"뭐, 어쩌겠어. 내가 운이 없었지."

"그건……."

"인생이란 그런 거야."

미호가 혼란스러운 표정인 채 싱크대 쪽으로 돌아섰다. 손을 움직이고는 있지만 마음은 다른 곳에 가 있는 듯했다.

"아마 이달 말 인사이동 때, 영업국을 떠나게 될 거야. 어쩌면 다른 곳으로 발령이 날 수도 있고."

"그만큼 했으면 됐지, 뭐."

미호가 등을 돌린 채 말했다.

"생각하기에 따라서는 별일도 아니야."

"응."

"너무 바쁘지 않은 부서면 좋겠는데……. 당신도 이제 좀 쉬어야지."

그 말에는 대꾸하지 않은 채 마사오는 아침을 먹었다. 평소에는 늘 마주 앉아 함께 아침을 먹던 미호가 쓰레기를 정리하기 시작했다. 남편이 지금 얼마나 속상할지 쉬이 상상할 수 있을 것이다.

"재활용 쓰레기 버리는 날이라서 잠깐 나갔다 올게."

그렇게 말하고 그녀는 부엌 쪽문으로 분주한 듯이 나갔다.

어찌할 줄 모르는 미호의 반응이 마사오는 의외였다. 잉꼬부부라고 할 정도는 아니어도 지금까지 서로 의지하며 살아왔다.

아침을 먹은 후 출근 준비를 했다. 집을 나서는데, 평소에는 부엌에서 "잘 다녀와." 하고 인사하던 미호가 현관까지 배웅을 나왔다.

"오늘도 늦어?"

"글쎄, 아직 모르겠는데."

"그럼 메시지 해. 집에서 저녁 먹는다면 냄비 요리를 해 놓을 테니까."

"아아, 좋지. 그럼 칼퇴근해야겠네."

마사오가 입꼬리를 살짝 치켜올리며 말했다. 오늘 밤에도 호텔 바에서 한잔하고 싶은 마음이 있긴 하지만.

집 밖으로 나서니 공기가 싸늘했다. 어느 틈에 가을이 깊어진 것이다. 계절의 변화는 언제나 불쑥 찾아온다.

2

마사오는 회사에서 포커페이스를 유지하기로 했다. 낙담한 표정을 보일 수는 없고, 그렇다고 애써 명랑하게 행동하면 오히려 애처롭게들 여길 것이다. 난들 오기가 없을까. 동정만큼은 받고 싶지 않다.

출근하자 사람들과 인사를 나누었다. 부하 직원들도 평소처럼 대해 준다. 다만 분위기가 무거웠다. 멀찍이 떨어진 자리에서 자신을 흘끔거리는 시선도 느껴졌다.

마사오는 넌지시 사무실 안을 둘러보며 우선 현재의 국장, 그리고 앞으로 임원이 될 하라다를 찾았다. 아직은 출근 전인 듯했다. 이어서 가와시마의 자리로 눈길을 돌렸다. 그는 신문을 펼쳐 놓고 읽고 있었다. 어젯밤 축배를 들었을까. 어쩐지 자신감이 넘쳐흐르는 것처럼 보인다.

지금 바로 축하 인사를 건네야 할까. 서로의 감정은 충분히 알 테니 형식적으로라도 축하한다고 말해야 한다. 표면적으로는 내정일 뿐이지만 영업국 직원들은 이미 다 알고 있었다. 가와시마 본인이 부하 직원에게 말하는 바람에 소문이 좍 퍼졌던 것이다. 그러니 모른 척하는 게 오히려 부자연스럽다.

가서 말을 걸까, 하고 엉덩이를 드는데 영업 2과장 가네코가 가와시마에게 다가가는가 싶더니 둘이 뭐라고 얘기를 나누었다. 타이밍을 놓친 것이다. 어제저녁에는 덕분에 잘 먹었다, 그런 식의 대화로 보였다.

가네코는 가와시마의 심복과 같은 사내로, 마사오는 가와시마 이상으로 그를 싫어했다. 겉과 속이 다르고 교활하며 입에 발린 말만 하면서 일에는 허술한 그가 과장이 된 것은 오로지 가와시마의 마음에 들었기 때문이다.

그렇군, 가와시마가 국장이 된다는 건 가네코 역시 승진한다는 뜻이다. 마사오는 참담한 기분으로 두 사람을 바라보았다. 이러니까 인사가 무서운 것이다. 사람의 인생이 송두리째 달라진다.

그런 생각을 하면서 시선을 돌리는데 바로 앞에 영업 3과장 가토가 서 있었다.

"안녕하세요."

"어어, 그래."

"야요이 상사 건 말인데요, 견적서가 다시 왔습니다. 이쪽 예산에 맞췄더군요. 어떻게 할까요, 진행해도 괜찮을까요?"

"그래, 그럼 그렇게 진행하도록."

대답하면서도 마사오는 이달 말이면 영업국에서 사라질 자신이 결재해도 되는지 의문스러웠다.

아니야, 정식으로 발령이 날 때까지는 내가 부장이다. 그리고 이건 통상적인 업무다.

"아아, 맞다. 자네, 오늘 저녁에 시간 있나?"

"네, 있습니다만……."

"한잔하자고. 할 얘기가 있어."

"알겠습니다."

가토의 표정이 순식간에 흐려졌다. 마사오가 무슨 얘기를 하려고 그러는지 물론 알 것이다. 가토에게도 국장 인사는 남의 일이 아니었다.

마사오보다 열 살 아래인 가토는 그가 가장 신뢰하는 부하 직원이다. 신입 시절부터 그의 능력과 성실함을 알아보고 이래저래 아껴 왔다. 자신이 국장이 되는 날에는 그를 부장으로 서둘러 끌어올릴 작정이었다. 국장에게는 인사권이 있고, 그 때문에 국장 인사는 가장 주목을 받는 인사다.

그런데 가와시마가 인사권을 쥐게 되었으니……. 가토가 마사오의 충실한 오른팔이라는 점은 가와시마도 충분히 알 터였다. 그러니 가토가 마사오와 함께 영업국에서 쫓겨날 가능성도 다분했다.

마사오는 가토에게 더없이 미안한 마음이었다. 유능하고 누구에게나 사랑받는 가토가 상사의 인사에 휘말려 처지가 위태로워지다니.

일단 미호에게 메시지를 보냈다.

'미안. 갑자기 일이 생겨서 오늘 밤에도 늦을 것 같아.'

아내와는 아직 마주하고 싶지 않으니 절반은 도피였다.

업무를 시작할 시간이 되자 하라다 국장이 나타났다. 키가 큰 하라다는 캐비닛 너머에서 고개를 쭉 늘여 사무실 안을 둘러보더니 자신의 책상으로 가지 않고 마사오 자리를 향해 똑바로 다가왔다.

"이봐, 우에무라. 점심을 같이하면 어떨까?"

하라다가 인사도 건너뛰고 다짜고짜 물었다.

"좋습니다."

"그럼 늘 가는 장어구이 집에 방을 예약해 두게."

그러고서 대답도 듣지 않고 성큼성큼 가 버렸다.

오늘 점심때 통보를 받겠군. 그렇게 생각하자 기분이 점점
더 가라앉았다. 입사한 지 30년. 마침내 경주가 끝났다.

가와시마는 직속 과장들과 짧게 미팅을 갖고는 윗도리를
걸치더니 밖으로 나갔다. 마사오는 말을 건넬 기회를 잃었지
만, 한편으로는 안도했다. 가능하면 지금은 그와 말을 나누고
싶지 않다.

오전 내내 국장 인사에 대해 언급하는 사원은 아무도 없었
다. 곧바로 활기를 되찾아 평소대로 일하고 있다. 하기야 젊
은 사원들은 자기 일만으로도 코가 석 자라, 쉰세 살 관리직
의 거취 따위는 관심 밖일 것이다. 그 또한 회사라는 곳의 속
성이다.

점심시간이 되어 하라다 국장과 함께 회사 근처 장어구이
집으로 갔다. 방에 마주 앉자 하라다는 물수건으로 얼굴을 닦
으면서 "이미 알고 있지?"라고 대뜸 물었다.

"네, 압니다."

마사오가 차분히 대답했다.

"자네로서는 납득이 안 가겠지만, 결정은 뒤집히지 않아. 그러니 자네가 참게."

"네, 그래야겠죠."

담담한 척 고개를 끄덕였지만, 마사오는 하라다와 감정의 거리를 느꼈다. 참으라는 말은 다음이 있는 사람을 위로할 때 쓰는 것이다. 이번 인사는 게임이 끝났다는 선언이다.

"임원 회의에서도 의견이 갈렸던 모양이야. 자네를 추천하는 임원도 많았다더군. 특히 해외 사업부 담당인 시라하타 씨는 자네가 회사에 큰 공을 세운 사람인데 그 보상이 없어서야 되겠느냐면서 화를 냈다는 거야."

그 얘기는 다소나마 위로가 되었다. 알아주는 사람도 있구나 싶었다.

"그런데 마지막에 사장이 결정했대. 일이 그렇게 되고 보니 다수결을 주장할 수도 없었다더군."

쇼크였다. 그래? 사장의 의향이란 말이지. 그렇다면 아무도 반기를 들 수 없다. 가와시마는 사장에게 줄을 선 녀석이다. 같이 골프를 치러 다니고, 사장 생일에는 고향의 명산물을 갖다 바쳤다. 그렇게 알랑거리는 짓을 마사오는 도저히 할 수 없었다. 성격이 그랬다.

하라다가 맥주를 주문하는 바람에 대낮부터 마셨다. 차가운 액체가 위에 스민다.

하라다가 젓가락으로 안줏거리를 집으며 얘기를 계속했다.

"이런 얘기를 하기에는 좀 이른 감이 있지만, 가와시마가 국장으로 취임하면 자네는 영업국을 떠나야 할 거야. 내가 준비할 수 있는 자리가 둘 있는데, 그중 하나는 총무국 차장이야. 자네는 사내에서 발이 넓으니 홍보든 인사든 어렵지 않게 일할 수 있겠지. 또 하나는 제너럴 설비의 전무. 자회사로 좌천되는 모양새지만 자리 자체는 나쁘지 않을 걸세. 2주간 시간을 줄 테니 천천히 생각해 보게."

"알겠습니다."

마사오는 온순하게 대답했다. 하지만 아무리 구체적으로 자리를 제시한다 해도 지금은 아무것도 생각할 수 없다는 것이 솔직한 심정이다. 총무국 차장은 한직이고, 제너럴 설비의 전무 역시 직함만 그럴싸할 뿐이다. 제너럴 설비는 과거의 자재부를 분사한 사내 자회사로, 사원이 마흔 명 정도에 불과하다. 어느 쪽이나 허울뿐인 자리로, 목표를 세우고 일할 만한 곳은 아니다.

"그만두겠다는 말은 하지 말게."

"그럴 리가요. 제 나이 이제 쉰셋입니다. 어디서 받아 주겠어요."

마사오가 쓸쓸하게 웃으면서 고개를 저었다. 실제로 이직은 생각하고 있지 않았다.

"그건 아니지. 이 바닥이 얼마나 좁은지 알잖나. 자네의 경험과 노하우가 탐나서 스카우트하려고 할지도 몰라."

"그렇지 않을 겁니다."

말은 겸손하게 했지만 가능성이 아예 없는 건 아니었다. 특히 신생 기업에는 나름으로 쓸모 있는 인재일 것이다. 다만 지금은 거기까지 생각할 여력이 없었다.

"마음이 금방 정리되지는 않을 테지만, 국장 자리가 하나밖에 없는 걸 어떡하겠나. 나로서도 자네를 놓치는 건 정말이지 괴로운 일이야."

"네, 신경 쓰지 마십시오."

마사오는 알고 싶은 일이 하나 있었다. 하라다 국장은 과연 누구를 추천했을까. 자신일까, 가와시마일까. 하지만 물어볼 용기가 없다. 대답을 들으면 자신이 비참해질 것 같았다.

장어덮밥이 나오자 한동안 묵묵히 먹기만 했다. 홀은 손님으로 북적거리는 듯했다. 회사원들의 대화가 복도를 건너 들려왔다.

"아 참, 가토 과장은 어떻게 됩니까?"

마사오가 물었다.

"어떻게 되다니?"

하라다가 고개를 들고 되물었다.

"설마 가토까지 이동하는 건 아니죠?"

"그렇지야 않겠지. 그 친구는 영업국의 중요한 전력인걸."

"그래도 인사권이 가와시마에게 있으니까요."

"아무리 인사권이 있다 해도 그건 안 될 말이야."

"그럼 잘 부탁드리겠습니다."

다시 말없이 밥을 먹었다. 이제 하라다와도 떨어지게 된다. 예전에는 무서운 상사였는데 지금은 상당히 둥글둥글해졌다. 작년에 태어난 손자 사진을 스마트폰으로 들여다보면서 눈꼬리를 늘어뜨리곤 한다. 함께 일해 온 나날들이 흘러간 과거가 되고 말았다. 그런 생각을 하자 감개가 끓어올랐다. 즉, 자신도 늙었다는 얘기다.

"부인은 잘 계시고?"

하라다가 뜬금없이 물었다.

"네, 잘 있습니다."

"아껴 줘."

"네."

다시 대화가 끊겼다.

회사로 돌아왔을 때 가와시마의 모습은 보이지 않았다. 외출이라도 한 모양이다. 얼굴을 마주치지 않아도 되니 다행이라고 생각했다. 아무래도 축하한다는 말은 나올 것 같지 않았다.

저녁에 가토와 술을 마셨다. 선술집은 소란스러워서 단골 음식점 다다미방에 마주 앉았다.

"이미 들었겠지만 가와시마가 국장이 되고 나는 영업국을 떠나게 될 것 같아. 자네에게는 여러 가지로 도움을 많이 받아서 고맙다는 말을 제대로 하고 싶었어. 오랫동안 고마웠네."

맥주잔을 부딪친 뒤 마사오가 입을 열자 가토는 분개한 표정으로 "남 대하듯이 말씀하시네요." 하고 항의하듯 말했다.

"친한 사이라도 예의는 차려야지."

"이렇게 끝나는 겁니까? 분하지도 않으세요?"

"무슨 말을 해도 이제는 뒤집히지 않아."

"어디로 가실 건데요? 저도 데리고 가십시오."

"말도 안 되는 소리. 오늘 하라다 국장이 총무국 차장이나 제너럴 설비 전무로 가라더군. 자네가 의리를 지켜야 할 이유는 없어. 영업부에 남아서 내 몫까지 열심히 일해 줘."

"다른 곳으로 옮길 생각은 없으세요? 전문 지식이 있으니 외국 회사든 어디든 갈 수 있을 겁니다."

가토가 몸을 앞으로 바짝 들이밀며 부추기듯이 말했다.

"내가 자네 나이라면 한번 생각해 보겠지만, 이미 쉰셋이야. 앞날이 길지 않아."

"또 그렇게 약한 소리를 하시네요. 부장님답지 않습니다."

가토는 의기충천했다. 마흔셋이니 기세가 등등할 만도 하다.

"저는 가와시마 씨 밑에서 일한다는 게 별로 내키지 않습니다."

"그런 말 말게. 하라다 국장도 말했지만, 자네는 영업부의 중요한 전력이야."

"말이야 그렇지만, 가와시마 씨가 인사권을 쥐면 틀림없이 가네코가 승진할 겁니다. 저, 만일 그 녀석 밑에서 일하게 되면 다른 부서로 옮겨 갈 겁니다."

"그건……."

"그런 교활한 놈이 부장 자리에 오르면 영업부는 그날로 끝이에요. 그렇게 생각하지 않으십니까?"

"뭐, 그건 사실이지만……."

마사오도 그의 기분을 충분히 이해할 수 있었다. 가토와 가네코 역시 입사 동기다. 그리고 일에 관해서는 실적도 능력도 누가 보나 가토가 월등했다. 가네코는 가와시마 밑에서 그의 비위를 잘 맞출 뿐이었다.

"도대체 회사의 인사란 뭘까요?"

가토가 한숨을 내쉬며 말했다.

"우에무라 부장님은 동남아시아 시장 개척의 공로자시잖아요. 그런 분을 이런 식으로 내팽개쳐 버리다니……."

"인사란 그런 거야. 어디나 마찬가지일걸."

"그런가요……."

가토가 끝없이 분개해 주어 그나마 위로가 되었다. 설사 흥분한 탓에 내뱉었을지라도 자신도 데려가 달라는 말 또한 마사오는 기뻤다.

음식점에서 한참 마신 후 자리를 옮겨 바에서 한잔 더 했다. 취기가 올랐지만 정신은 말짱했다. 마사오가 푸념을 늘어놓지 않고 술자리를 끝낼 수 있었던 것은 가토가 한술 더 떠서 길길이 뛴 덕분이었다. 이 친구와도 이제 헤어지겠군, 하고 생각하니 마음속에 찬바람이 횡횡 불었다.

3

다음 날인 토요일을 마사오는 집에서 보냈다. 아이들은 아침에 외출했고, 텔레비전도 켜지 않아 집 안이 무인도처럼 적적했다. 미호는 부엌에서 피클을 만들고 있었다. 솔솔 풍겨오는 시큼한 냄새가 숙취가 심한 그에게는 조금 역했다.

거실 소파에 드러누워 신문을 읽고 있는데 미호가 부엌에 선 채 물었다.

"당신, 오늘 무슨 스케줄 있어?"

"없어. 내일도 없고."

"그럼 쇼핑하러 가자. 가끔은 나도 긴자에 가고 싶어."

"긴자라⋯⋯."

별로 내키지 않아서 우물거리고 있었더니 미호가 다가왔다. 그녀는 소파 옆에 쪼그리고 앉아 마사오의 얼굴을 들여다보았다.

"기분 전환도 하고 좋잖아. 가히로키랑 가나도 늦게 들어온다고 했으니까 어디 가서 근사하게 저녁을 먹어도 좋고."

"외식이라면 역 앞에서도 할 수 있지 않나? 얼마 전에 프렌치 레스토랑이 생긴 것 같던데."

마사오가 미호에게 등을 돌리고 돌아눕자 미호는 한숨을 한 번 쉬고 나서 뭐라고 또 말을 붙여야 할지 고민했다.

"그런데 어느 부서로 갈지는 정해졌어?"

짐짓 밝은 목소리로 묻는다.

"그렇게 빨리 정해지겠어."

더 말하고 싶지 않았지만, 마사오는 하라다 국장이 제시한 후보지 두 곳을 미호에게 알려 주었다.

"바쁜 덴가?"

"글쎄, 어떨지."

한가한 곳이라고 말하고 싶지는 않았다.

"그만큼 열심히 일했으면 이제 그만해도 되지 않아? 아, 그래! 시에서 운영하는 합주단에 들어가면 어떨까? 당신, 예전부터 들어가고 싶어 했잖아."

"중학생 수준의 클라리넷 실력으로 부끄러워서 거길 어떻게 들어가나."

"연습하면 되지. 시간이 나면 제대로 연습하고 싶다고 했잖아."

그런 말을 한 적이 있는 건 사실이지만, 어차피 은퇴하기 전에는 그럴 틈이 없을 거라고 여기고 한번 말해 본 것뿐이었다.

"나도 뭔가 시작해 볼까? 우쿨렐레 같은 거 말이야."

"좋을 대로 하세요."

여전히 미호를 등진 채 퉁명하게 대답했다. 그녀는 좀처럼 자리를 뜨려 하지 않는다.

"당신, 오디오 바꾸고 싶다고 하지 않았어? JBL이라고 했나……, 그 커다란 스피커 말이야."

미호가 화제를 바꿨다.

"괜찮아. 생각이 달라졌어."

"왜? JBL이랑 마크 레빈슨을 사는 게 꿈이라고 하지 않았어?"

"그거야 오디오 룸을 만들었을 때 얘기지."

"그럼 집을 리모델링하자. 거의 사용하지 않는 불단도 이 기회에 없애고 말이야."

"그럴 돈이 어디 있어."

"적금을 깨면 돼. 가끔은 그래도 괜찮아"

귀찮아서 견딜 수 없어진 마사오가 몸을 일으키며 신문을 접어 테이블에 놓았다.

"당신, 입술이 부르텄네."

미호가 얼굴을 들여다보며 말했다. 마사오는 혀로 입술을 핥았다. 아닌 게 아니라 입술에 물집이 잡혀 있었다. 이틀 내리 술을 마신 탓일 것이다.

"피곤한가 봐."

"응. 그러니까 긴자에는 가지 말자."

그러자 미호가 한동안 침묵하더니 다시 "혼자 있고 싶어?" 라고 물었다.

마사오는 얼른 대답하지 못하고 뜸을 들이다가 "가능하면." 하고 대답했다.

"그럼, 나 혼자 갔다 올게."

미호가 그렇게 말하고 일어나서 부엌으로 돌아갔다. 마사오는 도로 소파에 드러누웠다. 그리고 멍하니 천장을 올려다봤다. 스스로도 놀랄 만큼 공허감이 밀려왔다.

이틀이나 지났으니 조금은 냉철해지지 않을까 기대했는데 오히려 점점 더 괴롭기만 했다. 머리에 떠오르는 것이라고는 왜지? 하는 의문뿐이고 도저히 마음이 정리될 것 같지 않았다. 가와시마가 선택되고 자신은 밀려났다. 그런 말도 안 되는 인사가 어디 있어, 하고 당장이라도 외치고 싶은 심정이었다.

만약 회사 내에 재판소가 있었다면 틀림없이 제소했을 것이다. 지금도 혹시나 뒤집히지 않을까 기대하는 마음이 있었다.

쉰셋이라는 어중간한 나이도 그에게 고통을 주는 데 한몫했다. 다섯 살만 젊었어도 주저 없이 회사를 박차고 나와 새로운 직장을 구했을 것이다. 그러나 지금의 나이로는 선택지가 별로 없었다.

요컨대 자신은 일자리를 빼앗기고 퇴장을 선고받았다. 그게 분해서 견딜 수가 없었다. 영업 쪽에서 아직 하고 싶은 일이 많았다. 이 답답한 심정을 어째야 할지 알 수 없었다.

긴자에 가자는 제안은 거절했지만, 날씨가 하도 좋아서 역앞 상점가로 나갔다. 미호가 점심을 준비해 놓지 않고 나가서하는 수 없이 밖에서 먹기로 했다.

얇은 카디건을 걸치고 샌들을 신은 채 집을 나섰다. 혼자동네를 어슬렁거리는 건 좀처럼 없었던 일이라 마치 벌거벗고 나서기라도 한 것처럼 허전하고 불안했다.

가끔 이용하는 메밀국수 집에 들어가 차가운 메밀국수를주문했다. 어차피 하루 종일 할 일도 없고 해서 맥주도 주문했다.

맥주를 마시면서 카운터 너머에 있는 주방을 멍하니 바라보았다. 안에서는 자신과 동년배로 보이는 가게 주인장이 국수를 삶고 있었다. 문득 그 남자의 인생을 상상했다. 분명 메밀국수 집 장남으로 태어나 가게를 물려받았을 것이다. 아침부터 메밀국수를 만들고, 손님상에 내고……, 그렇게 하루가 지나간다. 다음 날도 그다음 날도 같은 일이 반복된다. 그에게는 해외 출장도 피 말리는 교섭도 사내 표창도 없다. 자신이 그의 입장이었다면 따분해서 죽을 지경이었을 것이다.

홀 내부로 시선을 돌렸다. 테이블이 동네 사람들로 가득하다. 손님은 대부분 중년. 하나같이 출세와는 거리가 먼 범부로 보인다.

이 무슨 오만한 생각이란 말인가. 나는 뭐가 그리 잘났나. 스스로에게 핀잔을 줘 보지만, 남들을 우습게 여기는 마음이 가시지 않는다. 지금은 다른 사람들과 자신을 비교하지 않고서는 도저히 버틸 수 없는 것이다.

메밀국수를 다 먹고 나서 서점에 들렀다. 평소의 습관대로 비즈니스 서적이 있는 곳으로 향하다가 더는 그런 것들이 자신에게 필요치 않음을 깨닫고 다시 가벼운 충격을 느꼈다. 앞으로 근무할 곳은 어느 쪽이든 한직이긴 매한가지니 비즈니스의 최전선이 아니다. '부하 직원을 움직이는 힘'이니 '내일을 읽는 실천 매니지먼트'니 하는 기세등등한 제목이 가슴을 찌른다.

마음이 상해서 옆에 있는 교양 서적 코너로 갔더니 이번에는 '50세에 시작하는 노후 준비'라는 책 제목이 눈에 들어와 자신도 모르게 얼굴을 돌렸다.

이제는 취미에 관한 책이나 읽어야겠다 싶었다. 시바 료타로마저 피하고 싶은 심정이다.

아무것도 사지 않은 채 서점에서 나와 강 둔치에 있는 녹지 공원으로 향했다. 운동장과 자전거 길이 있는, 시민들의 휴식처다. 맑은 가을 하늘 아래 휴일을 한가로이 즐기는 사람이 많았다. 소년 야구 팀이 내지르는 시끌시끌한 소리를 뒤로하고 거닐다 보니 텃밭 지역에 다다랐다. 그런데 예기치 않게 그 안에서 누군가 "우에무라 씨!" 하고 부르는 소리가 들려 걸음을 멈추고 돌아보니 한동네 사는 요시다가 손에 낫을 든 채 서 있었다. 발에는 장화를 신었고, 목에는 수건이 둘려 있었다.

요시다와는 출근길에 전철을 함께 타는 일이 많아 몇 번 얘기를 나눈 적이 있었다. 그는 마사오와 동년배로, 건물 관리 회사에 근무한다고 들었다.

"혼자 산책 나왔어요?"

요시다가 환하게 웃는 얼굴로 물었다.

"네, 뭐. 아내가 외출하고 없는 데다 날씨도 좋고 해서요."

뒤에서 그의 부인이 얼굴을 내밀더니 꾸벅, 고개를 숙였다.

"저희는 둘이서 텃밭을 가꾸고 있어요."

요시다가 말했다. 그러고 보니 미호에게 들은 적이 있다. 이 토마토, 요시다 씨가 텃밭에서 길렀대, 하고. 마사오는 그때 요시다가 회사에서 어지간히 한가한 모양이라고 그를 깔보듯이 생각했다.

"네, 알죠. 아내가 채소를 여러 번 얻어먹었다고 하더군요. 감사합니다."

"괜찮으시면 가지 좀 가져가실래요?"

"아이고, 그래도 되겠습니까? 이거, 죄송해서……."

딱히 받아 가고 싶지는 않았지만, 거절하기도 뭐해서 고맙다고 인사하고 받아 들었다.

"우에무라 씨도 채소를 한번 가꿔 보면 어떨까요? 최근에 빈자리가 나서, 시청 공원과에 신청하면 당장 빌릴 수 있을 텐데요."

"아니요, 가꿀 줄을 알아야지요."

"처음에는 누구나 마찬가지예요. 원하시면 제가 가르쳐 드릴 수도 있고요."

"여보, 그런 소리 마요. 우에무라 씨는 바쁜 분이야."

부인이 끼어들어 남편을 나무랐다.

"하하, 그렇군요. 이거 실례했습니다. 큰 회사 부장님이신데."

요시다가 머리를 긁적거리면서 말했다. 마사오는 하마터면 털어놓을 뻔했다. 아니, 실은 저, 이제부터 한가해질 거예요.

출세 경쟁에서 패하는 바람에 일선에서 밀려났습니다…….

"좀 더 가져가실래요?"

"아, 아니요. 이거면 충분합니다. …… 재미있을 것 같군요, 채소 가꾸는 일요."

"재미있고말고요. 흙에서 새싹이 돋고, 열매가 맺히고……, 그런 장면을 마주할 수 있다는 사실 자체가 기뻐요. 뭐, 아주 조그만 성취감이랄까요."

사람 좋아 보이는 요시다가 해맑게 미소 짓는다.

그래, 일상의 작은 행복이란 말이지. 자신에게는 지금까지 불필요했던 가치관이다. 성취해야 하는 대상은 온통 일과 관련된 것뿐이었다. 기쁨도 흥분도 그 안에서 찾아야 했다. 하지만 앞으로는 자신도 작은 행복을 찾으려고 노력해야 할지 모른다. 과연 그렇게 할 수 있을까.

"왜…… 그러시죠?"

요시다가 물었다.

"아, 아무것도 아닙니다."

한 번 더 고맙다고 인사하고 걷기 시작했다. 공허한 마음이 점점 더 커졌다. 영업직을 벗어나면 접대 골프도 없고 휴일 출근도 없다. 그러니까 토요일과 일요일은 쉬게 된다. 뭘 하며 지내야 하나.

한마디로 자신은 칼을 빼앗긴 무사다. 앞으로 어떻게 살아가야 할지 막막하기만 하다.

집에 돌아온 마사오는 아주 오랜만에 벽장에서 클라리넷을 꺼냈다. 취미가 클라리넷이라고 회사에서도 자랑하곤 했지만 10년도 넘게 남들 앞에서 연주한 적이 없었다. 자신은 회사에만 목을 매는 인간이 아니라고 주변에 어필하는 도구로 클라리넷을 사용했을 뿐인지도 모른다.

조립을 마친 클라리넷 리드에 입을 대고 부니 맥없는 소리가 나왔다. 마치 한밤에 메밀국수를 팔러 다니는 장수가 부는 태평소 소리 같다. 자세를 바로 하고 다시 한 번 분다. 소리는 안정되었지만 이번에는 손가락이 마음같이 움직이지 않았다. 한동안 연습을 게을리한 탓에 무디어진 것이다.

마사오는 십팔번이었던 'Take the "A" Train'을 불었다. 더듬거리다 보니 열차가 달리는 듯한 경쾌함이 전혀 느껴지지 않았다. 아무도 없는 집에 클라리넷 소리가 울려 퍼진다.

4

그다음 주에도 가와시마에게 축하한다는 말을 건넬 기회가 좀처럼 없었다. 가와시마는 외출과 회의로 분주해 거의 자리에 있지 않았다. 뿐만 아니라 마사오를 피하는 듯한 눈치도 보였다. 월요일 조례에서 각 부서 부장이 돌아가며 업무 보고와 간단한 스피치를 할 때도 마사오와는 눈을 마주치려 하지 않았다.

물론 마사오 역시 가와시마를 피하기는 마찬가지였다. 축하하고 싶으면 출근하자마자 성큼성큼 그의 자리로 가서 말을 건네면 될 일이다. 아무도 보지 않는 곳에서 은밀히 말하려니 자꾸만 미루게 되는 것이었다.

영업국 내에서는 가와시마 신체제로 향하는 분위기가 조성되고 있었다. 다들 암암리에 가와시마를 의식하며 일했다. 특히 각 부서의 과장들은 안절부절못하며 새 국장이 조직을 어떤 식으로 개편할지, 그때 자신은 어느 자리로 가게 될지 촉각을 곤두세웠다. 가토 역시 처음에는 큰소리를 탕탕 쳤지만 지금은 옆에서 보기에도 불안해하는 기색이 역력했다. 다른 자리로 옮겨 갈 가능성이 높기 때문일 것이다. 하라다는 그런 일이 없을 거라고 했지만 마사오로서는 여간 신경이 쓰이지 않았다.

한번은 해외 사업부 담당 임원인 시라하타와 엘리베이터를 같이 탄 적이 있다. 그는 마사오를 보자 움찔하며 "오, 자네군." 하더니 근심 가득한 눈빛으로 "잘 지내고 있나?"라고 물었다.

"네, 덕분에요."

마사오는 웃으며 대답했다.

그러고서 대화가 끊겼는데, 엘리베이터에 탄 사람들이 모두 내리고 단둘이 남자 시라하타가 다시 입을 열었다.

"자네가 영업국장 선발에서 밀려난 건 유감이지만, 배에서 선장은 한 명이지 둘일 수 없지 않은가. 너무 낙심하지 말게."

"저도 압니다. 감사합니다."

"그래서, 어떻게 할 건가? 다음 자리는 결정됐어?"

"아니요. 하라다 국장님이 제시하신 자리는 있지만 아직 생각 중입니다. 시라하타 이사님이 오라고 하시면 해외 사업부로 갈 수도 있습니다만."

마사오가 너스레를 떨었다. 시라하타는 사내다운 면모가 있어서 전부터 좋아했다.

"아니, 그건 좀……."

시라하타는 당황하는 눈치였다.

"자네가 탐나는 전력인 건 분명하지만, 막상 해외 사업부로 데려오려면 마땅한 자리를 마련해야 하는데, 국장이 과연 어떻게 생각할지……."

그가 군색한 변명을 늘어놓았다.

"아닙니다. 농담이니까 신경 쓰지 마십시오."

"뭐야, 농담이었어? 이 친구, 사람을 놀리는군."

시라하타가 얼굴을 찡그리며 쓴웃음을 지었다. 그리고 엘리베이터가 서자 마사오의 어깨를 몇 번 두드리고서 내렸다.

솔직히 말하자면 조금은 기대하고 있었다. 다른 임원이 자신을 데려가 주지 않을까 하고. 그리고 그 첫 번째 후보가 시라하타였다. 그로서도 무리라면 더는 가능성이 없다.

마사오는 기분이 또 가라앉았다. 마침내 현장에서 물러날 때가 온 것이다. 총무국으로 가든가 자회사로 가야 한다. 굳이 선택하자면 되도록 가와시마와 얼굴을 마주치지 않을 수 있는 곳이 좋을 것이다. 총무국은 영업부가 있는 신관에 있으니 엘리베이터에서 마주칠 우려가 있다. 하지만 자회사는 구관에 있으니 웬만해서는 마주칠 일이 거의 없을 것이다. 그렇다면 자회사의 전무 자리를 선택해야 한다는 건데.

이렇게 초라한 처지가 될 줄은 정말 몰랐다. 과거에는 영업부 에이스로 불렸던 자신이 이런 식으로 거취를 결정해야 하는 신세가 될 줄이야. 오늘 밤에도 술을 마시지 않을 수 없을 듯하다.

자리로 돌아와 서류를 훑어보고 있는데 하라다 국장이 다가오더니 빈 의자를 끌어당겨 마사오 옆에 앉았다.

"우에무라, 자네, 이번 인사 발표가 날 때까지 쉬게. 휴가야."

다짜고짜 그렇게 말했다.

"휴가라니, 그게 무슨 소리입니까?"

"자네, 미처 쓰지 않은 유급 휴가가 잔뜩 있더군. 그래서 총무국에서 제안한 일인데, 영업국의 유급 휴가 소화율을 조금이라도 높이기 위해 자네를 쉬게 하자는 거야. 그러니까 일주일쯤 몰아서 쉬어. 잘됐지 뭔가."

"네, 하지만……."

마사오는 당황스럽기 짝이 없었다. 자신을 배려하는 뜻에서 하는 말이겠지만, 남은 일도 있는데 일주일이나 쉬라니, 터무니없다.

"남은 일은 가토에게 맡기게. 메일이 있으니 어디서든 지시를 내릴 수 있잖아."

"네……."

"온천 여행이라도 해서 부인에게 봉사하면 어떻겠어?"

마사오가 대답할 말을 찾지 못하고 우물거리자 "그사이에 어디로 갈지도 결정하고 말이야." 하고서 어깨를 두드리더니 자리에서 일어나 횡하니 가 버렸다.

시라하타와 하라다가 번갈아 가며 두드려 대서인지 어깨가 살짝 저렸다. 마사오는 입사 이후 처음으로 고독을 느꼈다.

집에 돌아와 미호에게 내일부터 유급 휴가에 들어간다고 알렸다. 변명하기도 귀찮아서 자신이 더는 영업부에서 쓸모가 없어졌다고 사실대로 말했다.

"그런 식으로 자신을 비하하지 마. 당신한테 신경 써 준다고 그러는 건데."

미호는 애써 명랑한 척하려고 했지만 그 눈빛에 동정의 빛이 어려 있었다. 아내까지 자신에게 그토록 신경을 쓰고 있다고 생각하니 마사오는 마음이 괴로웠다.

"그래서, 휴가 때 뭘 할 생각이야?"

"아직 못 정했어."

"여행은 어때? 가고 싶은 곳에 다녀와."

혼자 가라는 말인가. 둘이 함께 온천에 다녀오면 어떨까, 반쯤은 그렇게 마음먹고 있었는데.

"당신, 혼자 있고 싶지?"

미호가 물었다.

"아니야. 혼자 여행하는 건 별로 내키지 않아. 저녁도 혼자서는 이것저것 먹기 뭐하잖아."

마사오가 입을 오므리며 말했다.

"그럼 나도 갈게. 같이 가자. 봉사하는 일이 있어서 오래 갈 수는 없지만 2박 3일 정도는 괜찮아."

"그래, 3박 이상은 짐도 많고 오히려 피곤해질 거야."

"나는 시코쿠가 좋을 것 같은데."

미호가 갑자기 들뜬 목소리로 말했다.

"언젠가는 시코쿠에 있는 절들을 순례하고 싶었거든. 그러니까 그 답사도 할 겸 말이야."

"나는 어디든 상관없어."

"그럼 시코쿠로 결정하자. 일단 가가와에서 사누끼 우동을 먹을 거야."

그녀는 눈까지 빛냈다.

"그런 다음 마쓰야마로 가서 도고 온천에 몸을 담그고 ……."

혼자서 신이 났다. 마사오의 마음속에서 혼자서 여행하는 것도 괜찮겠다는 나머지 절반의 감정이 되살아났다. 물론 그 말을 입 밖에 낼 용기는 없었지만.

미호가 일사천리로 여행 계획을 세워 이틀 후 출발하게 되었다. 아이들에게 집을 잘 지키라고 하자 "흠." 하고 내키지 않는 듯이 반응하더니 그동안의 밥값을 요구했다. 부모의 일에는 애당초 무심한 녀석들이다.

하네다로 가는 모노레일 안에서 이렇게 부부가 여행하는 게 아이가 태어난 후 처음이 아닌가 하는 생각이 들어 옆에 앉은 미호에게 그 말을 하려다가 새삼 로맨틱하게 굴기도 쑥스러워 잠자코 있었다. 아마 미호도 알고는 있을 것이다.

평일이라 기내에는 회사원들이 대부분이었다. 통상의 휴가라면 다소 우월감에 젖어 그들을 바라보았을 테지만 오늘은 바빠 보이는 그들이 오히려 눈부셔 보였다. 앞으로 자신은 출장과도 인연이 없을 것이다. 그런 생각을 하자 뜻하지 않게 또 서글픔이 밀려왔다.

그리고 전 같으면 의식하지 못했을 은퇴 부부들이 유난히 눈에 띄어 한숨이 새어 나왔다. 이제 얼마 안 있어 자신도 저들 축에 낀단 말인가. 정년까지 아직 7년이나 남았는데 기분은 이미 은퇴한 사람처럼 느껴졌다.

"클라리넷은 어떻게 할 거야? 시립 합주단 홈페이지를 보니까 매달 첫째 토요일에 오디션이 있던데."

미호가 마사오의 마음속을 들쑤시는 듯한 얘기를 꺼냈다.

"오디션이 있어? 그럼 안 되겠군."

"말이 오디션이지, 떨어뜨리려는 게 아니라 각자의 수준을 판별해서 그에 맞는 레슨을 받게 하는 것 같아. 시민을 위한 취미 활동이잖아. 초보자도 환영이라고 쓰여 있었으니까 경쟁시키려는 건 아닐 거야."

"아아, 그렇군."

마사오는 건성으로 대답했다.

"그리고 둔치에 있는 텃밭은 말이야 요시다 씨에게 물어봤더니 시에 지도원이 있어서 초보자에게도 친절하고 자상하게 가르쳐 준대."

"그건 그냥 한번 해 본 말이야."

얼마 전에 채소나 가꿔 볼까 하고 농담처럼 말했는데 미호가 꽤나 솔깃해했었다.

"그러지 말고 한번 해 보지 그래. 앞으로는 시간도 많을 텐데."

그 말에 발끈한 마사오는 미호에게 "아직 한직으로 발령이 난 것도 아니잖아. 이직할지도 모르고."라고 쏘아붙였다.

"뭐, 정말이야?"

"예순다섯 살까지 일한다고 치면 아직 10년 이상 남아 있어. 부르는 곳이 있으면 갈 수도 있지."

큰소리를 쳤지만 진심은 아니었다. 냉정하게 생각해 보면 비슷한 수준의 회사 중 쉰이 넘은 관리직 종사자를 스카우트하는 곳은 없다. 대단한 실력이 있다면 또 모르겠지만 자신은 그런 정도는 아니다. 그 점에 관해서도 이미 냉정히 생각해 보았다. 사내에서야 공로자임이 분명하지만 밖에 나가면 그저 평범한 남자일 뿐이다.

마사오의 기분을 상하게 했다고 생각했는지 미호도 더는 말이 없었다. 비행기 창문으로 야속하리만큼 파란 하늘이 비쳤다.

목적지 공항에 도착하자 혹시 부하 직원에게서 메시지가 왔나 하고 체크해 봤지만 역시나 없었다. 진행 중이던 업무가 몇 가지 있었고 그 대부분은 마사오가 아니면 내용을 정확히 알기 힘들었는데, 그가 휴가에 들어간 이래 회사에서는 아무런 연락이 없었다. 휴가라고 배려해서 그런 건지, 아니면 마사오가 없어도 상관이 없는 건지 알 수 없었다.

어쩌면 이미 부서 전체가 가와시마의 휘하로 들어갔을지도 몰랐다. 가와시마는 사람을 다루는 데 능숙하다. 자신이 자리를 비운 틈에 마사오의 부하를 회유하는 것쯤은 식은 죽먹기일지도 모른다. 물론 더는 신경 쓸 필요도 없겠지만.

결국 가와시마와는 말을 한마디도 나누지 않은 채 휴가에 들어갔다. 차일피일하다 시기를 놓쳤으니 쓸쓸한 최후가 아닐 수 없다.

송별회를 해 주겠다고 하면 어째야 하나. 거절하고 싶지만, 그랬다가는 사람들에게 속마음을 들키고 말 것이다. 그렇다고 참석하면 너무 괴로운 시간이 될 것이다.

휴가 내내 마사오는 그런 생각에 잠겼다.

리무진 버스를 타고 시가지로 이동해 항구가 보이는 고층 호텔에 체크인 했다. 그리고 곧장 미호가 가이드북에서 찾은 번화가의 우동 집으로 향했다.

간장에 찍어 먹는 우동에 튀김을 곁들인 메뉴를 선택했다. 그리고 대낮이었지만 맥주를 주문했다. 우동은 맛있었지만, 일을 하나 멋지게 끝내고 여행하는 것이었다면 얼마나 좋았을까 하는 부질없는 생각이 들었다.

"그거 안 먹을 거야?"

미호가 마사오 앞에 놓인 튀김을 젓가락으로 가리키며 물었다.

"점심인데 양이 너무 많아."

"그럼 내가 먹을게."

그녀가 튀김을 젓가락으로 집더니 장난스럽게 한입 가득 밀어 넣고 와작와작 씹었다.

"있잖아, 이직할 거면 우동 가게를 차리면 어떨까? 나도 도울게."

미호가 느닷없이 엉뚱한 소리를 했다.

"농담도 참. 나는 싫어."

"왜?"

"이 나이에 어떻게 손님을 상대하겠어?"

"손님은 내가 상대하면 되지. 당신은 주방에서 우동을 뽑고."

말 같지 않아서 대꾸도 하지 않았다.

식사를 마친 후 택시를 타고 시내를 관광했다. 리쓰린 공원, 미술관, 다카마쓰 성터……. 이런 식의 여행이 너무 오랜만이라 마사오는 어색하고 서먹해서 어찌할 바를 몰랐다. 아이들이 함께 왔다면 시끌벅적했을 테지만 그런 시절은 지난 지 오래다. 앞으로 가족 여행은 없을 것이다. 함께할 사람이라고는 아내밖에 없다.

"여보, 내가 사진 찍어 줄게."

성의 망루 앞에서 미호가 말했다.

"나는 됐어."

반사적으로 거부하고 말았다.

"왜? 찍으면 좋잖아."

"새삼스럽게 사진은 무슨."

그렇게 실랑이를 벌이고 있는데 초로의 부부가 다가와 "실례지만 사진 좀 찍어 주시겠어요?"라고 말을 걸었다. 마사오는 흔쾌히 나란히 선 두 사람을 찍어 주었다.

"저, 죄송하지만 저희도 좀 찍어 주세요."

미호가 노부부에게 부탁한다. 마사오는 거부하고 싶었지만, 남이 보는 앞에서 싫다고 할 수도 없고 해서 둘이 나란히 섰다. 그리고 부루퉁해 있을 수도 없어서 억지웃음을 지으며 사진을 찍었다.

두 부부가 서로 고맙다고 인사하며 헤어졌다.

"우리 둘이서 사진을 찍기는 거의 20년 만인 것 같아."

미호가 신기한 듯이 디지털 카메라의 화면을 들여다보았다. "자, 봐." 하며 마사오에게도 카메라를 내밀었지만 그는 그저 힐끔 보고는 고개를 돌렸다. 그 뚱한 얼굴을 보며 미호가 또 웃었다.

해 질 무렵 호텔로 돌아오자 마사오는 회사에 전화를 걸었다. 일이 어떻게 되어 가는지 아무래도 신경이 쓰였다. 가토는 외출 중이어서 고참 여사원에게 상황을 물었다.

"별문제 없어요. 제대로 돌아가고 있으니까 아무 걱정 말고 느긋하게 쉬다 오세요."

대답하는 여사원의 목소리가 매우 명랑했다. 마사오를 마치 없는 사람으로 취급하는 것처럼 들렸다.

"그……, 야요이 상사 건은 어떻게 됐지?"

"그 일은 과장님이 맡아서 하고 계세요."

"그럼 도요 팩토리 건은?"

"가와시마 부장님이 2과로 돌리셨어요."

그때 수화기 저편에서 전화벨 소리와 누군가를 부르는 듯한 큰 소리가 들렸다. 다들 바쁜 것 같아 마사오는 더욱더 소외감을 느꼈다.

"가와시마 부장이 지시를 내렸단 말이지?"

"네. 그런데 가와시마 부장님은 아버님이 쓰러지셔서 오늘 고향으로 내려가셨어요."

"아니, 그래?"

"자세한 내용은 잘 모르지만, 지주막하 출혈로 어제 병원에 실려 가셨다나 봐요. 연세가 있으셔서 이대로 돌아가시는 거 아니냐고들 하던데요."

"그래……. 무슨 일 있으면 연락해."

전화를 끊고 잠시 그가 안됐다는 생각을 했다. 마사오의 아버지는 3년 전에 세상을 떠났는데 그때 마지막 병수발도 장례도 무척 힘들었다.

가와시마의 고향은 아이치현이다. 온통 논뿐인 깡촌이라는 얘기를 들은 적이 있다. 조문을 가지 않으면 내가 너무 옹졸한 걸까. 마사오의 아버지가 돌아가셨을 때는 영업국에서 여러 명이 달려왔고, 그중에는 가와시마도 있었다. 그러니 동료로서 모른 척할 수는 없는 일이다.

인사 발령이 날 때까지 돌아가시지 않으면 좋으련만. 인사발령 후에는 한 부서 사람이 아닐 테니 조문을 가지 않아도 부자연스럽지 않다. 그런 생각을 하다가, 매번 현실에서 도피하려는 자신이 싫어졌다.

미호에게 그 얘기를 하자 "만에 하나 오늘 돌아가시면 모레가 발인일 테니 곧바로 집에 돌아가야겠네." 하고 여행이 망쳐질까 봐 걱정했다.

저녁은 호텔 레스토랑에서 먹었다. 창밖으로 항구의 아름다운 야경이 내려다보였다. 세토 내해에 배 몇 척이 오가고 있다.

"있잖아, 같은 얘기를 자꾸 꺼내는 것 같아서 미안한데, 당신 정말 다른 곳으로 옮길 생각을 하는 거야?"

한창 식사를 하는데 미호가 조심스럽게 물었다.

"아니, 그럴 생각 없어."

이번에는 솔직하게 대답했다.

"내 나이면 관리직으로 스카우트되는 수밖에 없는데, 기존의 기업에서 나를 스카우트할 거라고 기대하기는 힘들어. 그렇다고 이제 와서 이름 없는 신규 업체로 옮기고 싶지도 않고."

"후, 다행이다."

미호가 웃으며 숨을 크게 내쉬었다.

"왜, 걱정했어?"

"이제 고생은 그만했으면 싶어서. 당신, 홀로 해외 지사에 나가 있을 때 음식이 입에 맞지 않아서 몸무게가 5킬로그램이나 줄었잖아. 남편이 그렇게 힘들어하는데 나만 집에서 편히 지낸다는 생각에 얼마나 괴로웠는지 몰라."

"나는 나름대로 재미있었는데."

"그때는 젊었으니까 그랬지. 지금은 가능하지 않은 일이야."

"응, 그렇기야 하지."

"그만하면 충분히 일했다고 생각해. 남은 회사원 인생을 편히 보낸다고 해서 뭐라고 할 사람은 아무도 없어."

"하지만 정년까지 7년이나 남은걸."

"눈 깜짝할 새 지나갈 거야. 일이 인생의 전부는 아니잖아."

"마음을 바꿔 먹는 게 그리 간단하지 않아. 매사 일이 중심이었으니까."

술이 들어가자 기분이 조금 누그러졌다. 생각해 보니 아내와 마주 앉아 술을 마시는 것도 몇십 년 만인 듯했다.

"배를 바꿔 탄다고 생각해. 조금 더 작고 조금 더 느린 배로 말이야."

미호도 얼굴이 발그레했다. 그녀의 말이 옳다. 시라하타도 말했다. 배의 선장은 한 명이라고. 선택에서 밀려난 사람은 조용히 배에서 내리는 것이 예의다.

"가와시마 씨랑은 얘기를 나눠 봤어?"

"아니, 아직."

"역시 싫어?"

"응, 싫어."

미호가 애써 웃음을 참고 있었다.

"그놈이 하는 짓은 전부 연기야. 그것도 철저하게 계산된. 그런 연기에 왜 다들 속아 넘어가는지 알다가도 모르겠어."

오랜만에 아내를 상대로 동료 험담을 늘어놓았다. 아마 여행과 술 탓일 것이다.

"하지만 좋은 구석이 전혀 없는데 국장까지 올라갔겠어? 가와시마 씨한테도 가족이 있고, 그를 믿고 따르는 사람들이 있을 거야."

"뭐야, 가와시마를 편드는 거야?"

"편드는 게 아니라, 누구에게나 인생이 있고 배경이 있고 가족이 있단 말이지."

"말은 그럴듯하네."

"이제 쉰이 넘었으니까 좀 내려놓고 살아도 돼."

"흥, 그런 책이라도 읽었나?"

"그게 아니야."

아웅다웅하는 꼴이 되었지만, 한편으로는 후련하기도 했다. 자신은 마음속에 쌓아 두는 타입인데, 뱉어 내고 나니 조금은 편안해졌는지도 모른다.

그때 메시지 착신음이 울렸다. 주머니에서 스마트폰을 꺼내 확인해 보니 영업국 직원 모두에게 보내는 단체 메시지다.

'가와시마 부장 부친상. 향년 84세. 26일 오전 11시 발인. 자세한 사항은 아래와 같음.'

"가와시마 아버님이 돌아가셨다는군."

마사오가 말했다. 맨 먼저 든 생각은 오래 앓지 않으셔서 다행이라는 것이었다.

"그래? 어떻게 하지?"

미호가 마사오를 올려다보며 물었다.

마사오는 대답 없이 자리에서 일어나 레스토랑 밖으로 나갔다. 그리고 회사에 전화를 걸었다. 마침 가토가 있어서 그에게 상황을 물었다.

"모레 오후에 영업국과 총무국에서 스무 명 정도 간다고 합니다. 장소는 아이치현 고난시고요. 부장님은 여행 중이니 안 가셔도 괜찮지 않을까요?"

"아니야, 나도 가야지."

마사오는 대뜸 그렇게 대답했다. 그 사람은 싫지만 의리를 지키고 싶었고, 불참함으로써 사람들의 입에 오르내리고 싶지도 않았다.

"그러시겠어요?"

가토가 의외라는 듯한 반응을 보였다.

"부장님, 그럼 시코쿠에서 직접 그쪽으로 가시죠. 문상복은 제가 따님에게 받아서 가지고 가겠습니다."

가토가 고마운 제안을 했다. 그렇다면 내일은 마쓰야마에서 묵고 모레 오전에 출발해도 된다.

"그래 주겠어? 그럼 부탁 좀 할게. 딸한테는 연락해 놓음세."

"네, 그럼 거기서 뵙겠습니다."

전화를 끊고 테이블로 돌아오자 미호가 자기도 가겠다고 했다.

"혼자 남아 있어 봐야 재미도 없고, 오랜만에 하라다 국장님도 뵙고 싶어. 그래도 되지? 방해되지 않도록 뒤에 조용히 서 있을게."

마사오는 승낙했다. 아내가 옆에 있으면 일 얘기를 하지 않아도 된다. 빈소에서 가와시마와 얼렁뚱땅 인사를 나누는 것도 괜찮은 방법이다.

그렇게 결정하고 나자 술이 더 당겼다. 이제 일 걱정도 없으니 마음껏 마신들 어떠랴.

5

조문 당일 오전, 마쓰야마 공항에서 이타미 공항으로 가는 비행기를 타고 오사카로 가서 신칸센으로 갈아타고 나고야까지 이동했다. 시간이 일러서 나고야역에서 장어덮밥을 먹었다. 어쩐지 마음이 풀어져서 맥주도 마셨다.

그 후 메테쓰 이누야마선을 타고 고난시로 향했다. 도쿄에서 태어난 마사오에게는 차창에 비친 전원 풍경이 신선했다. 이런 일이라도 있지 않으면 평생 탈 일이 없는 노선이다.

"참 한가로운 곳이군."

미호도 같은 생각을 하는지 눈을 가늘게 뜨고 창밖 풍경을 바라보고 있다.

승객은 고등학생과 노인 들뿐이었다. 회사원은 다들 자동차로 이동할 것이다. 그래서 더욱이 한가로워 보였다. 햇살이 쏟아지자 꾸벅꾸벅 졸음에 겨웠다.

고난역 앞에 조그만 상점가가 있었는데, 가게의 태반은 셔터가 내려져 있고 그 앞을 오가는 행인도 드물었다. 새로 지어진 듯이 보이는 곳은 편의점뿐이다.

마사오는 맑은 공기를 가슴 깊이 들이마셨다. 그렇군, 가와시마는 열여덟 살 때까지 이런 동네에 살았어. 그렇게 생각하자 어깨에서 힘이 조금씩 빠졌다.

택시 승차장에는 택시가 한 대도 서 있지 않았다. 개찰구에 있는 역무원에게 물어보니 오늘 장례식이 있어 모두 그쪽으로 갔다고 한다. 자신들도 그곳에 가려고 한다고 말하자 도보로 15분밖에 안 걸리니 걸어서 가는 게 어떠냐면서 친절하게 지도까지 출력해 주기에 역무원의 제안에 따르기로 했다.

주택과 논밭이 반반인 마을을 터벅터벅 걸었다. 공중에서 까마귀가 운다. 서쪽 하늘이 서서히 오렌지 빛으로 물들어 가고 있다.

도중에 중학교가 나타났다. 운동장에서 학생들이 땀을 뻘뻘 흘리며 운동을 하고 있다. 아마도 가와시마의 모교일 것이다. 길에서 스쳐 지나가는 중학생들은 하나같이 촌티를 벗지 못한 모습이다. 가와시마도 옛날에는 저랬을 것이라고 상상하니 빙그레 미소가 지어졌다.

"어쩐지 여행이 계속되는 기분이야."

미호가 말했다.

가와시마 아버지가 여든넷에 돌아가셨다니 조문을 가는 입장에서도 마음이 편했다. 오래 고생하시지 않고 가셔서 가와시마로서도 내심 안도할 것이다.

장례식장에 도착해서는 건물이 번듯한 데 놀랐다. 과연 관혼상제를 중시하는 나고야 문화권답다.

안으로 들어가니 이미 회사 동료들이 여럿 로비에 서 있었다. 마사오를 발견한 그들이 놀란 듯 인사하며 손을 흔들었다.

"아니, 여기까지 어쩐 일이야, 우에무라? 일부러 올 것까지 없는데. 아, 부인도 오셨군요."

하라다 국장이 성큼성큼 다가와서 말했다.

"오랜만에 뵙네요."

미호가 인사를 건네는데 저만치서 가토가 꾸러미를 들고 뛰어왔다.

"위층에 대기실이 있습니다. 거기서 갈아입으시죠."

"가토 씨, 죄송해요. 제 옷까지……."

미호가 미안해하는 표정을 짓자 가토는 "아닙니다. 부장님 옷 가져오는 김에 함께 가져오는 건데요, 뭐." 하고 대답했다.

2층으로 올라가니 라운지에 친족으로 보이는 노인들이 있었다. 인사를 하면서 가와시마의 숙부와 숙모 들이라는 걸 알았다.

"이렇게 먼 데까지 와 줘서 고마워요."

살가운 미소를 지으며 말한다. 장례식장 분위기로 미루어 슬픔에 휩싸인 느낌은 아니었다. 친척들도 가와시마 아버지가 천수를 다했다고 여길 것이다.

"우리 요 짱이 신세를 많이 졌다면서요?"

"아니, 아닙니다. 저야말로 가와시마 씨에게 신세를 많이 졌는걸요."

마사오는 가와시마의 이름이 요시오라는 사실을 떠올렸다. 요 짱이라……. 쉰이 넘어도 조카는 조카인 것이다.

"가와시마는 어쩌고 있나요? 아버님이 돌아가셔서 상심이 클 텐데요."

"아니에요. 자기 아버지 나이가 나이인지라 각오는 하고 있었어요. 옛날부터 워낙 야무진 아이라 걱정할 필요 없어요."

"그럼, 그럼. 장례 준비도 알아서 척척 하고 말이지, 역시 요 짱이라니까. 어릴 적부터 어딜 가도 대장이었어요."

"가와시마가 어려서부터 무척 똑똑했나 보죠?"

분위기에 휩쓸려 마사오는 그만 그렇게 묻고 말았다.

"그럼. 친척 중에서 공부도 제일 잘했고 운동도 최고였다오. 초등학교 때는 학생회장까지 지낸걸."

"맞아, 집안의 자랑이었지."

"대학도 도쿄에 있는 와세다에 갔지, 누구나 알 만한 일류 회사에 취직했지, 나까지 콧대가 높아지더라니까."

숙부와 숙모 들이 입을 모아 칭찬한다. 이런 촌에서 와세다에 진학했으니 자랑할 만도 하다. 가와시마는 온 친척의 기대를 한 몸에 짊어졌다.

"얼마 전에 또 승진을 했다던데?"

"그러게 말이야. 아들이 국장이 되었다고 미치코 형님이 어찌나 기뻐하던지."

"형은 알았는지 모르겠네."

"아셨어요. 쓰러지기 사흘 전에 요 짱이 전화로 알려 줬대요."

"그렇다면 다행이지. 마지막까지 효자 노릇을 했네."

마사오는 마음속으로 쓴웃음을 웃었다. 제가 승진 경쟁에서 진 상대입니다, 하면 이 사람들은 어떤 표정을 지을까.

물론 지금은 나쁜 감정이 없다. 신기하게도 이제는 기분이 상쾌하기까지 했다.

두 사람이 옷을 갈아입고 아래층으로 내려가자 가토가 다가와 귀엣말을 했다.

"실은 어제 가와시마 부장님이 부르기에 가서 잠시 얘기를 나눴습니다."

"그랬군. 뭐라고 하던가?"

"제게 영업국을 맡길 테니 잘 부탁한다고요."

"흠."

역시 사람을 잘 다루는군, 하고 생각하는 한편으로 안도감이 들었다.

"제 입장에서는 좀 찜찜한 점도 있고 해서……."

"그런 소리 말게. 자네가 유능하다는 걸 모르는 사람이 없어. 하라다 국장도 자네를 다른 곳에 보내지 않겠다고 했고."

"하지만……."

"그 얘기는 그만하지. 내 몫까지 열심히 하게."

마사오는 가토의 어깨를 툭툭 두드리고 나서 주위를 둘러보았다. 가와시마에게 조의라도 한마디 표하고 싶었다.

제단 근처에서 누군가와 얘기를 나누는 가와시마의 모습이 보였다. 웃는 얼굴이다. 역시 슬픔에 젖어 있지는 않은 듯했다. 그와 얘기를 나누는 상대는 아는 얼굴들이 아니다. 가와시마의 동창생이나 어릴 적 친구들인 것 같았다.

마사오가 그들에게 다가가자 미호도 뒤따라왔다. 인기척을 느끼고 가와시마가 뒤를 돌아봤다.

"가와시마, 큰일을 당했군. 삼가 조의를 표하네."

부부가 머리를 숙였다.

"아니, 자네가 여기까지……. 부인도 오셨군요!"

가와시마가 살짝 당황해하는 듯하더니 이내 흰 이를 드러내며 웃어 보였다.

"시코쿠 여행 중에 소식을 들었어. 자네가 우리 아버지 때와 주었는데 나도 당연히 와야지."

"아니야, 호상이니 그렇게 마음을 쓰지 않아도……."

"아무튼, 너무 상심하지 말게."

"그래, 고맙네."

"그리고, 이런 자리에서 말하기는 좀 뭐하지만, 나는 영업국을 떠나게 됐으니 우리 부서 직원들을 잘 부탁하네."

가까스로 그 말을 했다. 그것도 자연스럽게.

"무슨 그런 말을……. 부탁은 내 쪽에서 해야지."

서로 마주 보며 잠시 쓴웃음을 지었다.

"고마워."

가와시마가 머리를 숙였다.

마사오도 말없이 고개를 숙였다.

빈소에 자리 잡고 앉은 마사오의 눈길이 유족들이 있는 자리로 쏠렸다. 하나같이 가와시마와 생김새가 닮았다.

"저 뒤쪽에 앉은 사람, 틀림없이 가와시마 씨 누나일 거야. 눈매가 똑 닮았는걸."

미호가 옆에서 소곤거린다. 마사오는 웃음이 터져 나오려는 것을 고개를 숙이고 꾹 참았다. 가와시마의 아이 둘도 아빠를 많이 닮았는데, 특히 아들은 젊은 시절의 가와시마를 빼다 박은 모습이었다. 그 아들은 청춘을 어떻게 보내고 있을까, 그런 상상을 한다. 얼굴 모습이 닮은 친족을 보며 마사오는 까닭 없이 즐겁고 치유되는 느낌이었다. 제단에 놓인 가와시마 아버지의 영정은 가와시마의 30년 후 얼굴이다.

왠지 마음이 따뜻해졌다. 미호가 말했듯이 그에게도 가족이 있고 배경이 있다. 모두가 핏줄로 이어져 있다.

오길 잘했다는 생각이 들었다. 이제 정말 개운한 기분으로 영업국을 떠날 수 있을 것 같다.

"여보, 저 맞은편에 앉은 아저씨랑 젊은 남자는 부자지간이 틀림없어."

"시끄러워. 좀 조용히 하지."

독경이 흐르는 장례식장에서 마사오는 마음이 환하게 개는 것을 느꼈다.

안나의 12월

에구치 안나는 올겨울로 만 열여섯 살이 되었다. 여자이므로 법률상 결혼할 수 있는 나이다. 물론 그렇다고 해서 당장 결혼한다는 것도 아니고, 고등학생이니 결혼에 대해 현실감도 전혀 없지만, 그래도 남자보다 한발 앞서 어른으로 인정받는다는 뿌듯함은 있었다. 자신은 이제 독립할 권리를 얻은 것이다.

안나는 열여섯 살이 된 것을 계기로 알고 싶은 일이 하나 있었다. 그것은 자신의 친아빠가 누구냐 하는 것이다.

엄마는 안나가 태어나자마자 이혼해 안나가 두 살 하고 6개월이 되었을 때 안나를 데리고 재혼했다. 즉, 지금의 아빠와는 혈연이 아니고, 다섯 살 아래인 남동생 다쿠야와는 아빠가 다르다. 엄마가 이혼한 것도 재혼한 것도 안나가 아주 어렸을 때 일이라 기억에는 물론 없다.

그와 같은 사실을 알게 된 것은 열두 살이 되던 생일날 밤이었다. 남동생이 잠든 후 부모님이 그녀를 거실로 불러 심각한 표정을 지으며 "이제 열두 살이 되었으니 얘기해 줘야겠구나."라며 털어놓은 것이다.

하도 갑작스러운 일이라 머릿속이 새하얘졌지만, 당시 부모님의 진지한 표정만은 기억에 똑똑히 남아 있다. 특히 아빠는 얼굴까지 빨개져서는 안나를 똑바로 바라보며 "비록 핏줄은 이어지지 않았지만 부모 자식 관계에는 변함이 없으니 앞으로도 아빠를 믿어 줬으면 좋겠구나."라고 말했다.

한편 엄마는 "지금까지 숨겨서 미안하다."라며 서먹한 말투로 몇 번이나 사과했다. 그때 엄마의 눈시울이 젖어 있었던 것도 기억에 남아 있다.

엄마는 전남편과 연락을 주고받지 않아서 지금 어디서 뭘 하는지 모른다고 했다. 그러니까 만나고 싶어도 만날 수 없다는 말을 하고 싶었던 듯하다.

느닷없이 드라마 주인공 같은 처지에 놓인 안나는 묵묵히 듣고만 있었다. 딱히 질문도 하지 않았다.

그러고 보니 이상한 점이 많았다. 엄마가 젊었을 때 사진을 보여 달라고 하면 모두 잃어버렸다면서 보여 주지 않았고, 부모님 결혼사진도 식을 올리지 않아서 없다고 했다.

무엇보다 의아했던 일은 안나라는 이름에 관한 것이었다. 초등학생 때 안나는 외국인 같은 자신의 이름이 너무 싫어서 도대체 누가 그런 이름을 지었느냐고 물은 적이 있다. 그러자 엄마는 "좋은 이름인데 왜 그래?" 하며 어물쩍 넘겼고, 아빠는 갑자기 표정이 변하더니 자리를 떴다. 그 이후로는 어린 마음에도 이름에 관해서는 물으면 안 된다는 생각이 마음 깊이 자리 잡았다.

사실을 알고 충격을 받았지만, 그렇다고 부모님을 싫어하게 된 것은 아니다. 아빠는 슈퍼마켓 점장으로 매일 바쁘게 일했고 성격이 온후해서 화를 내는 법이 거의 없었다. 안나의 친구들은 "아빠가 자상해서 좋겠다."라며 부러워했다. 엄마는 줄곧 전업 주부였다가 남동생이 초등학교 고학년이 되자 동네 반찬 가게에서 낮에만 시간제로 일했다. 엄마는 예술 대학 출신으로, 젊은 시절에는 연극에 몰두하기도 했던 모양이다. 책장에는 지금도 희곡집이 여러 권 꽂혀 있다. 다소 드센 면이 있기는 하지만 점잖은 아빠와는 균형을 잘 유지한다.

동생 다쿠야는 그런 사실을 모른다. 엄마가 "아직 어리잖아."라며 안나에게 입단속을 시켰기 때문이다. 다쿠야도 열두 살이 되면 부모님에게 사실을 듣게 될 것이다.

안나네는 평범하고 평화로운 가정이었다. 그래서 안나도 풍파를 일으키고 싶지 않았고, 착한 아이로 지내고 싶다고 생각해 왔다. 그러니까 친아빠에 관한 궁금증을 억눌러 온 것은 나름의 배려였다.

하지만 아무래도 어른이 되기 전에는 알고 싶었다. 친아빠가 누구인지. 그리고 가능하면 한번 만나 보고 싶었다. 이대로 인생을 살아가기에는 뭔가 중요한 걸 잃어버린 듯한 기분이 들어 허전했다.

엄마도 마음먹고 찾으면 친아빠가 어디에 사는지 알 수 있을 것이다. 옛날에 알던 사람들에게 물어본다거나, 옛 시가에 찾아가 본다거나. 그것이 엄마에게 얼마나 내키지 않는 일인지 충분히 상상은 가지만.

겨울 방학에 들어서기 전, 기말 고사가 끝나자 안나는 엄마에게 말했다. 다쿠야는 자기 방에서 잠들었고 아빠는 야근으로 아직 들어오지 않았을 때였다.

"엄마, 나도 이제 열여섯 살이 되었으니까 진짜 아빠를 만나 보고 싶어."

말하는 동안 심장이 쿵쿵 뛰었다. 엄마의 표정이 순식간에 변했다.

"네 진짜 아빠는 지금의 아빠야. 호적에도 그렇게 되어 있고."

엄마가 당황스러운 듯이 큰 소리로 말했다.

"그럼 피를 물려받은 아빠."

안나는 그렇게 받아쳤다.

"만나서 어쩌겠다는 생각은 딱히 없어. 만일 저쪽에서 만나고 싶지 않다고 하면 포기할 거고. 하지만 모르는 채 이대로 어른이 된다는 건 어쩐지 납득이 안 돼. 후련하지가 않단 말이야."

엄마는 생각에 잠겼다. 할 말을 찾는 눈치였다. 엄마를 곤란에 빠뜨렸다는 걸 모르는 바는 아니었다. 하지만 억지를 부리는 건 아니라고 생각했다.

"저쪽도 재혼했어? 내가 만나고 싶다고 하면 폐가 될까?"

"폐가 되지는 않겠지만……."

엄마가 한숨을 내쉬었다.

"재혼을 했는지 안 했는지는 몰라. 이혼한 후로는 한 번도 연락한 적이 없으니까."

"어디 사는데?"

"도쿄."

"그건 아네."

"그래……."

대답 속에 뭔가 속뜻이 있는 것처럼 들렸다.

"절대 안 된다고 하면 포기할게."

"엄마에게 잠깐 생각할 시간을 줘."

"알았어."

엄마는 상당히 동요하는 기색이었다. 아마 아빠와 의논할 생각일 것이다. 앞으로 번거로운 일이 벌어질 것을 생각하니 안나도 우울했다. 하지만 만나 보고 싶었다.

그로부터 사흘 후, 엄마가 주소와 전화번호가 적힌 메모지를 건넸다.

"이게 네 친아빠 주소야."

엄마는 각오를 굳힌 듯, 말투는 딱딱했지만 사뭇 당당하게 말했다.

"시라카와 가즈키라는 이름이다. 연락이 오면 만나겠다고 하더라. 나이는 엄마와 똑같은 마흔두 살이고 지금은 독신이래. 사실 엄마와는 대학 동창이야."

동창생이라니. 안나는 일단 그 사실에 놀랐다. 그래서 학창 시절 사진을 보여 주지 않았던 건가.

"직업은 연출가. 연출가란 연극을 감독하는 사람이야. 극단을 이끌면서 본인도 배우로 무대에 서곤 해."

그러고 보니 엄마는 예술 대학 연극과 출신이다. 거기서 알게 되었구나. 수수께끼가 하나둘 풀렸다.

"그쪽에서는 꽤 유명한 사람이야. 상도 몇 번 탔고. 나머지 일은 네게 맡길게. 직접 연락해서 집에 찾아가든지, 아니면 따로 장소를 정해서 만나든지, 좋을 대로 하렴. 다만……."

엄마는 한 호흡을 두었다가 다시 말했다.

"앞으로 아빠 앞에서는 절대 이 얘기를 꺼내지 않도록 해. 부탁이야."

"아빠도 알아?"

"그래, 알아. 아빠가 만나게 해 주라고 했어."

"알겠어."

안나는 순순히 대답했다. 아빠가 허락했다면 죄책감을 느끼지 않아도 된다.

하지만 그때부터 친아빠의 존재가 갑자기 안나의 머릿속을 가득 채웠다. 연출가에다 유명한 사람이라고? 상도 받았고? 이거야말로 드라마 아닌가.

그날 밤에는 열이 올랐다. 인터넷에서 인물 검색을 해 보니 시라카와 가즈키라는 이름이 버젓이 실려 있었다. 정보도 많고 사진까지 올라와 있는데 잘생긴 얼굴이었다.

안나는 꿈을 꾸는 듯한 기분이었다. 드디어 친아빠를 만난다.

다음 날 아침, 학교에서 친구 사야카랑 와카나에게 그 일을 얘기하자 두 사람은 마치 자기 일처럼 흥분해서는 서로 얼싸안고 야단법석이었다. 집안 사정을 넌지시 귀띔한 적은 있지만, 친아빠를 만나 보고 싶다고 얘기한 적은 없었다.

"와, 안나 친아빠가 유명한 사람이구나!"

사야카는 특히 그 점에 격렬하게 반응했다. 연예인을 엄청 좋아해서 한때는 재니즈를 쫓아다니기도 했던 친구다.

"그래서 어떻게 할 건데, 만날 거야?"

야무진 와카나가 물었다. 학급 임원인 와카나는 남학생에게도 할 말은 딱 부러지게 한다.

"물론 만나고 싶은데, 어쩐지 전화를 걸기가 겁나."

안나가 대답했다. 실제로 지금 당장 전화할 용기는 없었다.

"알지, 알아. 말이 친아빠지, 기억에도 없을 테니까. 뭐라고 불러야 할지도 모를 거고."

"그래, 만나면 뭐라고 부르지? 아빠라고 하면 지금 아빠랑 겹칠 테고……."

"이름으로 부르는 건 이상하겠지? 시라카와 씨라고 말이야."

"그건 이상해. 저쪽도 당황스러워할 거야."

"그럼 어떡할 건데?"

"아버지라고 부르면 어떨까? 무난하고, 지금 아빠랑 구별도 되고."

와카나가 제안했다.

"그러네. 하지만 좀 쑥스러울 것 같아."

"뭐라고 불러도 쑥스럽기는 마찬가지야. 아버지라고 부르는 것 정도는 참아야지."

"알았어."

그 의견을 따르기로 했다. 아버지라……, 나쁘지 않다. 안나는 스마트폰을 꺼내 들고 '시라카와 가즈키'를 검색한 후 두 사람에게 보여 주었다.

"대단해! 한두 페이지가 아니네. 완전 셀럽이야."

사야카가 눈을 휘둥그렇게 떴다.

"연극 관련 뉴스가 많아. 아마존에서 책이랑 DVD도 나와 있고."

"말도 안 돼. 안나 아버지가 책까지 냈단 말이야?"

"유명한 희곡상을 받았으니까 그 대본이 책으로 나왔을 거야."

안나 자신도 책을 냈다는 데는 흥분했다. 그건 특별한 사람만 할 수 있는 일이다.

"굉장하네. 나도 아빠 이름을 검색해 본 적이 있는데, 구 방범 협회 명단에 이사로 나와 있는 게 전부였어. 그저 일반인일 뿐인 거지."

"우리 아빠도 마찬가지야. 구청 공무원이라서 구청 홍보지 구석에 이름이 조그맣게 실린 정도였어. 나, 유명인이 이렇게 가까이 있기는 처음이야."

사야카와 와카나가 입을 모아 부러워한다. 안나는 내심 싫지 않았다. 하지만 지금 아빠도 비슷한 처지라고 생각했다. 인터넷에 이름을 검색해 보니 결과가 줄줄이 나왔지만, 죄다 동명이인인 국회의원이나 과학자에 관한 것이었고 정작 아빠 본인은 딱 한 줄, 슈퍼마켓 홈페이지에 점장으로 소개된 것뿐이었다. '고객의 요구에 충실히 응하겠습니다.'라는 글귀와 함께 싱긋 웃는 사진이 실려 있었다. 그걸 발견했을 때는 약간 싫은 느낌이었다. 아줌마들을 향해 작위적으로 웃는 얼굴이 비굴해 보여서다.

안나는 아버지 사진도 두 사람에게 보여 주었다. 이미지 검색 결과도 여러 건이 나왔던 것이다.

"우아, 멋있다!"

사야카가 안나의 스마트폰을 빼앗아 들더니 뚫어져라 들여다보았다.

"키가 큰데도 얼굴은 조막만 해."

와카나도 옆에서 같이 들여다보았다.

"어머, 이 옆에 있는 사람, 여배우 요시카와 아리사잖아!"

사야카가 몸을 뒤로 획 젖히며 말했다.

"그러네. 제작 발표회 때 사진인가 봐."

"이것 봐, 이 사람은 타이푼의 미야자키 노부토야."

와카나가 눈을 동그랗게 떴다.

"그래, 노부토가 나오는 연극의 각본과 연출을 아버지가 맡았나 봐."

"우리, 너희 아버지한테 노부토랑 만나게 해 달라고 부탁하자."

사야카가 애절한 표정으로 말했다.

"얘는, 아직 아버지를 만나지도 않았는데……."

"치사하게. 이런 아버지가 있으면 안나 너는 연예인이 될 수도 있겠는걸?"

"그건 오버야. 애초에 나는 그럴 마음도 없고."

"그런데 말이지, 너희 엄마는 왜 이런 분과 이혼한 거야?"

와카나가 지극히 당연한 의문을 제기했다. 실은 안나도 어젯밤부터 내내 그 생각을 했다. 왜 이토록 멋지고 재능 있는 사람과 헤어지고 평범하기 짝이 없는 지금의 아빠와 재혼했을까.

"글쎄, 안 물어봐서 모르겠어."

"하긴 아무리 부모 자식 사이라도 그런 건 묻기 힘들지."

"혹시 아버지가 바람을 피운 거 아닐까? 인기가 많으셨을 테니까 말이야."

사야카가 조심스럽게 말한다. 충분히 가능성이 있는 일이다. 엄마는 남편의 외도를 눈감아 줄 성격이 절대 아니다.

"일단 전화해 봐. 그러지 않으면 아무 소용이 없잖아."

"그래, 나도 알아. 하지만 용기가 안 나."

안나는 아버지 사진을 바라보며 한숨을 쉬었다.

"방과 후에 걸어 봐. 옆에 있어 줄 테니까. 만나러 갈 때도 집 앞까지 같이 가 줄게."

"그래그래, 친구 좋다는 게 뭐야. 얼마든지 우리한테 기대."

두 사람의 격려에 약간 용기가 생겼다.

"오래 끌면 전화하기 더 힘들어져."

와카나가 어른스러운 말을 한다. 안나도 그 말이 맞겠다고 생각했다. 수업이 머리에 들어올 것 같지 않았다.

　수업이 끝나고 검도부 활동까지 마친 후 안나는 아버지에게 전화를 했다. 함께 동아리 활동을 하는 사야카와 와카나가 도장에 남아 옆에서 그 모습을 지켜보았다.

　번호를 누르는 손가락이 파들파들 떨렸다. 심장이 터져 나갈 것처럼 쿵쿵 뛰었다.

　아버지가 금방 전화를 받았다. 딸이 전화할 것을 예상하고 있었는지 "저……."라고 했을 뿐인데 대뜸 "안나?" 하고 되물었다.

　"네, 그런데요."

　안나의 목소리가 저도 모르게 높아졌다.

　"처음……, 아, 처음은 아니군. 그래도 처음이나 다름없지. 내가 네 친아빠야."

　"네……."

　막상 아버지 목소리를 들으니 감정이 북받쳐 아무 말도 나오지 않았다.

　"전화해 줘서 고맙구나. 용기가 필요했을 텐데."

　"네."

　"열여섯 살이 되었다면서. 축하한다."

　"감사합니다."

"어쨌거나 부모 자식 간이니 존댓말은 쓰지 않아도 돼."

"네."

안나가 여전히 긴장을 풀지 못하고 존댓말을 쓰자 전화기 저편에서 아버지가 "허허." 하고 웃었다.

"네 엄마에게 듣자 하니 나를 만나고 싶어 한다면서? 괜찮으면 우리 집에 한번 오면 어떨까? 다이칸야마에 있는데."

"가도 되나요?"

"물론이지. 찻집 같은 데는 어수선하고, 공원은 춥지 않겠니? 너만 귀찮지 않다면 와도 좋아."

"네, 그럼 갈게요."

아버지가 내일 저녁이 어떻겠느냐고 물었다. 안나는 "좋아요."라고 즉시 대답했다. 그때까지 마음의 준비를 할 수 있을지 잠깐 걱정이 되었지만, 시간이 더 벌어지면 오히려 두려워질 것 같았다.

역에서 집까지 가는 방법을 들으며 메모를 했지만, 흥분한 탓에 뭐라고 쓰고 있는지 알 수 없었다. 주소는 이미 알고 있으니 어떻게든 가겠지.

전화를 끊고 났더니 쓰러질 것만 같았다. 두 친구가 달려와 부축해 주었다. 지금까지 살면서 최고로 긴장한 순간이었다. 내일은 더할지도 모르겠지만. 안나는 마치 목욕탕에 오래 있었던 것처럼 온몸이 뜨거웠다.

　다음 날은 집에 일이 있다고 둘러대고 검도부 활동을 빠졌다. 사야카와 와카나는 원래 그 시간에 보충 수업이 있었는데 그걸 빼먹고 동행해 주었다.

　어젯밤 또 인터넷에서 아버지를 검색해 보니 실로 다양한 사이트에 이름이 실려 있었다. 개중에는 '플레이보이'라느니 '금전 감각이 없다'느니 하는 악성 댓글이 달린 곳도 있어서 안나가 눈길을 돌릴 수밖에 없었지만, 그 또한 유명인의 숙명일 것이다. 팬 사이트까지 있는 걸 보면 열성 팬이 많은 듯하다. 과거에 유명한 여배우와 염문을 뿌린 적도 있는 것 같았다. 안나는 아버지가 자신과는 다른 세계 사람이란 걸 새삼스레 인식했다. 과연 자기에게 관심이나 가져 줄까.

　다이칸야마역에서 내려 주소에 적힌 곳을 물어물어 찾아가 보니 한적한 주택가에 자리한 웅장한 아파트 앞에 도착했다. 지은 지는 오래된 것 같은데 전체적으로 고급스럽고 집값도 비싸 보였다.

　"이거 틀림없이 억대일 거야."

　와카나가 아파트 건물을 올려다보며 한숨 섞인 소리로 말했다.

　"안나야, 너희 아버지, 되게 부자인 것 같은데 이 집 딸로 들어가면 어떨까?"

사야카가 또 흥분한 듯이 팔을 흔들며 말했다.

하지만 안나는 어찌나 긴장했던지 그런 걸 생각할 여유가 없었다.

두 사람에게 역 앞 카페에 가서 기다리라고 한 뒤 안나 혼자 아파트 현관으로 들어섰다. 마치 호텔 같은 로비에 프런트가 있고, 관리인인 듯한 아저씨가 교복 차림의 여고생을 미심쩍은 눈길로 바라보았다.

인터폰 앞으로 다가가 심호흡을 한 번 하고 집 호수를 눌렀다.

"네."

아버지 목소리가 들렸다.

"안나예요."

"그래, 들어와라."

문이 열렸다. 관리인이 조금 전과는 백팔십도 달라진 웃는 표정으로 안나를 바라보았다.

푹신푹신한 카펫 위를 지나 엘리베이터를 타고 아버지 집이 있는 층으로 올라갔다. 구름 위를 걷는다는 게 이런 느낌일까. 안나는 자신의 발로 걷고 있다는 자각이 없었다. 목이 칼칼하게 말라 오고, 손바닥이 땀으로 흥건했다.

현관문 앞에 서서 벨을 누르려고 손을 뻗는 순간 찰칵, 도어록 풀리는 소리가 나더니 문이 열렸다. 아버지가 서 있었다.

"왔구나."

아버지가 웃는 얼굴로 말했다. 다만 뺨이 살짝 경련을 일으키는 모습을 안나는 놓치지 않았다. 아버지도 긴장한 것이다. 그걸 깨닫자 마음이 조금 편해졌다.

"안녕하세요. 안나예요."

공손하게 고개를 숙였다.

"좀 어수선하지만 들어오렴. 맛있는 케이크가 있단다."

아버지가 문을 활짝 열었다. 현관에 들어선 안나는 주위를 둘러보는 것만으로 압도되고 말았다. 벽에 걸려 있는 대형 유화, 선반에 즐비하게 놓인 미술품······. 따스한 색의 조명이 미술관마냥 그것들을 비추고 있다. 거실로 안내받고는 더욱 놀라고 말았다. 넓이가 열 평도 넘을 듯했다. 벽 한쪽은 전체가 책장인데, 책과 잡지, CD와 DVD가 가득 꽂혀 있고, 거기에 미처 꽂히지 못한 것들은 바닥에 쌓여 있다. 구석에는 중세 기사의 갑옷이 세워져 있고, 그 옆에는 사람 크기의 조각상이 놓여 있었다. 가구도 전부 앤티크풍이어서 마치 다른 차원의 공간으로 발을 잘못 들여놓은 듯한 착각을 일으켰다. 보통의 집과는 달리 생활의 흔적이 배어 있지 않은 예술가의 거처다.

아버지의 권유로 안나는 소파에 앉았다. 아버지가 부엌에서 홍차와 케이크를 내왔다.

"동네 케이크 가게에서 사 왔는데, 입에 맞을지 모르겠다. 자, 자, 편하게 앉아. 책상다리를 하고 앉아도 좋고…… 아아, 여학생이 그렇게 앉기는 좀 뭐한가?"

아버지가 농담처럼 말했지만 분위기는 여전히 딱딱했다.

"저, 안나라고 불러도 될까?"

"응."

네, 가 아니라 응, 이라고 대답했다.

"그럼 너는 나를 뭐라고 부를래?"

"아버지라고 해도 돼요?"

"집에 계신 아버지는 뭐라고 부르지?"

"아빠라고."

"그럼 아버지로 하자."

둘이서 홍차 잔을 들었다. 그리고 침묵. 찻잔이 접시에 부딪혀 달그락거리는 소리만 들린다. 아버지도 긴장한 기색이 확연하다. 딸과 16년 만의 대면이니 그럴 만도 하다. 게다가 실제로는 첫 대면이나 마찬가지다.

"고등학교 1학년이라고 했지? 어느 학교에 다니지?"

아버지가 묻는다.

"도립 다마가와 고등학교."

"아아, 알아, 그 고등학교. 공부를 잘하는 모양이구나. 다른 활동도 하니?"

"검도부."

"호오, 검도부를? 하긴 젊을 때 무도에 취미를 붙이는 건 좋은 일이지. 자세도 좋아지고 말이야. 우리 극단에도 검도나 권법 경험자가 있는데 하나같이 자세가 좋아서 무대에서도 빛이 나더구나. 아아, 그래. 아버지가 무슨 일을 하는지는 들었지?"

"응, 인터넷에서도 봤어."

"그래, 인터넷에서 봤단 말이지? 나쁜 얘기도 있었을 텐데
……."

아버지가 머리를 긁적거렸다. 그리고 다시 침묵. 도심인데도 놀라우리만치 조용하다. 튼튼하게 지은 아파트라서 방음이 잘되는 것도 있을 것이다. 안나도 무슨 말이든 해야겠다고 생각했지만, 적당한 화젯거리가 떠오르지 않았다.

"네가 잘 자랐다는 얘기는 네 엄마에게 들었다. 남동생도 잘 보살피고 집안일도 열심히 거든다고 말이야."

엄마가 그런 말을? 물론 절반은 빈말이겠지만.

"안심이 되더구나. 그동안 나 몰라라 해 온 처지에 너에 대해 이러쿵저러쿵할 자격은 없지만, 뭐니 뭐니 해도 혈육이니까 말이지."

아버지가 손가락으로 소파의 팔걸이를 톡톡 두드렸다. 조

금 안절부절못하는 눈치다.

"어쩌면 네 엄마와 내가 이혼해서 안나를 힘들게 했는지도 모르겠구나. 어른들 멋대로 뒤흔들어 놓고 제대로 돌보지 못했으니 그 점에 대해서는 미안하게 생각한다."

아버지가 사과의 말을 했다.

"하지만 나로서는 네 엄마가 재혼했다는 소식을 듣고 새 아빠의 입장도 있고 하니 만나지 않는 편이 좋겠다고 생각해서…… 아니야, 이건 변명이고, 용기가 없었던 거지. 아버지가 젊어서는 어리석었어. 안나야, 미안하다. 용서해 주렴."

어른이 머리를 숙이자 안나는 당황스러웠다. 이러려고 온 건 아닌데.

"저, 나, 화나지 않았어."

안나는 허둥지둥 고개를 저었다.

"단지 나를 낳아 준 아버지가 어떤 사람인지 궁금해서 찾아왔을 뿐이야. 원망을 한다든가 그런 건 전혀 없어."

"그러니?"

아버지가 고개를 들었다.

"웅. 그래서 비뚤어지지도 않았고."

"그렇구나. 머리도 검은색이네."

"아, 여름 전에는 다른 색으로 염색했었어. 지금은 검은 머리가 유행이라서……."

"그래?"

대화가 종잡을 수 없다.

"그래도 이렇게 만나서 다행이구나."

아버지가 한숨을 내쉬며 미소를 짓는다. 가지런한 치열, 부드러운 눈매. 가슴이 콩콩거릴 만큼 멋지다.

"안나가 왜 여태 모르는 척 내버려 두었느냐고 화를 내면 어떻게 하나 걱정했는데."

"그럴 생각 없어."

"사실은 걱정돼서 어젯밤에 한잠도 못 잤어."

"아, 나도."

둘이 웃다 보니 어깨에서 힘이 쑥 빠졌다.

"안나, 미인인걸. 학교에서 인기가 많겠어."

"아니, 전혀. 아버지야말로 인기 폭발이지?"

"그렇지도 않아. 집 안을 한번 둘러보렴. 여자 흔적이라고는 없지?"

"어, 잘 모르겠는데."

급격히 분위기가 화기애애해져서 안나는 기뻤다. 아버지는 재미있는 사람인 것 같다. 그리고 멋지다.

마음이 따뜻해져 왔다. 용기를 내어 만나러 오기를 잘했다고 생각했다. 지금까지 살아온 인생에서 가장 극적인 하루다.

아버지 집에는 한 시간 정도 머물렀다. 분위기가 화기애애해져 좀 더 있고 싶었지만, 밖이 어두워진 데다 사야카와 와카나가 역 앞 카페에서 기다리고 있어 돌아가기로 했다.

"다음번에는 에비스에 있는 연습실로 놀러 오렴."

아버지의 말에 날짜까지 정했다. 학교 종업식 날이자 크리스마스이브인 12월 24일이다. 아버지에게 크리스마스 선물을 주고 싶었다.

아파트에서 나오자 저도 모르게 발걸음이 빨라졌다. 첫 모퉁이를 돌 때쯤에는 뛰다시피 했다. 사실은 깡충깡충 뛰고 싶은 기분이다. 차분히 걸을 수가 없었다.

역 앞 카페로 뛰어 들어가서는 마라톤 결승점에 골인이라도 하는 사람처럼 양팔을 활짝 펼쳐 두 사람을 껴안았다.

"어땠어?"

"좋았어. 만나길 잘했어."

안나는 눈물을 뚝뚝 흘렸다. 감격에 겨웠던 것이다. 주위 사람들이 어리둥절해한다.

"진정해, 진정해. 뭐 좀 마실래? 커피? 라테?"

"뛰어와서 목말라. 콜라 마실래."

돈을 건네며 사다 달라고 부탁했다. 두 친구가 머리를 쓰다듬어 주어, 콜라를 마시면서 기분을 가라앉혔다.

"무슨 얘기부터 해야 할지 모르겠어."

"우리도 무엇부터 물으면 좋을지 모르겠다."

"그럼 일단 내 이름의 유래부터. 그걸 이제야 알았어. 열여섯 살이 되고서야 말이지."

"뭔데?"

"안나라는 이름을 아버지가 지었대. 안나 카리나라고, 고다르 감독의 영화에 나오는 여배우가 있는데, 아버지가 그 여배우를 하도 좋아해서 거기서 땄대."

"누군지 모르겠지만, 왠지 멋지다!"

"나는 그동안 내 이름을 싫어했는데 오늘 처음으로 나쁘지 않다고 생각하게 되었어."

"안나 카리나란 말이지. 기억해 둬야겠다."

"책에서 그 여배우의 사진도 찾아서 보여 줬어. 원래는 파리에서 활약하던 모델이었고, 차가운 아름다움으로 유명했대."

"그런 사람의 이름이라면 싫어할 이유가 없네."

"그러게 말이야. 다음에 쓰타야 서점에 가서 DVD를 빌려 봐야겠어."

이름의 유래만 가지고도 15분 넘게 수다를 떨었다. 이어서 아버지 집의 인테리어와 책꽂이 얘기로 15분. 아버지가 아주 진지한 표정으로 사과했다는 얘기로 또다시 15분. 할 얘기가 얼마든지 있었다.

"왜 이혼했는지는 물어봤어?"

사야카가 물었다.

"그런 건 묻기가 껄끄럽지. 부모 자식이라도 프라이버시가 있는데."

와카나가 안나 생각을 대신 말해 주었다.

왜 이혼했는지 알고 싶긴 하지만, 말해 달라고 강요하고 싶지는 않다. 이제 열여섯 살이 된 자신이 어른들의 사정을 다 이해하기는 어렵다.

카페에서 한 시간 넘게 재잘거리다가 다음 얘기는 내일 하기로 하고 각자 집으로 향했다. 부풀어 오른 마음은 가라앉을 줄을 모르고 거리의 풍경까지 달라 보이게 했다. 운명의 인도로 오늘을 맞았다. 지금까지 평범하기 짝이 없었던 여자아이의 머리 위에 느닷없이 티아라가 씌워지며 신데렐라가 된 기분이다.

지하철 안에서 안나는 몇 번이나 아버지 얼굴을 떠올렸다.

집에 돌아오니 엄마가 부엌에서 저녁을 준비하고 있었다. 다쿠야는 거실에서 한창 게임을 하는 중이었다. 혼자서 "됐어!" "으악!" 하면서 난리법석이다. 부모님이 5년 전에 산 다마강 변의 아파트는 아직 새 건물이고 자기 방도 있어서 마음에 들었었는데, 아버지 집을 보고 나자 초라하게 느껴졌다. 가구도 얇은 합판으로 된 장난감 같은 것들뿐이다.

입을 다물고 있을 수는 없어서 엄마에게 다가가 "오늘, 아버지 만나고 왔어."라고 조그만 소리로 말했다. 엄마는 잠깐 표정이 어두워졌지만 이내 미소를 지으며 "그랬구나."라고 대답했다.

"나, 아버지라고 부르기로 했어. 아빠라고 하면 겹치니까."

"그러니."

"굉장한 아파트에 사시던걸."

"유명한 연출가니까. 게다가 혼자 사니 얼마든지 풍족하게 지낼 수 있겠지."

"나한테 사과했어. 지금까지 모른 척해서 미안하다고."

"그러니."

"안나라는 이름의 유래도 들었고."

"그래."

엄마는 계속 '그러니', '그래'라고 대꾸할 뿐이다. 안나와는 눈도 마주치지 않고 저녁 준비만 했다.

"엄마는 아버지가 내 이름을 안나로 짓자고 했을 때 뭐라고 했어?"

"글쎄, 하도 오래된 일이라 기억이 안 나는구나. ……아직도 싫으니?"

"아니, 오늘 아버지한테 얘기를 듣고 좋아졌어."

"그거 잘됐네."

그때 다쿠야가 부엌으로 들어왔다.

"무슨 얘기 하고 있어?"

"아무것도 아니야. 애들이랑은 관계없는 얘기."

안나가 다쿠야 이마를 콕 찌르며 말했다. 그렇게 하면 발끈하는 게 재미있어서 안나는 번번이 장난을 친다.

"누나는 애들 아닌가? 선거권도 없는 주제에."

"우아, 그런 말을 다 알아? 공부 좀 했나 보네. 아이고, 내 동생 대견하다."

머리를 쓰다듬자 다쿠야는 더욱더 성을 내며 안나의 손을 뿌리쳤다.

"너도 열두 살이 되면 반쯤은 어른 대접을 해 줄게."

"왜 열두 살인데?"

"그건 말이지……."

"안나, 그만해."

엄마가 안나의 말을 가로막았다.

"다쿠야, 저녁 먹어야 하니까 게임기 정리해."

다쿠야는 순순히 엄마 말을 따랐다.

"다쿠야에게 쓸데없는 소리 하지 마."

엄마가 엄한 표정으로 소곤거리듯 말했다.

"나도 알아."

"아빠한테도 오늘 일은 얘기하지 말고."

"알았어."

엄마는 기분이 별로 좋아 보이지 않았다. 이혼한 상대이니 떠올리고 싶지 않을 것이다. 하지만 안나에게는 친아빠니까 어쩔 수 없다. 이건 안나 탓이 아니라 엄마 탓이다.

아빠는 늘 귀가가 늦어서 이날도 셋이서 저녁을 먹었다. 엄마는 말이 별로 없었다. 어두운 표정으로 묵묵히 밥을 먹는다. 다쿠야도 분위기가 심상치 않다고 느꼈는지 조용했다. 집 안에 텔레비전 소리만 울려 퍼졌다.

안나는 엄마에게도 묻고 싶은 일이 있었다. 이혼한 이유가 무엇인지, 그리고 자신이 태어났을 때 아버지가 어떤 반응을 보였는지 등등.

다만 당분간은 그냥 지켜보는 편이 나을 것 같다. 헤어졌으니 나쁜 기억이 더 많을 것이다.

그날 밤에도 인터넷으로 아버지 이름을 검색했다. 유명인의 블로그에서 이름을 발견한 안나는 아버지의 지위에 새삼 놀랐다. 여배우 후지와라 아야카가 '이번 무대의 연출은 시라카와 가즈키 씨. 정말 기대됩니다.'라고 쓴 글을 보고는 자신도 모르게 침대에서 벌떡 일어났다. 한동안은 이런 행위에 푹 빠질 것 같다.

아빠는 밤 10시가 다 되어 들어왔다. 슈퍼마켓은 연말이 대목이라서 이즈음에는 늘 귀가가 늦다. 거실에서 엄마가 아빠에게 뭐라고 소곤거린다. 딸이 친아빠를 만나고 왔다고 전하고 있음이 분명하다.

아빠는 성실하고 겸손한 사람이다. 매일 주부를 상대로 고개를 숙이다 보니 그렇게 되었는지, 누가 억지를 부려도 화를 내지 않고 상황을 수습하는 편이다. 걸핏하면 화를 내는 아빠보다는 훨씬 낫지만, 어딘가 부족하다고 느낄 때도 있다.

예전에 아빠가 일하는 슈퍼마켓에 친구들과 함께 물건을 사러 간 적이 있다. 그때 매장 앞에 놓인 매대에서 폭탄 세일을 하고 있었는데, 핫피(法被. 옛 일본 기술자나 상인 등이 입던 간단한 옷 웃-옮긴이)를 입은 아빠가 그 앞에 서서 "어서 오세요! 자, 어서들 오세요!" 하고 고래고래 소리를 지르며 사람들을 불러 모으는 것이었다. 안나는 친구들에게 그 모습을 보이기가 부끄러워 돌아서고 말았다.

그 일을 얘기하자 엄마는 안색이 싹 변하며 보기 드물게 화를 냈다.

"너, 누구 덕에 먹고사는지나 알아?"

그때 안나는 사과했지만, 엄마 말에 수긍한 것은 아니었다. 여자아이라면 누구나 멋진 아빠를 원한다.

엄마와 아빠의 대화는 한참이나 계속되었다.

3

종업식 날, 하굣길에 사야카와 와카나를 데리고 에비스에 있는 연극 연습실에 갔다. 아버지에게 친구들과 같이 가도 되냐고 메시지를 보냈더니 '물론이지!' 하고 답장이 온 것이다. 친구들은 기뻐 날뛰었다. 검색해 보니 아버지가 이끄는 극단에 텔레비전이나 영화에 나오는 배우가 몇 명이나 있던데 어쩌면 그들을 만날 수 있을지도 몰랐다.

입구에서 단원으로 보이는 사람에게 시라카와 가즈키 씨의 딸이라고 했더니 곧장 안으로 안내해 주었다. 역시나 그곳에는 알 만한 얼굴이 여럿 있었다.

"저 사람 말이야, '후지의 달' 9편에 나왔잖아."

"아사세 시노부!"

"그래그래."

셋이서 호들갑을 떨었다.

눈앞에서 배우들이 왔다 갔다 하자 안나는 긴장되었다. 그 넓은 연습실에서 어디에 서 있어야 좋을지 판단이 서지 않았다.

잠시 후 아버지가 나타났다.

"오, 왔구나!"

머리를 쓸어 올리며 환하게 웃는다.

안나가 사야카와 와카나를 아버지에게 소개했다. 둘은 얼굴이 발그레하게 상기된 채 공손한 목소리로 인사했다.

"이봐, 시노부. 내 딸 안나야. 거짓말이 아니지?"

아버지가 말했다.

"어머, 정말이에요?"

아사세 시노부가 눈을 동그랗게 뜬다.

"소문을 듣긴 했지만, 정말로 딸이 있었네."

그 자리에 있던 모두가 "와." 또는 "이야." 하는 감탄사를 연발하며 친근함이 담긴 눈빛으로 안나를 바라보았다.

"아유, 귀여워라. 고등학생?"

아사세 시노부가 옆에 와서 악수를 청한다.

"1학년입니다."

"좋겠네. 피부도 탱탱하고."

그러면서 안나의 뺨을 손가락으로 콕 찌른다. 안나는 마음속으로 "꺄악." 비명을 질렀다.

"시라카와 씨를 좀 닮은 것 같기도 하네. 안나도 극단에 들어올 테야?"

"아니요. 제가 어떻게……."

안나는 당황해서 도리질을 했다. 하지만, 싫지는 않았다.

"이봐, 시노부. 아직 열여섯이니까 괜히 꼬드기고 그러지 마. 나랑은 달라서 건실하게 살 거라고."

아버지가 시노부에게 반말을 한다. 유명한 여배우인데 성도 붙이지 않은 채 이름을 마구 부르다니. 아버지가 더욱더 멋져 보였다.

단원들이 연습실 한구석에 파이프 의자를 갖다 놓자 세 사람은 그곳에 앉았다. 젊은 단원 하나가 차를 가져다주었다.

"안나 아버지, 정말 멋지다!"

사야카가 몸을 비틀며 소곤거렸다.

"앙큼해, 안나. 하루아침에 유명 인사의 딸이 되다니 말이야."

와카나가 구시렁거린다.

"과장하지 마. 반 아이들에게 물었을 때 아버지 이름을 아는 사람이 아무도 없었잖아. 연극계에서는 유명할지 몰라도 일반인들한테는 보통 사람일 뿐이야."

"겸손한 척은. 본심으로는 연예계 데뷔를 생각하고 있으면서."

"아니라니까 그러네. 이제 그만해."

여자아이들은 '운명'에 약하다. 점 보기를 좋아하는 것도 그 때문이다. 친구들은 지금 안나의 신데렐라 스토리에 흠뻑 취해 있다.

배우들이 대본을 손에 들고 간단한 동작을 취하며 연기의 골격을 세우는 듯한 작업을 하고 있었다. 아버지가 간간이 배우들에게 이런저런 연기를 주문한다.

"거기에서는 억양을 좀 더 넣어 줘."

"아니야, 아니야. 상대의 눈을 보고 얘기해야지."

"표정이 절실하지 않잖아. 말없이 호소하는 장면인데 말이야."

넓은 공간에 아버지의 목소리가 쩌렁쩌렁 울린다. 나이가 지긋한 배우들도 아버지의 지시를 순순히 따르는 것을 보며 굉장하다는 생각이 들었다. 이 자리에서 아버지가 제일 높은 사람이다.

안나는 자신도 이 테두리 안에 들고 싶다는 생각이 들었다. 지금까지 장래에 어떤 사람이 되고 싶은지 구체적으로 생각해 본 적이 없었는데 지금 결정했다. 여배우나 연출가다. 눈에 뜨일 만큼 미인은 아니지만 스타일에는 나름 자신이 있고 얼굴도 작다. 주연급 배우가 아니어도 좋다. 극단에는 오동통한 사람도 있고 주먹코도 있고 키가 작은 사람도 있었다. 그런데도 다들 주어진 역할을 실감 나게 연기한다. 자신도 푹 빠져들 만한 일을 하고 싶었다.

사야카와 와카나도 비슷한 마음인지 "좋겠다!"라면서 연신 한숨을 쉬었다.

연습하는 광경을 세 시간 가까이 지켜보았지만 조금도 싫증이 나지 않았다.

연극 연습이 끝나자 안나는 아버지에게 크리스마스 선물을 건넸다. 잡화점에서 산 스누피 장갑이다. 마음 같아서는 좀 더 좋은 선물을 하고 싶었지만, 여고생의 용돈으로는 이 정도가 고작이다.

아버지는 포장을 풀자마자 만면에 미소를 지으며 과장스러울 만치 기뻐했다.

"안나, 고맙다."

그러고서 안나를 꼭 안아 주었다.

"자, 이거. 마음에 들지 모르겠네. 메리 크리스마스!"

건네받은 쇼핑백 안에는 버버리 머플러가 들어 있었다.

"와!"

안나가 자기도 모르게 환성을 지르고는 아버지를 껴안았다. 단원들이 웃으며 바라본다.

버버리라니, 과연 잘나가는 연출가다. 아버지는 안나가 처음 보는 부자였다. 아빠의 크리스마스 선물은 늘 슈퍼마켓에서 팔다 남은 케이크였다.

"아버지, 고마워."

그만 눈물을 글썽인다.

"시라카와 씨, 우리한테는 선물 안 줘?"

아사세 시노부가 장난스럽게 묻는다.

"그쪽이야말로 선물 없어?"

아버지가 되묻자 다들 웃는다. 배우들이 상대를 해 주니 안나는 구름 위를 나는 기분이었다. 그렇구나, 부모의 후광이란 게 이런 것이구나, 처음으로 느꼈다. 용기를 내어 친아빠를 만나고 싶다고 말하지 않았다면 평생 인연이 없었을 것이다. 점점 더 운명을 느낀다.

사야카와 와카나가 아사세 시노부와 함께 사진을 찍고 싶다고 해서 본인에게 부탁했더니 "좋아." 하고 흔쾌히 허락했다.

각자의 스마트폰으로 투 샷을 찍고, 안나는 아버지와도 사진을 찍었다. 내일이면 SNS를 통해서 학교 전체에 좍 퍼질 것이다. 안나에게는 자랑거리다.

집으로 돌아가는 지하철 안에서 사야카가 "나도 우리 아빠가 유명 인사였으면 좋겠다."라고 샘이 난다는 듯이 말했다.

"우리 아빠는 흔해 빠진 영업직 샐러리맨이야. 매일 아침 7시에 집을 나서서 밤이 돼야 돌아오고, 매일 그 반복이야. 취미는 골프와 마작. 해외 출장도 유명인과의 교류도 없어."

"우리 아빠도 마찬가지야. 고지식한 구청 직원. 본인은 출세가 빠른 편이라고 자랑을 하는데, 딸에게 그런 말을 해 봐야 뭐 하겠니. 그렇다고 구청장이 되는 것도 아니고, 매스컴에 등장하는 것도 아닌데."

와카나도 자기 아빠를 깎아내리듯이 말한다.

"그런 면에서는 우리 아빠도 마찬가지야. 슈퍼마켓 점장이라고 해서 무슨 힘이 있는 것도 아니고, 그저 고용인일 뿐인 걸. 장 보러 오는 아줌마들을 상대로 꾸벅꾸벅 고개나 숙이고 말이야. 스케일이 작아."

안나도 질세라 동조했다. 아버지를 만난 후로 아빠를 무시하는 마음이 생겨났다. 자상하지만 지극히 평범하다.

고등학생이 되자 안나와 친구들은 남자를 냉정히 평가하게 되었다. 그때까지는 얼굴이 잘생겼다거나 운동을 잘한다거나 재미있다거나, 그런 기준으로 남자를 따졌는데 거기에 좀 더 중요한 항목이 추가된 것이다. 바로 장래성과 브랜드다. 어느 고등학교에 다니느냐, 집안은 부유하냐, 어떤 재능이 있느냐, 그런 점들을 체크하지 않고는 평가가 완성되지 않는다. 아무리 잘생겼어도 수준 낮은 고등학교에 다니면 단박에 연애 대상에서 탈락한다. 고등학생의 세계에도 등급이 있는 것이다. 그리고 거기에 비추어 보면 아버지는 보통의 아버지들과는 등급이 달랐다. 발휘할 수 있는 힘의 차이가 확연하다.

"안나 너, 아버지의 양녀가 되면 어떨까? 그러면 양갓집 규슈처럼 살 수 있을 텐데."

사야카가 말했다.

"그래, 그러는 게 좋을 것 같아. 유학도 보내 줄지 몰라. 너, 유학 가고 싶다고 입버릇처럼 말했잖아."

와카나도 부추겼다.

맞아, 유학. 안나는 중학교 때부터 캐나다나 호주로 유학 가는 게 꿈이었다. 관련 자료를 수집해 본 적도 있지만, 돈이 너무 많이 들어서 우리 집 형편으로는 무리라며 포기했다.

별안간 마음이 들떴다. 양녀까지는 몰라도 아버지를 조르면 유학 비용은 대 줄지도 몰랐다. 아버지 덕분에 선택지가 늘어난 것이다.

"선택의 여지가 없네. 이제 에구치 안나에서 시라카와 안나로 갈아타는 거야."

"시라카와 안나, 괜찮네. 예명이 필요 없겠어."

둘이서 또 조잘거린다. 안나는 자신이 화제의 중심에 있다는 사실에 만족스러웠다. 이렇게 관심을 받는 것도 태어나서 처음이다.

집에 돌아오니 엄마가 내 손에 들린 쇼핑백을 보고 "그건 뭐니?" 하고 물었다.

"아버지한테 받았어. 크리스마스 선물이래."

안나의 대답에 엄마 얼굴이 또 흐려졌다. 그 싫은 내색에 한마디 하고 싶어졌다.

"안 돼? 아버지에게 선물도 받으면 안 되는 거야?"

"안 되는 건 아니지만……."

엄마가 말끝을 흐린다.

"너, 시라카와 씨한테 돈을 받은 건 아니지?"

"아니야."

"그럼 됐어."

"용돈도 받으면 안 돼?"

"안 되고말고. 아빠가 다달이 용돈을 주잖아."

"그럼 말이야, 유학 비용을 달라고 하는 것도 안 돼?"

돈 얘기가 나온 김에 그 말까지 꺼냈다.

"아니, 너 시라카와 씨에게 그런 말도 했어?"

엄마의 얼굴색이 변했다.

"아직 안 했어."

"아직이라니! 절대 안 돼. 너는 에구치 집안의 딸이야. 시라카와 씨가 네 친아빠이기는 하지만, 너를 지금까지 키운 사람은 지금의 아빠야. 착각하지 마."

선을 긋는 엄마의 말이 안나는 불만스러웠다.

"받으면 좀 어때. 아버지는 부자잖아. 딸이 부모에게 유학 비용을 달라고 하는 게 뭐가 나빠?"

"네 아빠는 이 집에 있는 아빠야."

엄마가 몰아붙이듯이 말했다. 이제까지 본 적 없는 무서운 얼굴이다. 기가 죽은 안나는 그만 입을 다물었다.

"왜 만날 엄마 마음대로야!"

그 말만 내뱉고 자신의 방으로 뛰어 들어가 이불을 뒤집어 쓰고 몸을 웅크렸다. 엄마가 달가워하지 않는 건 알겠는데, 그건 성공한 아버지에 대한 질투심 때문이 아닐까. 하지만 어디까지나 엄마가 잘못된 선택을 한 탓이다.

엄마의 반대에 부딪히니 더더욱 유학이 가고 싶어졌다. 아버지는 부자다.

밤 9시가 넘어 아빠가 들어왔다.

"얘들아, 케이크 가져왔다!"

거실에서 아빠가 소리를 지른다. 다쿠야가 "야, 신난다!" 하고 천진난만하게 기뻐하며 자기 방에서 뛰어나갔다.

안나는 방에서 스마트폰만 만지작거리고 있었다. 그래 봐야 팔다 남은 케이크다. 딱히 먹고 싶은 생각이 없다.

"누나, 케이크야!"

다쿠야가 외친다.

"안나, 아빠가 케이크 사 왔으니까 나오렴."

엄마 목소리도 들렸다.

안나는 시큰둥한 표정을 한 채 거실로 나갔다. 넷이서 테이블을 둘러싸고 앉았다.

2천 엔 정도 하는 그렇고 그런 케이크다. 지난번에 아버지가 내놓은 케이크는 다이칸야마의 유명한 케이크 가게에서 사 왔다. 겉모양도 맛도 천지차이다.

"우와, 맛있다."

다쿠야가 신이 나서 케이크를 입에 떠 넣었다.

"다쿠야, 누나 것도 먹을래?"

절반만 먹고 접시를 다쿠야 쪽으로 밀었다.

"왜, 다이어트 중이니?"

아빠가 묻는다.

"아니에요."

안나는 쌀쌀맞게 대답했다.

"별일이네. 단거라면 사족을 못 쓰는 안나가."

"있잖아, 아빠."

불쑥 말을 꺼냈다.

"나, 내년에 호주나 캐나다로 유학 가고 싶어."

"안나야."

엄마가 나무라듯이 이름을 부른다.

"유학을?"

아빠의 얼굴이 굳어졌다.

"응, 안 돼?"

"안나!"

엄마의 목소리가 높아졌다.

"1년이나 외국에서 생활한다는 건 쉬운 일이 아니야. 게다가 거기서 공부한 건 교과 과정을 이수한 걸로 인정하지 않으니 고등학교를 졸업하려면 4년이나 걸릴 거야."

아빠는 안나와 눈을 마주치지 않고 허공을 바라보며 말했다. 안나는 오기가 생겼다.

"그래도 괜찮아."

"여름 방학에 서머스쿨 같은 걸 가면 어떻겠니?"

"현지의 고등학교에서 정식으로 1년 동안 공부하고 싶단 말이야. 돈이 없어서 그래?"

"그런 건 아니지만······."

"돈을 대 주겠다는 사람이 있으면?"

"안나, 그만해. 나중에 엄마랑 다시 얘기하자."

엄마가 눈꼬리를 치켜올리며 말했다. 다쿠야는 난데없이 심상치 않은 분위기에 어리둥절한 표정이다.

아빠는 입을 다물었다. 돈을 대 주겠다는 사람이 누구인지 금세 알아차린 것이다.

안나는 그렇게 의기소침해하는 아빠의 모습을 처음 보았다. 그 모습이 어찌나 초라한지 아빠가 한없이 작아 보였다. 안나의 마음속에서 아빠가 그릇이 작은 인간으로 자리 잡는 순간이었다. 아빠의 등급이 급강하했다. 역시 아버지와는 비교 대상이 아니다.

4

겨울 방학에는 매일 특별 활동이 있었다. 아무리 문무 겸비
가 학교의 모토라지만, 좀처럼 쉴 틈을 주지 않는다. 거기에
학생들을 자유롭게 풀어 주고 싶지 않은 것도 이유의 하나일
것이다. 그 때문에 아르바이트가 불가능하다.

다만 사야카나 와카나와는 매일 검도부 활동을 끝내고 맘
껏 수다를 떨 시간이 있어 그 점에서는 만족스러웠다. 화제는
한결같이 안나와 아버지의 신상에 관한 것이다.

"나 말이야, 정말 아버지의 양녀가 될까 봐. 지금 아빠의 딸
로 사는 것과는 인생이 백팔십도 달라질 것 같아."

"왜 아니겠니. 연예계 데뷔도 단순한 꿈만은 아닐 거야."

"사야카 너는 만날 그 얘기더라. 글쎄 나는 연예인이 될 생
각이 없다니까."

"그래도 연극은 하고 싶다고 했잖아."

"그러니까 연극을 하고 싶다는 거지 연예인이 되겠다는 건
아니야."

마치 원하기만 하면 될 것처럼 말한다. 하지만 안나는 실제
로 그런 기분에 젖어 있었다.

"유학은 어떻게 할 거니?"

와카나가 물었다.

"꼭 가고 싶어. 아버지가 돈을 대 준다면 엄마가 반대할 권리는 없잖아. 그건 내 자유니까."

"아버지가 대 준대?"

"이제부터 부탁해 봐야지."

안나는 아버지라면 흔쾌히 학비를 대 줄 걸로 예상했다. 그 이후로 한 번 더 아버지를 만났는데, 딸을 연인처럼 상냥하게 대하면서도 쑥스러워했다. 그리고 16년 동안 연락 한번 하지 않은 잘못을 만회하고 싶어 했다. "이거, 교통비야. 엄마한테는 비밀이다."라며 만 엔짜리 교통 카드를 주기도 했다.

"그런데 괜한 참견인지는 모르겠지만, 유학 비용에 관해서는 가족과 진지하게 상의해 보는 게 좋지 않을까?"

와카나가 어색한 표정으로 말을 꺼냈다.

"그게 무슨 뜻이야?"

"내가 말이야, 안나가 친아빠를 만났는데 연극계 유명 인사인 데다가 돈도 많다고 우리 엄마한테 얘기했거든. 그랬더니 옆에서 듣고 있던 아빠가 가엾어하는 표정을 짓더니 유학 비용을 요구하는 건 옳지 않다고 하더라고."

"왜?"

"키워 준 아빠의 체면이 서지 않을 거래."

"그럼 나더러 어쩌라는 거야."

안나는 불쑥 화가 치밀었다.

"유학을 가지 말고 참으라는 말이야?"

"그건 모르겠어. 하지만 우리 아빠 말이, 그렇게 대단한 친아빠가 나타나면 평범한 회사원 생활을 하며 안나를 키운 아빠는 자신이 너무 초라하게 느껴져서 무척 의기소침해할 거래."

"그건 아빠 본인 탓이지 내 탓이 아니야. 그게 분하면 아버지보다 성공하면 되잖아."

"이론적으로는 맞는 말이지만 누구나 재능을 갖고 태어나는 건 아니잖아. 유명한 연출가와 비교당하면 설 자리가 없을 거야. 나도 처음에는 안나 아버지가 너무 멋져서 나도 저런 사람의 딸이었으면 좋겠다고 생각하기도 했는데, 아빠랑 얘기하고 나서 생각이 달라졌어. 안나야, 아버지에게 유학 비용을 대 달라고 하는 건 관두는 게 좋을 것 같아."

"말도 안 돼. 너, 질투하는 거지?"

화가 난 나머지 심한 말을 내뱉고 말았다.

"내가 무슨 질투를 한다고 그래."

와카나도 발끈했다.

"왜들 그래, 싸우지 마."

사야카가 둘을 말리고 나섰다.

"와카나가 이상한 소리를 하니까 그렇지."

"안나가 괜히 흥분해서 난리를 치잖아."

"내가 무슨 난리를 쳤다고 그래?"

이번에야말로 피가 거꾸로 솟았다.

"나, 갈래."

안나는 가방을 메고 서둘러 도장을 나왔다. 사소한 말다툼은 종종 있었지만, 이번에는 진심으로 화가 났다. 친아빠가 나타난 이상 자신에게는 아빠를 선택할 권리가 있다. 그건 남이 왈가왈부할 일이 아니다. 친구든 엄마든.

마음이 답답해서 그길로 아버지 연습실에 가기로 했다. 메시지를 보내자 '견학이라면 언제든지 오케이'라는 답장이 왔다.

그날은 의상을 결정하는 날이라 배우들은 없었지만, 디자이너와 프로듀서 들이 여러 벌의 의상을 앞에 놓고 열띤 논의를 벌이고 있었다. 그런 광경도 안나에게는 자극적이었다. 무대를 하나 올리는 데는 수많은 사람이 관여한다. 그리고 그들은 각자 남이 대신할 수 없는 재능과 기술을 가졌다. 자신도 그런 세계의 일원이 될 수 있다면 얼마나 좋을까. 대부분의 어른은 돈을 위해 일한다. 우리 아빠도 마찬가지다. 하지만 아버지는 자신이 좋아하는 일을 하며 살아간다.

일을 마친 아버지가 안나를 근처에 있는 세련된 카페로 데려갔다.

"선생님, 안녕하세요."

매니저인 듯한 사람이 웃으며 아버지를 맞이한다. 그렇구나, 사람들이 아버지를 선생님이라고 부르는구나. 안나까지 기분이 환해졌다.

"이쪽은 내 딸."

아버지의 소개에 안나는 또 한 번 놀랐다. 아버지는 안면도 넓다.

이날은 아버지의 일에 관해 궁금한 점을 이것저것 물었다. 왜 연출가가 되려고 했는지, 어떻게 하면 연출가가 될 수 있는지, 아이디어는 어디서 나오는지……. 아버지는 귀찮은 기색 없이 하나하나 자상하게 대답해 주었다. 유학 비용에 관해서는 아직 말을 꺼낼 용기가 나지 않았다. 아버지와 자신은 아직 체면을 차리는 사이인지도 모른다.

그래도 아버지와 엄마가 이혼한 이유는 들을 수 있었다. 아버지가 "안나가 어렸을 때 놀아 주지 못해서 아쉽구나."라고 하기에 내친김에 물었다.

"이혼한 이유라……. 둘 다 너무 젊었어. 서로 자기주장이 강하기도 했고."

아버지가 아련한 눈빛으로 말했다. 하긴 아버지는 몰라도 엄마가 자기주장이 강하다는 건 잘 안다. 아빠가 온순한 사람이라서 충돌이 별로 없는 것이다.

"하지만 무엇보다 큰 원인은 아버지의 유학이었을 거야."

"어, 아버지, 유학했어?"

뜻밖이었다.

"안나가 태어나고 얼마 안 되었을 때, 당시 문부성의 지원으로 영국에 국비 유학을 갈 기회가 생겼어. 어떻게든 본고장에서 연극을 공부하고 싶은 마음에 엄마와 안나를 일본에 남겨 두고 혼자서 2년간 유학했지. 참으로 이기적이었어. 엄마가 나를 포기한 건 당연한 일이야. 어느 날 이혼 서류가 항공편으로 날아오더구나. 도장을 찍어서 보내 달라면서 말이야. 그러기 전에도 나는 가정을 돌보지 않고 내 멋대로였으니까. 그때가 아마 마지막 기회였을 거야. 내가 일단 귀국해서 고개를 숙였으면 용서해 줬을지도 모르지. 그런데 나도 오기가 나서, 그럼 이혼하지 뭐, 하고 서류에 도장을 찍어서 보냈단다."

"그랬구나."

처음 알았다. 그런 일이 있었다니. 엄마에게서는 한 번도 듣지 못한 얘기였다.

"젊다는 건 어리석다는 말이기도 해. 내가 바로 그랬지. 지금은 깊이 반성하고 있어. 하지만 엄마가 좋은 사람과 재혼했고, 안나도 행복한 것 같아서 그 점은 정말 다행이랄까. 나라면 과연 행복하게 해 줄 수 있었을지……."

"그런 말은……."

지나친 겸손이라고 생각했다. 엄마는 꿈을 포기하고 평범한 인생을 선택했을 뿐이다. 그에 반해 아버지는 꿈을 포기하지 않았다.

"아, 나도 유학 가고 싶다."

안나가 말했다. 우연하게도 유학 얘기가 나온 것은 기회일지도 몰랐다.

"안나도 대학생이 돼서 유학을 가면 좋을 거야. 넓은 세계를 경험할 수도 있고."

"나는 내년에 가고 싶은데. 캐나다나 호주로."

"그래, 고등학생 때 가는 것도 좋겠지."

"하지만 돈이 너무 많이 들어서 못 갈 거 같아."

안나는 그러고서 고개를 푹 숙였다. 마음속으로 아버지의 다음 말을 기대하면서.

그러나 아버지는 잠시 침묵했다가 "그럼 하는 수 없지."라고 말했다. 그리고 영국에서 지냈던 시절의 추억을 얘기했다.

"그 당시 런던에는 그럴듯한 일본 식당이 없었어."

뭐야, 그럼 내가 유학 비용을 대 주마, 그런 말은 안 하는 거야.

기대가 어긋나서 실망했지만, 유학비를 대 달라고 제 입으로 말할 수는 없었다. 그래도 의사는 전했으니 다음번에는 얘기를 꺼내기가 좀 더 쉬울 것이다.

아버지는 영어를 잘한다고 했다. 그 점도 마음에 들었다. 역시 아버지가 좋다.

어두워져서야 집에 들어갔다. 엄마가 "다른 데 들렀다 올 거면 연락을 해야지." 하고 잔소리를 했다.

"아버지한테 갔다 왔어."

안나의 말에 엄마의 표정이 또 흐려졌다.

"아버지, 영국에 유학했다면서? 그것도 국비로 말이야."

"시라카와 씨가 말하던?"

"응. 젊었을 때 얘기를 이것저것 해 줬어."

"설마 유학 비용을 대 달라고 얘기한 건 아니지?"

엄마가 다그치듯이 묻자 안나는 기분이 상했다.

"말하면 안 돼?"

"말했어?"

언성이 더욱 높아졌다.

"아직 안 했어."

"너, 여기 좀 앉아 봐."

엄마가 테이블을 턱으로 가리켰다.

"다쿠야, 게임 그만하고 방에 들어가!"

거실을 향해 날 선 목소리를 낸다.

아빠보다 엄마를 무서워하는 다쿠야는 놀라서 시키는 대로 했다. 안나도 테이블에 앉을 수밖에 없었다.

"너를 키워 준 사람은 네 아빠야, 시라카와 씨가 아니라."

엄마가 분위기를 바꿔 착 가라앉은 목소리로 말했다.

"지금까지는 그랬을지 모르지만……."

안나는 시선을 아래로 향한 채 대답했다.

"지금까지라니, 그게 무슨 뜻이지?"

"있잖아, 나, 아버지 집에서 살면 안 돼?"

고개를 들고 말했다.

"나는 아버지의 딸이고, 아버지는 가족이 없으니까 이상한 일은 아니잖아?"

엄마 얼굴이 점점 굳어졌다.

"너, 진심으로 하는 말이니?"

"진심이야."

실제로 진심인지는 잘 모르겠지만, 지금은 엄마를 살짝 약 올리고 싶었다.

"알았다. 아빠랑 의논해 볼게. 전에도 말했지만, 안나는 열여섯이 되었으니까 어른으로 대해야겠지. 그 대신 너 편할 대로 왔다 갔다 하는 건 허락하지 않을 거야. 그러니까 다시 한번 곰곰이 생각해 봐."

엄마의 말투가 차가웠다. 옛날부터 엄마가 이럴 때는 응석이 통하지 않는다는 걸 안나는 잘 알고 있었다. 그렇지만 이런 사태를 부른 건 엄마의 이혼이다. 아무리 생각해도 자신이 이기적이라는 생각은 들지 않는다.

저녁 식탁은 거의 초상집 분위기였다. 다쿠야는 분위기가 심상치 않음을 느꼈는지 밥을 다 먹자 부리나케 자기 방으로 들어갔다. 안나도 묵묵히 밥을 먹은 후 자기 방에 틀어박혔다. 아빠는 늘 그렇듯 밤이 늦어서야 들어왔다. 그때까지 집 안은 쥐 죽은 듯 고요했다.

다음 날 검도부 활동을 하러 가서 우선 와카나와 화해했다. SNS 대화를 통해 이미 사과한 터라 "미안해." 한마디와 허그 한 번으로 훌훌 털어 버릴 수 있었다. 친구 사이에 이런 일은 흔하다.

이날은 사야카가 먼저 얘기를 꺼냈다.

"있잖아, 자꾸 되풀이하는 것 같아서 좀 뭐하지만, 안나가 아버지의 양녀가 된다든가 유학 비용을 대 달라고 하는 건 역시 다시 생각하는 게 좋을 것 같아."

"뭐야, 어제는 연예계 데뷔도 꿈만은 아니라고 했으면서."

안나가 뾰로통해서 말했다.

"그렇긴 한데, 어젯밤에 나도 아빠한테 안나 얘기를 했거든. 그랬더니 아빠가 안나 아빠를 동정하면서, 진정한 친구라면 바른말을 해야 한다는 거야. 듣고 보니 그 말이 옳다는 생각이 들더라. 지금까지 안나 너를 길러 준 사람은 지금의 아빠잖아. 그런데 유명 인사 아버지가 나타났다고 해서 그쪽으로 갈아타면 너희 아빠가 무척 슬플 거야."

사야카의 말투가 그 아이답지 않게 심각했다. 안나는 아빠 얼굴이 떠올랐다.

"우리 아빠가 그러는데 남자는 능력을 비교당하면 설 자리가 없대."

"능력?"

"경제력이라든지 권력, 사회적 지위 같은 것들 말이야. 나, 그게 무슨 뜻인지 알 것 같아. 실제로 남자는 능력이 중요하다고 생각해. 여자처럼 애교 따위로 얼렁뚱땅 때울 수도 없으니까 말이지."

"그래, 우리 아빠도 바로 그 얘기를 하고 싶었을 거야."

와카나가 끼어들었다. 역시 표정이 진지하다.

"안나 아빠는 외모로나 경제력으로나 사회적 지위로나 아버지를 당해 낼 수 없는 데다 안나의 혈육도 아니잖아. 만일 안나가 아버지에게 가겠다고 하면 말릴 수가 없다고 할까, 속수무책 보낼 수밖에 없다고 할까. 그건 참 슬픈 일이야. 나는 안나 아빠가 좋더라. 다정하시지, 성실하시지……."

"나도 마찬가지야. 태풍이 불던 날, 안나를 데리러 학교까지 차를 몰고 왔다가 우리도 집에 데려다주셨잖아. 우리 아빠라면 절대로 그러지 않았을 거야."

사야카가 힘을 주어 말했다.

"그건 어쩌다 쉬는 날이라……."

"그렇지 않아. 안나가 소중해서 그런 거지. 친자식이 아닌 만큼 관계가 깨어지기 쉬우니까 오히려 더 신경을 쓰는 거야."

듣고 보니 틀린 말은 아닌 것 같았다. 아빠는 다른 아이들 아빠보다 가족적이었다. 운동회 때나 학부모 참관일에 빠지는 법이 없고, 생일에는 반드시 선물을 줬다. 안나가 유치원 때 그린 '아빠 얼굴'은 액자에 담겨 지금도 부부 침실에 걸려 있다.

"아무튼 신중하게 생각했으면 좋겠어."

와카나가 안나의 어깨에 손을 얹으며 말했다.

"어느 한쪽을 선택한다는 건 가혹한 일이지만, 양다리를 걸치는 건 좋지 않아."

"흠, 양다리라는 말을 들으니까 확 와닿네. 그렇구나, 양다리란 말이지."

안나는 그제야 수긍이 갔다. 자신은 양다리를 걸치려고 한 것이다.

"그리고 또 하나, 우리 아빠가 그러는데,"

와카나가 얘기를 계속했다.

"만약 안나 아버지가 낳은 은혜보다 기른 은혜가 더 크다는 걸 아는 사람이라면 안나 아빠를 제치고 유학 비용을 대주지는 않을 거래."

안나는 잠자코 듣고 있었다. 전부는 아니라도 절반은 이해한다.

"다짜고짜 유학 비용을 대 준다면 배려심이 없는 사람이라고 했어."

"흠······."

셋은 한동안 말이 없었다. 운동장에서 연습 중인 야구부의 금속 배트에 공이 부딪치는 소리가 깡! 하고 싸늘한 하늘에 울렸다.

"나 말이야, 오랜만에 아빠랑 길게 얘기했어."

사야카가 웃으며 말했다.

"중학교 때 이후로 진짜 처음인 것 같아. 요즘 들어 얼굴도 거의 마주하지 않았거든."

"나도 그래. 저녁 먹은 후에 아빠랑 한 시간 넘게 얘기했는데, 아마 신기록일걸. 그래선지 아빠가 기분이 좋아져서는 마루큐 복주머니 세일(도쿄에 있는 시부야109라는 쇼핑몰에서 매년 1월 초에 여러 가지 상품이 든 복주머니를 무작위로 판매하는 행사—옮긴이)에 차로 데려다주겠다지 뭐야."

와카나가 재밌다는 듯이 말했다. 안나는 몸에서 힘이 쭉 빠져나가는 걸 느꼈다. 생각은 정리되지 않았지만, 솔직히 말해서 친구들이 자신을 걱정해 주는 건 뿌듯했다.

"그리고 이건 내 생각인데, 안나 엄마와 아버지의 이혼 스토리보다 엄마랑 아빠의 결혼 스토리가 훨씬 재미있을 것 같

아. 딸이 있는 여자를 좋아해서 프러포즈한 거잖아. 주위에서 반대도 많았을 텐데, 그럼에도 결혼했다는 건 굉장히 사랑했다는 뜻이잖아. 안나 아빠, 열정이 대단하셨나 봐."

와카나가 어른스럽게 말했다. 흠, 그런가? 역시 와카나는 머리가 좋다.

안나는 다시 아빠 얼굴을 떠올렸다. 여자들이 좋아할 만큼 잘생기지는 않았지만, 그런대로 매력은 있다. 눈꼬리가 살짝 처진 아빠의 눈은 애교가 있어 보여서 안나도 좋아한다.

"나, 일단 유학은 다시 생각해 볼게."

안나가 말했다. 냉정을 되찾고 보니 오기를 부린 면이 없지 않아 있었다.

"그래, 우리도 너랑 1년이나 헤어져 있기는 섭섭하고."

"맞아, 맞아. 유학은 대학생 된 다음에 가도 늦지 않아."

둘이 안나를 위로했다. 그러는 바람에 '다시 생각해 보겠다'에서 '그만두겠다'로 마음이 바뀌었다. 아버지의 양녀로 들어가겠다는 생각도.

"나, 당분간 아버지를 만나지 않을래. 친아빠가 어떤 사람인지 알았으니 일단 마음이 후련하기도 하고."

"안나 너, 완전 어른이다."

"놀리지 마."

"그럼 아빠한테 얘기해서 안심시켜 드려. 아빠가 먼저 그 얘기를 꺼내기는 힘드실 거야."

"나도 그렇게 생각해. 안나가 친아빠를 만나는 건 자유지만, 자신은 어디까지나 이 집 딸이다, 하는 걸 분명히 말씀드리는 게 좋아."

"그래, 알았어."

안나의 내면에서 들썩거리던 마음의 파도가 급속히 잦아들었다. 지금은 왠지 마음이 따뜻하다.

친구란 좋은 거라고 생각했다. 그리고 친구들의 가족 역시. 사야카와 와카나의 아빠를 만나, 고맙습니다, 하고 인사하고 싶은 기분이다.

집에 돌아오니 아빠가 있었다. 아마도 쉬는 날인 듯했다. 다쿠야는 소파 등받이에 기대어 책을 읽는 아빠 옆에서 게임을 하고 있다.

"엄마는?"

안나가 물었다.

"장 보러 나갔는데."

아빠가 대답했다.

유학을 가지 않겠다고 말해야겠는데……. 그리고 당분간 아버지를 만나지 않겠다는 말도. 양다리가 사람에게 상처를 준다는 건 말할 필요도 없다.

하지만 선뜻 말이 나오지 않았다. 아빠와 진지하게 얘기를 나눠 본 적이 없어서 긴장되는 것이다.

일단 다쿠야에게 다가가서 게임기를 들여다보았다.

"호오, 많이 늘었네."

머리를 콕콕 찌르면서 말한다.

"조용히 해. 방해되잖아."

다쿠야가 안나의 손을 뿌리치며 말했다.

"아빠는 뭐 읽어?"

이번에는 아빠가 읽는 책을 들여다본다.

"어? 아아, 심리학 책. 고객의 행동 패턴을 분석해 보고 싶어서."

"뭐야, 또 일이야?"

안나는 아빠의 양어깨에 손을 얹었다.

"안마해 줄게, 크리스마스 선물로."

말이 자연스럽게 나왔다. 아빠의 어깨를 주무르는 건 초등학생 때 이후 처음이다.

"와, 웬일이야."

아빠가 흐뭇하게 웃었지만, 어딘가 모르게 쑥스러워하는 느낌이었다.

아아, 뭐라고 말한담. 유학, 안 갈래. 아버지와도 당분간 안 만날 거야. 걱정시켜서 미안해.

말이 목구멍에 걸려 나오지 않는다. 게다가 옆에 다쿠야가 있다. 유학은 몰라도 아버지 얘기는 할 수 없다.

"나, 새해에 마루큐 복주머니 세일에 가고 싶은데, 아빠가 차로 데려다줄래?"

입 다물고 있기도 뭐해서 간신히 머리를 짜냈다.

"뭐야, 그런 거였어?"

아빠가 웃는다.

"설날 참배도 할 겸 말이야. 가까운 신사에 가면 되잖아."

"흠, 그럼 다 같이 갈까?"

"그래, 가자. 넷이서."

한동안 아빠의 어깨를 주물렀다. 3분 넘게 주물렀더니 말이 필요 없어졌다.

아빠가 행복해한다는 걸 느낄 수 있었다.

편지에 실어

I

엄마가 쉰세 살 나이에 돌아가시는 바람에 와카바야시 도오루는 본가로 돌아가게 되었다.

사회인 2년 차인 도오루는 취직을 기회로 집을 떠나 원룸을 빌려서 자유로운 독신 생활을 즐겨 왔지만, 대학생인 여동생 하루카가 아버지랑 둘이 지내기는 싫다고 하고, 자신이라도 그건 싫을 것 같아서 내키지는 않았지만 동생을 위해 그렇게 결정한 것이다.

아버지가 생각보다 심적 타격이 큰 것 같아서 자식으로서 걱정스러웠던 이유도 있었다. 아버지는 장례식에서는 말할 것도 없고 일상생활에서도 갑자기 안절부절못하다가 입술을 깨무는가 하면 불쑥 화장실로 달려가곤 한다는 것이었다.

"한참을 안 나오는 거야. 뭘 하나 싶어서 살짝 가 보았더니 안에서 훌쩍훌쩍 울고 있지 뭐야."

동생에게 그 얘기를 들었을 때 도오루는 연민을 느끼기보다 충격을 받았다. 그때까지 아버지는 울지 않는 사람인 줄 알았던 것이다. 어릴 적부터 그는 존경 여부와는 별개로 아버지는 슈퍼맨처럼 만능이고, 그 어떤 일에도 동요하지 않으며,

그 어떤 적이라도 물리칠 수 있는 사람이라고 믿었지, 그렇게 약한 면모가 있으리라고는 꿈에도 생각하지 못했다.

하지만 어느 날 문득 바라본 아버지는 나이 쉰셋에 머리가 희끗희끗하고 볼살은 늘어졌으며 몸 전체의 근육이 많이 줄어 있었다. 지금 팔씨름을 하면 자신이 이기지 않을까, 그런 상상을 하다 갑자기 애처로워졌다. 몇 년 전까지만 해도 아버지를 이긴다는 건 상상조차 할 수 없었다. 도오루는 처음으로 아버지를 살아 있는 한 인간으로 느꼈다.

엄마의 사인은 뇌경색이었다. 평일에 집에서 쓰러진 것을 저녁때 집에 돌아온 동생이 발견해 구급차로 병원에 이송했다. 곧장 수술을 받았지만 의식이 돌아오지 않은 채 일주일 정도 집중 치료실에서 지내다가 끝내 숨을 거뒀다. 너무도 갑작스러운 일이라 도오루는 그저 망연할 뿐이었다. 임종 때는 컴퓨터마냥 '아직 복구될 가능성이 있지 않을까' 하고 생각했을 정도다.

그로부터 보름이 지났지만 여전히 믿기지 않았고, 부엌에서 엄마 목소리가 들려올 것만 같았다. 창문으로 올려다본 하늘에 구름이 끼었다 싶으면 돌아서서 "엄마, 오늘 일기예보 들었어?"라고 물으려다 멈칫하곤 한다. 그럴 때마다 엄청난 상실감이 밀려와 가슴이 아팠다. 아마 남은 가족 셋의 상처가 치유되려면 아직 멀었을 것이다. 시간 말고는 처방전이 없을 듯하다.

세 사람만 남은 와카바야시 집안의 아침은 제각기 식사를 챙겨 먹는 것으로 시작된다. 엄마가 돌아가신 직후에는 하루카가 여자로서 사명감을 느꼈는지 "내가 준비할게."라며 밥을 짓고 된장국을 끓이고 연어를 구웠지만, 사흘 만에 "매일은 무리야."라며 비명을 질렀다. 아버지도 도오루도 예상했던 일이라 아무 소리 하지 않았다. 그 후로는 식빵을 늘 준비해 두고 거기에 각자 요구르트나 과일 등을 곁들여 먹은 후 설거지도 알아서 하는 것이 규칙이 되었다.

아버지는 엄마가 살아 계셨을 때는 집안일에 손도 대지 않았는데 지금은 빨래도 스스로 한다. 하루카가 아버지의 속옷을 만지고 싶어 하지 않아서 어쩔 수 없다고는 하지만 그래도 대단한 변화다. 욕조 청소도 아버지가 솔선해서 한다.

이날, 도오루가 1층으로 내려가니 아버지가 보이지 않았다.

"아버지는?"

"글쎄, 못 봤어. 아직 주무시는 거 아닌가?"

식탁에 앉아 토스트를 베어 물던 하루카가 대답했다.

"지금 안 일어나시면 회사에 늦을 텐데."

"나한테 그래 봤자 무슨 소용이야. 오늘은 늦어도 괜찮은 거 아닐까."

아버지는 자명종을 맞춰 놓고 매일 아침 6시 반에 일어난다. 그런 습관을 어긴 적이 없다.

"가서 보고 와야겠네."

신경이 쓰인 도오루는 아버지 침실로 갔다. 가볍게 노크한 후 문을 열고 안을 들여다본다. 나란히 놓인 침대 두 개 중 창가 쪽에 있는 아버지 침대가 비어 있었다. 화장실에 갔나 싶어 복도 끝까지 가 보았지만 거기에도 없었다.

"안 계신데."

부엌으로 돌아와 하루카에게 말했다.

"그럼 벌써 출근하셨나 보지."

"말도 안 하고 나가실 리가 없는데. 일찍 출근해야 하면 어젯밤에 우리한테 미리 말씀하셨을 테고."

도오루는 다시 아버지 침실로 갔다. 침대 옆 협탁에 아버지의 스마트폰이 충전 중인 채 놓여 있었다. 가방도 방 한구석에 있었다. 아직 출근한 건 아니다. 하루카에게도 그렇게 말했다.

"그럼 어디 가셨지?"

그제야 하루카도 걱정이 되는지 토스트를 먹다 말고 의자에서 일어나 거실 창으로 바깥을 내다보았다.

"창고에도 안 계신 것 같아. 차고에도 마찬가지고."

"어디 가셨을까. 집 안에 계신 건지 밖에 나가신 건지 알 수가 없네."

도오루는 어쩐지 불안했다. 며칠 전에도 밤중에 아버지의 모습이 보이지 않아 여동생과 함께 찾아보니 마당에 있는 창고에서 물건들을 뒤적이고 있었다. 뭘 하느냐고 묻자 아버지는 책을 찾는다고 대답했지만, 바닥에는 하루카가 어렸을 때 엄마가 만든 헝겊 인형들이 나란히 놓여 있었다.

그때 도오루와 하루카는 아무 말도 못하고 돌아서 나왔다. 벌겋게 물든 아버지의 눈이 조금 전까지 울고 있었다는 걸 말해 주었기 때문이다.

"나가서 집 주변을 둘러보고 올게."

그러면서 하루카가 부엌을 나서려는 참에 현관문 열리는 소리가 났다. 둘은 얼굴을 마주 보았다. 쿵, 쿵, 복도를 걷는 발소리가 나고, 편의점 비닐봉지를 손에 든 아버지가 나타났다.

"아니, 어디 갔다 오신 거예요? 안 보여서 걱정했잖아요."

도오루가 비난조로 말했다.

"편의점에 다녀오는 김에 제방까지 산보하고 왔지."

아버지가 몸을 웅크린 채 손을 마주 비비며 대답한다.

"그런데 플리스 재킷만 입고 나갔더니 춥네. 다운 점퍼를 꺼내야겠다."

"뭐 사셨어요?"

"주먹밥. 가끔은 밥이 먹고 싶어서."

"그럼 말씀을 하시지. 내가 지어 드리면 되는데. 매일은 무리지만, 일주일에 두 번 정도는 아침밥 지을 수 있어요."

이번에는 하루카가 입을 비죽거리며 말했다.

"괜찮다. 그럴 필요 없어. 그래야 아빠도 마음이 편하고."

아버지는 싱크대 앞에 서서 인스턴트 된장국에 뜨거운 물을 부은 다음 시금치나물과 함께 식탁으로 가져왔다. 그리고 의자에 앉아 손을 모으며 잘 먹겠다고 말한 다음 먹기 시작했다.

도오루는 토스트와 인스턴트 수프, 커피를 준비해 함께 식탁에 앉았다.

텔레비전은 켜지 않았다. 아버지와 함께 있을 때는 늘 그렇게 한다. 신경을 쓰고 보니 광고 하나도 방심할 수 없었기 때문이다. 'XX를 시원하게 해 놓고 기다릴게요.' 하는 식의 맥주 광고만 나와도 도오루와 하루카는 소스라치게 놀라며 몸이 굳는다. 드라마도 광고도 뉴스도 부부가 등장하는 건 금물이다.

"오늘은 둘 다 늦게 들어오나?"

주먹밥을 입으로 가져가면서 아버지가 물었다.

"아마 그럴 거예요."

도오루가 대답한다. 광고 기획사에 근무하는 도오루는 거의 매일 야근이다.

"나도 아르바이트가 있어서 늦어요."

하루카는 역 앞에 있는 학원에서 사무직 아르바이트를 한다. 각자가 바빠서 평일에 함께 저녁을 먹는 일은 드물다.

"아버지는요?"

대화의 분위기상 도오루가 묻자 아버지는 "어, 제시간에 들어올 거야."라고 대뜸 대답했다. 뭐라고 반응해야 할지 몰라 대화가 끊겼다.

여태까지 가장 바쁜 사람은 아버지였다. 중견 건설사에서 관리직으로 일하는 아버지는 평일에 집에서 저녁을 먹는 일이 거의 없었다. 그런데 엄마가 돌아가신 후로는 매일 7시가 넘으면 집에 들어온다. 아내를 잃어 힘들 테니 당분간 일을 줄이도록 회사에서 배려했을 터였다.

"저녁은 어떻게 하실래요? 9시 넘어 드셔도 괜찮으면 내가 들어와서 준비할게요."

하루카가 말했다.

"괜찮아. 알아서 적당히 먹으마."

아버지가 고개를 살래살래 젓는다.

"그럼 저녁때 일단 들어와서 뭐든 만들어 두고 나갈게요."

"괜찮다니까. 밖에서 먹고 들어와도 되고."

아버지가 그렇게 말하자 하루카도 더는 고집을 부리지 않았다.

아버지가 혼자서 꾸역꾸역 저녁을 먹는 광경은 별로 상상하고 싶지 않지만 자식들이 어떻게 할 수 있는 일이 아니었다.

엄마가 돌아가신 후 남은 가족에게 저녁이 이렇게 어려운 일이 될 줄은 몰랐다. 어쩌다 쉬는 날 가족이 모두 집에 있고 저녁 무렵이 되어 저녁밥을 어떻게 해결해야 할지 고민하게 되면 배달 음식을 주문하든 외식을 하든 만들어 먹든, 우선 총무 역할부터 정해야 한다. 마치 사공을 잃은 배 같은 꼴이다. 늘 집에 있어 준 엄마가 얼마나 고마운 존재였는지 새삼 깨닫는다.

아침을 먹고 나서 맨 먼저 하루카가 거실 장식장 위에 놓인 엄마 영정을 향해 "엄마, 다녀올게요."라고 인사하고 학교에 갔다. 다음으로 도오루가 역시 엄마 영정에 인사하고 집을 나선다. 사실은 아버지와 함께 나가도 되는데, 역까지 걷는 동안 할 얘기가 마땅치 않아서 따로 행동하게 되었다. 게다가 아무래도 아버지는 아침마다 엄마 영정과 뭔가 얘기를 나누는 듯하다. 그 시간을 방해하고 싶지 않았다.

바깥은 한겨울 추위가 매서웠다. 코트 깃을 세우고, 목을 움츠리고 걷는다. 주택 단지이다 보니까 여기저기서 "다녀오겠습니다." "다녀와요." 하는 소리가 들린다. 그럴 때마다 마음이 살짝 아리다. 어쩔 수 없어 집으로 들어오긴 했지만, 셋이 함께 지내는 것이 도오루에게도 위로가 되었다. 혼자였다면 엄마를 떠올리며 훌쩍훌쩍 울었을지도 모른다.

회사에서는 늘 일에 쫓겼다. 도오루가 근무하는 광고 기획사는 전통적으로 스포츠 동아리 출신 직원이 많아서 젊은 사람들을 혹독하게 다루는 것이 보통이었다. 세일즈 프로모션 부문의 말단인 도오루는 클라이언트를 위한 시장 조사로 날마다 발이 부르트도록 뛰어다녔다. 그런데 엄마가 돌아가시고 나서는 다소 덜 시달리게 되었다. 아무래도 부장인 이시다가 뭔가 지시를 내린 듯하다. 내부 사정에 밝은 어느 여사원에 따르면 이시다 부장이 작년에 아내를 병으로 잃어서 도오루를 동정하는 게 아닐까 싶다고 한다. 과장도 부장의 지시를 의식해서인지 태도가 부드러워졌다.

하지만 3년 선배인 후쿠이만은 사람들이 도오루를 특별 대우하는 게 마뜩잖은지, 부장이나 과장이 없을 때면 괜히 그를 더 엄격하게 대했다.

"자네 말이지, 가족의 불행을 핑계로 일을 소홀히 하면 안 돼. 알겠어?"

"물론 압니다."

"그럼 에이스 제과의 소비자 앙케트는 자네가 데이터를 집계해. 자네 때문에 일거리가 늘어서 이만저만 낭패가 아니라고."

"죄송합니다. 제가 하겠습니다."

도오루는 순순히 그의 말을 따랐다.

후쿠이는 엄마가 집중 치료실에 있을 때도 한밤중에 전화로 도오루를 불러내 일을 떠맡기곤 했다. 하지만 후쿠이 본인도 한 달에 야근을 80시간이나 하는 중노동에 시달리고 있으니 불평할 여지는 없었다.

도오루가 느끼기에는 대체로 젊은 사원일수록 동료 부모의 죽음에 무심했다. 동기 중 하나는 장례식 바로 다음 주에 마작을 같이 하자고 부르기도 했다. 또 어제 어느 여사원은 대학 동문들의 소개팅을 주선하라고 말하기도 했다. 처음에는 딱하게 여기지만, 사흘이면 모두 잊는 듯하다.

반면 중년 이상의 아저씨들은 하나같이 동정의 기색이 짙었다. 그것도 도오루에게가 아니라 아버지에게다. 이시다 부장은 장례식에 참석해서 침통한 표정으로 이렇게 말했다.

"와카바야시, 아버님을 잘 위로해 드리게."

여태까지 말을 섞은 적조차 없는 총무부장이나 임원들까지 회사에서 마주치면 그에게 조의를 표했다.

이것도 세대 차의 한 단면일 것이다. 중년을 지날수록 죽음에 민감하다는 걸 도오루는 실감했다.

이날 도오루는 클라이언트의 박람회 출품을 거드는 데 동원되었다. 현장 지휘는 후쿠이가 하고 도오루는 그 보조역으로 잡다한 업무를 해결하느라 분주하다.

도오루가 일하는 데는 엄마의 죽음이 크게 영향을 미치지 않았다. 늘 바빠서 정신없이 뛰어다니다 보면 하루가 끝나는 느낌이다.

"이봐, 와카바야시. 전시회장에 의자가 부족해. 더 가져다 놓게."

"와카바야시, 보조 요원들이 먼저 도시락을 먹도록 할 거니까 대기실을 정리해."

"와카바야시, 마이크 상태가 왜 이런가? 음향 담당을 불러와."

후쿠이는 늘 사람을 거칠게 부렸다.

그곳에 이시다 부장이 나타났다. 후쿠이가 후다닥 뛰어가서 90도로 허리를 굽힌다. 클라이언트 측에서 부장이 나온 터라 거기에 균형을 맞추려고 행차한 듯하다.

이시다 부장은 간부끼리 담소하고는 전시장을 돌며 점검하다가 도오루를 발견하고 그에게 다가왔다. 도오루가 고개를 숙였다.

"와카바야시 군, 어머니 돌아가신 후로 별일은 없었나?"

이시다 부장이 물었다.

"아, 네. 다들 잘 지내고 있습니다."

긴장한 탓에 이상하게 대답하고 말았다.

"잘 지내지야 않겠지. 아버님은 어떻게 하고 계신가?"

부장이 한 걸음 더 다가와 조그만 소리로 물었다. 그 얼굴에 사실대로 말하라고 쓰여 있다.

"저, 그러니까, 아무래도 의기소침해하시는 것 같습니다만
……."

도오루는 조심스럽게 대답했다.

"그렇겠지. 그러실 거야. 아내를 잃으면 누구나 타격을 받게
마련이지."

이시다 부장이 충분히 이해한다는 듯이 그래그래, 하며 고
개를 끄덕였다.

"내가 말이지, 작년에 아내를 저세상으로 보냈어."

"아, 네. 다른 선배한테 들었습니다."

"그랬군. 그게 참으로 괴로운 일이야. 아버님은 매일 회사
에 나가시는가?"

"네. 하지만 퇴근을 빨리 하시는 것 같습니다. 예전에는 매
일 야근이었는데 말이죠."

"그럴 만도 하지. 당분간은 일이 손에 잡히지 않으실 거야.
나도 그랬거든. 머리가 제대로 움직이지 않더라고. 그때는 정
말 힘들었어. 하지만 일찍 퇴근을 하신다는 건 주위에서 배려
하고 있다는 뜻이기도 해."

"네, 그런 것 같습니다."

"그래그래, 직장이란 곳이 그래야 마땅하지."

그러고서 계속 고개를 끄덕였다.

"49재가 언제지?"

"내년 초입니다."

"그래. 어머니 없는 설을 보내겠군. 나도 아내를 보내고서 맞은 첫 설을 어떻게 보내야 할지 참으로 난감했어. 아이들도 어쩔 줄을 모르고 말이야. 텔레비전을 볼 마음마저 없어지더라니까."

"저희도 지금은 텔레비전을 켜지 않습니다."

"그렇겠지. 그런 거야."

그런 사정은 자신이 잘 안다는 듯이 이시다 부장의 목소리가 높아졌다.

"화면에 부부의 모습이 비치기만 해도 온갖 기억이 떠올라 괴로우신 모양이더군요."

도오루가 털어놓은 말에 이시다 부장이 눈을 번쩍 뜨더니 도오루의 팔을 탁, 쳤다. 어쩐지 흥분해 있는 것처럼 보였다.

"내가 딱 그랬어. 아니지, 실은 지금도 여전히 괴로울 때가 있어. 드라마에서 부부 싸움을 하는 장면이 나오면 아아, 이제 나는 다툴 아내도 없구나 싶고……."

그러고서 이시다 부장은 헉, 숨을 삼켰다.

"아무튼 충격에서 벗어나기 힘들다는 말이야."

"네, 그런 것 같습니다."

"아버님이 몇 년생이시지?"

"1958년생이십니다."

"그래? 나랑 동갑이시군."

이시다 부장이 안타까워하는 듯한 눈빛으로 한숨을 푹 쉬었다.

"아버님께 다시 한 번 조의를 표한다고 전해 드리게."

"네."

"그리고 자네도 당분간은 일찍 퇴근하도록 해. 일도 중요하지만 가족보다 우선인 건 없네. 자네 나이에는 별로 와닿지 않겠지만 말이야."

"네……."

"되도록이면 아버님 옆에 있어 드리고. 과장에게도 말해 놓겠네."

이시다 부장은 본인의 아들이라도 보는 듯한 눈으로 도오루를 바라보고는 또 한 번 팔을 툭툭 두드렸다. 도오루는 부장이 혹시 포옹이라도 하는가 싶어 몸을 움츠렸다.

이시다 부장이 돌아서서 멀어져 가는 모습을 눈으로 좇는데 시야 한끝에 후쿠이가 불만스러운 표정으로 도오루를 바라보는 모습이 들어왔다. 부장에게 어리광이라도 부리는 거냐고 말하고 싶은 눈치였다.

이날은 마지막으로 쓰레기 처리하는 일까지 도오루에게 시키는 바람에 자정이 넘어서야 집에 들어갈 수 있었다.

아버지는 여전히 생기가 없었다. 물론 기운을 차리라고 하는 것이 무리한 주문이라는 건 도오루도 충분히 알고 있었지만, 허탈해하는 아버지의 모습을 보기가 더는 힘들었다. 아버지는 밤마다 벽장이나 창고에서 엄마의 유품을 찾아내 손에 쥐고 추억에 잠기는 듯했다.

자식들 눈을 의식해서 본인 나름으로는 몰래 그러는 모양이었지만, 밤늦게 들어왔을 때 거실에 엄마의 액세서리 상자가 나와 있거나 하면 방금까지 아버지가 엄마의 목걸이나 반지를 쓰다듬으면서 울지 않았을까 싶어서 도오루는 아버지에게 아무 말도 건네지 못하고 허둥지둥 자기 방으로 피해 버리곤 했다.

또한 식사도 제대로 챙기지 않는 듯했다. 그건 하루카의 관찰로 알게 되었다.

"9시 넘어서 집에 들어오면 '아빠, 저녁 드셨어요?' 하고 묻는데, 그럴 때마다 '응, 먹었다.' 하고 대답해. '뭘 드셨는데요?' 하면 역 앞 슈퍼마켓에서 도시락을 사다가 먹었다고 해서서 그런가 보다 했는데, 쓰레기통을 뒤져 봐도 빈 플라스틱 용기가 없는 거야. 빈 요구르트 병이나 바나나 껍질만 보이고. 아빠가 제대로 식사를 하시지 않는다는 얘기야, 그건."

그러고 보니 아버지가 요즘 상당히 여윈 것 같았다. 하루카가 바다코끼리 같다고 놀리곤 했던 이중 턱은 불과 몇 주 만에 선이 드러났다. 바지도 조금 헐거워진 듯했다.

이대로 둘 수는 없어서 토요일 저녁에 고기를 먹으러 가자고 했지만 아버지는 먹고 싶지 않다면서 우리끼리 가라고 했다. 하는 수 없이 하루카와 집 근처 숯불구이 집에 갔다.

"아빠, 저러시면 곤란해. 식사와 수면만큼은 제대로 하셔야 하는데. 저러다가 병이라도 나시면 어떡해."

테이블에 마주 앉자 하루카가 걱정스럽게 말했다.

"잠도 제대로 못 주무시나? 나는 어떤지 몰라서……."

"나도 몰라. 오빠가 한번 여쭤봐."

"묻는다고 사실대로 대답하시겠어?"

"하긴 그래. 우리한테 걱정 끼치지 않으려고 하실 거야."

"우리, 맥주 마실까?"

도오루가 물었다. 상중이라 술은 다소 조심스러웠다.

"나, 마시고 싶어. 엄마는 봐주실 거야."

"그럼 주문하자."

둘 다 생맥주를 주문했다. 갈비와 안창살도 주문했다.

"아빠 말이야, 회사에서는 어떻게 지내시려나?"

하루카가 물었다.

"글쎄, 잘 모르겠어. 기운차게 일하실 것 같지는 않아."

도오루가 대답했다.

"책상 앞에 앉아서 종일 멍하니 계시는 건 아니겠지."

"관리직이니까 어느 정도는 자유로울 거야. 대신 회의가 많을 테니 한가하시지만은 않겠지."

"스기타 씨에게 물어보면 어떨까?"

하루카가 제안했다. 스기타 씨는 아버지의 예전 부하 직원으로, 도오루네가 사택에서 살았던 시절에 비교적 자주 놀러왔던 기억이 있다. 엄마 장례식에서 15년 만에 만났을 때는 "둘 다 이렇게 컸구나." 하며 감회에 젖어 눈물을 글썽거렸다. 그때 명함을 주면서 힘든 일 생기면 자기에게 연락하라고 했다.

"아아, 그게 좋겠다."

"오빠가 연락해 봐."

"내가?"

"나는 아직 학생이잖아. 회사가 어떻게 돌아가는지도 전혀 모르는걸."

"알았어."

그러고는 한동안 말없이 고기를 구워 먹었다. 엄마가 돌아가시고 나서 처음으로 제대로 먹는 저녁이었다. 생각해 보니 도오루 자신도 평일에는 거의 회사에서 도시락을 배달시켜 먹는 데다 식욕도 별로 없어서 적당히 때우는 일이 많았다.

"오빠는 엄마 생각 많이 나?"

하루카가 물었다.

"응, 매일 생각나."

"나도 그래. 엄마를 떠올리면 눈물이 날 것 같아. 집에 쓰러져 있는 엄마를 처음 본 사람이 나잖아. 그때의 광경이 뇌리에 새겨져서 밤에 자려고 눈을 감으면 생생하게 떠오르면서 온몸이 떨려."

"그럴 거야. 이해해."

그 점에 관해서는 동생이 몹시 안쓰러웠다. 도오루가 병원에 달려갔을 때 엄마가 의식을 잃고 침대에 누워 있는 모습을 본 것만으로도 도오루에게는 트라우마가 생겼다. 하루카는 그보다 더한 충격을 받았을 것이다.

"이렇게 말하기는 뭐하지만, 아빠가 초췌해진 게 우리에게는 다행일지도 몰라."

하루카가 불쑥 말했다.

"그게 무슨 뜻이지?"

"아빠가 의연함을 잃지 않았으면 오히려 우리가 괴로웠을지도 모른다는 뜻이야. 남은 가족 셋의 슬픔이 열이라면 그중 일곱 정도를 지금 아빠가 끌어안고 있잖아. 그러니까 오빠랑 나는 나머지 셋만 감당하고 있는 셈이야."

"아아, 그럴 수도 있겠구나."

도오루는 하루카의 말을 이해할 것 같았다.

"그리고 만약 아빠가 아무렇지 않았다면 엄마가 가여웠을 거야. 그러니까 슬퍼하는 아빠 모습을 보면서 우리는 위로를 받는다고 생각해."

"너, 머리 좋다. 취직이 잘되겠는걸."

도오루가 감탄스러운 듯 말했다. 하루카는 현재 구직 활동 중이다.

"그래도 당분간은 아빠를 주의 깊게 봐야 해. 나, 아무래도 아침밥을 지어야겠어."

"무리할 건 없어."

"아니야. 아빠가 아침이라도 제대로 드시면 나도 안심이 되거든."

"그럼 설거지는 내가 할게."

둘이서 동시에 고개를 끄덕였다. 어렸을 때는 툭하면 싸우 곤 했는데 지금은 동생이 있어서 얼마나 다행인지 모른다. 아버지와 단둘이었다면 매일이 더 힘들었을 것이다.

둘 다 숯불구이 고기를 굉장히 좋아하는데 별로 많이 먹지 못했다. 지금쯤 아버지는 집에서 뭘 하고 있을까. 그 생각을 하면 아무래도 식욕이 당기지 않는다.

그다음 주 월요일, 도오루는 마음을 다지고 스기타 씨에게 전화를 걸었다. 스기타 씨는 아버지와 같은 영업부 소속이라 도오루는 자신이 누구라는 걸 밝히지 못하고 스기타 씨의 친척이라고 거짓말을 했다.

"안녕하세요, 도오루예요."

"뭐야, 도오루 군이었어? 친척이라고 하기에 누군가 했네."

스기타 씨는 밝은 목소리로 응대해 주었다.

"저희 아버지, 가까이 계세요? 이거, 비밀 전화라서요."

"아니, 아버지는 회의 중이야."

"그럼 제가 아저씨께 전화했다는 말씀은 하지 마세요."

"그래, 알았어."

"아버지가 회사에서 어떻게 지내나 해서요. 별문제 없어요?"

도오루의 질문에 스기타는 잠시 말문이 막히는 듯하더니 "그런 건 왜 묻지?"라고 도리어 도오루에게 되물었다.

"실은 아버지가 집에서 내내 기운도 없고 초췌한 모습이라 회사에서는 어떤가 하고요. 동생이랑 제가 제일 걱정스러운 일은 식사를 제대로 하시지 않는다는 거예요."

"그래……."

스기타의 목소리가 한층 가라앉았다.

"역시 그렇구나. 사모님을 잃었으니 충격이 크실 만도 하지."

"집에서는 우시기도 해요."

"뭐, 정말이야?"

"아니, 우리 앞에서는 눈물을 보이지 않지만 숨어서 우시는 것 같아요."

"흠……."

스기타는 잠시 말이 없었다.

"그게 말이다, 와카바야시 부장님이 회사에서는 평소처럼 행동하시거든. 오히려 더 차분하게 보이려고 애쓰시는 느낌이랄까. 아, 하긴 간혹 가다 창밖을 멍하니 바라보실 때도 있는 것 같긴 하다만……. 그런데 집에서는 우신단 말이지?"

"제가 괜한 말씀을 드렸는지도 모르겠네요. 죄송해요."

"아니야, 알려 줘서 고마워. 하긴 사모님을 워낙 소중히 여기셨으니……."

스기타가 연거푸 한숨을 쉬었다. 괜히 말했나 싶어 도오루는 조금 후회되었다.

"죄송하지만 아버지께는 비밀이에요."

"알았어. 그럼 다음 일은 이 아저씨한테 맡겨."

아, 아니요, 뭘 부탁하려는 게 아니라……, 라고 말하고 싶었지만 그대로 전화가 끊겼다.

회사에 계시는 아버지 모습이 머릿속에 그려졌다. 창밖을 멍하니 바라본단 말이지. 도오루는 아버지의 민낯을 맞닥뜨린 느낌이었다.

회사에서 또 후쿠이를 보조하는 업무를 맡게 되었다. 후쿠이가 일부러 그를 지명한 것이다.

"이봐, 와카바야시. 일이라는 건 처음 3년이 중요해. 그 기간에 얼마나 단련되느냐에 따라 광고맨의 그다음 인생이 결정된단 말이야. 말하자면 지금은 체력을 기르는 시기랄까. 나는 처음 3년 동안 1년에 20일도 못 쉬었어. 내게 비하면 자네는 아직 학생 티도 못 벗었어."

후쿠이는 침을 튀기며 열변을 토했다. 이 선배에게 악의가 없다는 건 도오루도 안다. 누구보다 일을 많이 하고, 후배와의 술자리에서는 어떻게든 술값을 내려고 한다. 요컨대 열혈남에다 유대를 강요하는 타입이다.

밤 10시가 넘어서 책상에 자료를 잔뜩 쌓아 놓고 데이터를 집계하고 있는데 퇴근 준비를 하던 과장이 말을 걸었다.

"와카바야시, 자네 퇴근 안 하나?"

"네, 내일 오후 일찍 거래처에서 점검을 오기로 해서, 아마 밤을 새워야 할 것 같습니다."

도오루의 대답에 과장의 표정이 어두워졌다.

"일정을 조정할 수는 없나? 이시다 부장이 49재가 끝날 때까지는 자네에게 무리하게 일을 시키지 말라고 하던데."

"과장님, 너무 감싸시는 거 아닙니까?"

대각선 앞쪽 책상에 앉아 있던 후쿠이가 대뜸 끼어들었다.

"상중이라도 일은 일인걸요. 게다가 바쁘면 쓸데없는 생각이 들지 않으니 오히려 좋잖습니까."

후쿠이는 상사에게도 하고 싶은 말은 하는 성격이다. 그걸 남자답다고 생각한다.

"어린애도 아닌데 언제까지고 슬픔에 빠져서 지낼 수는 없지 않겠습니까. 돌아가신 어머니를 생각해서라도 와카바야시는 하루빨리 어엿한 광고맨이 되어야지요. 안 그래, 와카바야시?"

후쿠이가 동의를 구하자 도오루는 하는 수 없이 "네." 하고 대답하며 쓴웃음을 지었다.

"이봐, 웃자고 하는 말이 아니야."

"죄송합니다."

둘이 그런 말을 주고받자 과장은 말없이 어깨를 으쓱하더니 그대로 퇴근했다.

그러자 이번에는 도오루의 동기인 여사원이 그 앞을 지나갔다.

"어머, 도오루 씨, 아직 있었네. 동기들이 모두 회사 뒤에 있는 선술집에 모였는데 같이 가지 않을래?"

"일하는 중이라서……."

"빠져나오면 안 돼? 얼굴이라도 잠깐 비치든지."

안 그래도 동기들이 십시일반으로 조의금을 낸 터라 인사를 하기는 해야 했다.

그때 후쿠이가 말했다.

"와카바야시, 한 시간만 다녀와. 동기는 중요하지. 앞으로도 함께 갈 사람들이니 말이야."

이 남자는 데이트를 핑계로 일을 소홀히 하는 건 용서하지 않지만 술자리에 간다는 데는 너그러웠다.

"후쿠이 선배님은 역시 말이 통한다니까요."

여사원이 치켜세우자 후쿠이는 싫지 않은 표정을 지었다. 도오루도 기분 전환을 하고 싶던 참이라 잠시 다녀오기로 했다.

선술집에서는 동기들에게 떠들썩하게 환영을 받았다. 도오루가 조의금에 대해 감사 인사를 하자 그때만은 "그래, 힘들었지?" "너무 상심하지 마." 하고 진지한 얼굴로 위로하더니 이내 화제를 바꾸어 평소처럼 시시껄렁한 얘기들을 나누기 시작했다.

"도오루 너, 지난번 미팅 때 혼자만 파트너를 데리고 나가더라?"

"어머머, 도오루 씨, 그런 사람이었어?"

"아니야. 집이 같은 방향이어서 택시를 같이 탔을 뿐이야."

"거짓말. 눈빛이 그게 아니던데."

"흠, 도오루 씨……."

다들 왁자지껄 웃는다.

도오루는 오랜만의 술자리에 잠시 유쾌한 기분을 느꼈지만, 가슴 한구석으로는 가족이 마음에 걸렸다. 아버지와 동생은 지금쯤 집에서 뭘 하고 있을까. 그런 생각을 하자 도저히 시시덕거릴 수 없었다.

또한 동기들의 천진난만함에 여러 생각이 들었다. 이들 중 도오루의 슬픔에 공감하는 사람은 없다. 그건 그들이 정이 없어서가 아니라 단지 어려서 그렇다. 연로한 조부모라면 모를까 부모 형제를 잃은 경험은 없을 것이다. 그러니 상상하려 하지 않는다.

후쿠이가 도오루를 대하는 태도도 마찬가지다. 동정심이 없는 것이 아니라 동정에 이르는 사고 회로가 아직 없는 것이다.

하기야 이렇게 생각하는 자신도 얼마 전까지는 여기 있는 동기들과 다를 바 없었다. 중고등학교 시절, 부모를 잃은 반 친구가 몇 명 있었는데, 담임이 침통한 표정으로 "××군의 아버지가 어제 돌아가셨다."라고 알렸을 때 동정하는 마음은 한순간이고 그 후로는 의식에서 완전히 사라져 평소처럼 떠들었다. 장례를 치르고 등교한 반 친구에게는 말 한마디 건네지 않았다.

그러고 보니 떠오르는 일이 있다. 중학교 3학년 때, 한동네에 사는 친구의 아버지가 교통사고로 돌아가셨다. 그때 도오루보다 도오루 부모님이 더 충격을 받았다. 도오루는 장례식 다음 날 학원에서 마주친 그 친구에게 "야, 게임 좀 빌려줘."라며 평소대로 대했다. 친구가 어떤 심정일지는 상상도 못한 채.

생각해 보니 그 친구 이름은 고바야시인데 이번에 엄마 빈소를 찾아 주었다. 가까이 사는 터라 딱히 신경을 쓰지 않았다. 의례적인 인사만 나누었을 뿐 더는 대화도 나누지 않았다. 한동네 사는 동창 중 문상을 온 사람은 그 친구뿐이었다.

그렇구나. 고바야시도 부모의 죽음을 경험했기 때문에 남의 일 같지 않았던 것이다.

"야, 도오루. 뭘 그렇게 생각해? 아직 얘기가 안 끝났잖아. 그 여자랑 같이 택시를 타서는 어떻게 했어?"

"어떻게 하기는 뭘⋯⋯."

"딴청 부리기는. 취한 척하면서 엉덩이라도 슬쩍 만졌나?"

"아니야."

여자들이 손뼉을 치며 깔깔거린다. 도오루는 맥주를 두 잔 마시고는 할 일이 남았다면서 자리에서 일어섰다.

"도오루, 크리스마스 파티는 여자들이랑 모여서 근사하게 할 거니까 꼭 참석해."

"알았어."

웃으면서 고개를 끄덕이고 나서 혼자 가게를 나왔다. 그들의 밝은 모습이 위로가 된 건 사실이었다.

남들 눈에도 아버지가 야위어 보이는지, 이웃 아줌마가 맛 좀 보라며 감자조림과 달콤하게 조린 청어를 가져왔다. 그리고 도오루와 하루카에게 "아버지가 식사를 제대로 하시나?" 하고 걱정스러운 얼굴로 물었다. 매일 얼굴을 마주하는 가족보다 변화를 확연히 느끼는 것이다.

더는 두고 볼 수 없었던 도오루가 아버지에게 말했다.

"식사를 제대로 하셔야죠. 너무 야위셨어요."

그러자 아버지는 정색하며 "먹고 있는데 왜 그러냐."라고 되받고서 감자조림을 던지듯 입에 넣더니 이내 괴로운 듯한 표정을 지었다. 결국은 밥 한 공기도 채 비우지 못했다.

"그런데 너, 스기타 군에게 뭐라고 했니?"

아버지가 물었다.

"아니, 왜요?"

도오루는 대뜸 시치미를 뗐다.

"그 부인이 매일 내 도시락을 싸서 스기타 군 손에 들려 보내더라. 영양을 제대로 섭취해야 한다면서 말이다. 마치 내가 집에서 제대로 먹지 못한다는 듯이 말하기에 네가 나 모르게 무슨 말을 했나 싶었지."

"아니, 난 모르는 일이에요."

그러면서 도오루는 속으로 스기타의 지혜에 감탄했다. 과연 어른은 어른이다. 이런 일을 할 수 있어야 비로소 사회의 일원인 것이다.

하지만 아버지는 부담스러운지 "남기자니 미안해서 억지로 꾸역꾸역 먹다 보니 매일이 고통스럽구나."라고 말했다.

도오루가 다음 날 스기타에게 전화를 걸어 감사의 말을 전하면서 좀 더 자세히 물었더니 그는 "아버지가 도시락을 반 이상 남기고 계셔."라고 말했다. 도오루가 다 드시기 힘들면 남기시라고 했더니 그대로 한 모양이다.

스기타는 "호의가 오히려 폐가 될까 싶어서 올해까지만 하기로 아버지와 얘기를 했어."라고 말했다. 친절을 베푸는 것도 쉬운 일만은 아닌가 보다.

도오루는 이시다 부장에게 상담을 청하기로 했다. 물론 과장을 건너뛰고 직접 말을 건넬 입장은 아니었지만, 마침 이시다 부장이 도오루를 볼 때마다 다가와서 이것저것 묻는 터라 그 참에 얘기를 꺼냈다.

"실은 아버지가 영 식욕이 없으신지 요즘 들어 점점 살이 빠지셔서요."

점심시간에 도오루가 그렇게 털어놓자 이시다 부장은 점점 어두운 표정이 되더니 "잠깐 얘기 좀 할까."라며 회사 건물 꼭대기 층에 있는 카페테리아로 그를 데려갔다.

"아버님 말이야, 병원에 모시고 가서 링거를 맞혀 드리는 게 어떨까?"

이시다 부장이 심각한 표정으로 말했다.

"링거를요?"

도오루가 눈을 동그랗게 떴다.

"절대 유난 떠는 게 아니야. 연세가 있으신 분이 영양실조에 걸리면 장기는 물론이고 뼈에도 해가 미치거든. 그러면 괜히 짜증이 나서 정신까지 병드는 법이야. 잠은 잘 주무시나?"

"글쎄요, 별로 주의 깊게 관찰한 적이 없어서……."

"그럼 오늘부터라도 신경 써서 지켜보도록 하게. 만일 잠을 계속 제대로 못 주무시면 병원에 가서 약을 처방 받는 게 좋아."

"네에……."

이시다 부장은 진심으로 아버지가 걱정되는지 자못 진지하게 말했다.

"실은 나도 아내를 잃고 한동안 밤에 잠도 잘 못 자고 밥이 목구멍으로 넘어가지 않는 바람에 몸이 상당히 쇠약해졌다네. 그런데 사생활로 인해 회사에 폐를 끼칠 수 없어서 기를 쓰고 버텼지. 어느 날 아침, 갑자기 일어나질 못하겠는 거야. 알고 보니 우울증이더군."

"그러셨습니까?"

도오루는 놀랐다. 아마도 그가 갓 입사했을 때의 일일 테니 사내 사정에 신경 쓸 여유가 없었을 것이다.

"어쩌다 회사 주치의가 골프를 같이 치는 사이여서 상담을 청했더니, 이대로 가면 우울증이 본격화될 수도 있으니 당장 쉬라고 하더군. 그래서 유급 휴가를 신청해 열흘간 쉬었어. 물론 자네 같은 젊은이들이야 우리 같은 사람들의 동향을 알 턱이 없지."

"아니, 그렇지는……."

"자네 집안일에 감 놔라 배 놔라 할 마음은 없네. 하지만 이건 경험자가 아니면 절대 알 수 없는 일이야. 아내를 잃은 남편의 심정은 쉽게 상상할 수 있는 일이 아니지. 실제로 상처하고 한동안은 주위에서 내게 신경을 많이 썼지만, 1년이 지나자 다들 그런 사실을 잊었고, 심지어 국제부의 이마노 같은 놈은 '부장님, 다시 독신으로 돌아가셨으니 긴자에 가면 인기가 하늘을 찌르겠습니다.'라고 말하는 거야. 한 대 갈기고 싶더군."

이시다 부장은 그때의 일이 떠오르는지 눈을 부라리며 울분을 토하듯 말했다.

"이 나이가 되어 반려자를 잃는다는 건 인생의 절반을 잃는 거나 다름없는 일이지. 내 경우, 정년퇴직 후의 인생 설계가 전부 물거품이 되었어. 그건 이만저만한 충격이 아니었네.

자네 아버님이 지금 바로 그런 처지에 놓이신 거야. 필시 몸이 휘청거려서 서 있기도 힘드실 걸세."

"흠……."

"아버님을 병원에 모시고 가게. 우선은 내과에서 위장 검사를 하고, 그다음에는 정신과에서 상담을 받도록 해. 의사에게 얘기를 듣는 것만으로도 마음이 한결 편해지실 거야. 거기다 수면 유도제나 신경 안정제 같은 약을 처방해 줄 테니 적어도 밤에 잠은 이루실 수 있을 걸세. 그게 어려우면 내 주치의를 소개해 주지. 작년까지 우리 회사 주치의를 지냈던 대학병원 의사야. 소개장을 써 줄 테니까 언제든지 말하게."

"네, 아버지께 그렇게 전하겠습니다."

"그리고 또 하나, 아마도 자네 아버님은 지금 자책하고 계실 걸세. 나도 그랬으니까. 내 아내는 유방암으로 죽었는데, 왜 여태 암 검진을 받게 하지 않았을까, 검사만 받았어도 조기에 발견해서 나을 수 있었을지 모르는데, 그러면서 나 자신의 어리석음과 무관심을 탓하며 한동안 스스로를 책망했어. 그러니까 아들인 자네가……."

이시다 부장이 거기까지 말하고서 잠시 생각에 잠겼다. 그리고 "그건 무리일까……."라고 중얼거리듯이 말을 이었다.

"하긴 아무리 가족이라도 젊은 사람들은 알 수가 없지."

"네?"

"아니, 미안하네. 나이 든 사람과 젊은이는 눈에 비치는 풍경이 다르다는 뜻이야. 젊은이들에게는 젊은이들의 세계가 있고, 비록 인생 경험이 빈약하더라도 그때는 또 그 나름으로 중요한 시기야. 당장 늙는 것도 아니고."

"네······."

이시다 부장은 근심을 품은 눈길로 도오루를 바라보며 "아버님께 잘해 드리게."라고 말하고 먼저 카페테리아를 나갔다. 도오루는 그 뒷모습을 망연히 바라보았다.

"이봐, 와카바야시. 뭔가 사고라도 쳤나?"

근처 테이블에 앉아 있던 동료가 놀리듯이 말을 걸었다.

"아니야. 업무에 관해서 잠시 강의를 들었어."

도오루는 적당히 둘러댔다.

"그건 그렇고, 금요일에 마작하자. 밤새도록 말이야. 시작은 몇 시라도 상관없어."

"나 바빠."

"그러니까 몇 시에 시작하든 괜찮다고 하잖아."

동료가 하도 끈질기게 졸라 대는 통에 도오루는 도망치듯 카페테리아를 나왔다.

젊은이와 나이 든 사람은 눈에 비치는 풍경이 다르단 말이지. 도오루는 이시다 부장의 말을 곱씹어 보았다. 인생 경험이란 아마도 슬픔의 경험과 같은 뜻일 것이다.

그날 밤이 늦어 집에 돌아가는 전철 안에서 한동네 사는 고바야시를 발견했다. 양복 차림에 배낭을 멘 고바야시는 전철 문 부근에 기대어 스마트폰을 만지작거리고 있었다. 그는 회사원으로, 영업직에 근무한다는 얘기를 들은 적이 있다. 고등학교에 들어간 후로는 대화를 나눈 적이 별로 없는데 조문을 와 주어서 그의 존재가 머릿속에 남아 있었다. 이것도 인연이겠지 싶어 말을 걸어 보기로 했다.

"이봐, 고바야시."

도오루가 다가가 말을 걸었다.

"아니, 도오루잖아. 오랜만……이 아니지. 지난번에 어머니 빈소에서 만났구나."

고바야시가 환하게 웃으며 말했다.

"하지만 얘기는 못 나눴지."

"그래. 어머니 일은 유감이야. 다시 한 번 조의를 표한다."

고바야시가 새삼 고개를 숙였다.

"조문을 와 줘서 고마웠어."

"가까이 사는데 당연히 가야지. 그리고 어릴 적에 너희 집에 놀러 가면 어머니가 간식도 주시고 해서 추억이 많아."

"나 말이지, 네가 다녀간 후에 새삼스럽게 생각이 나더라. 너도 아버지가 돌아가셨잖아. 그때는 중학생이다 보니 남의 집 불행이 전혀 실감이 나지 않아서 한동네에서 자란 소꿉친구인데도 조문도 가지 않고 위로의 말도 하지 않았어."

"아니야, 괜찮아. 그때는 나도 너무 갑작스러워서 한동안은 실감이 나지 않았는걸, 뭐."

도오루가 변명하듯 말하자 고바야시는 웃으며 그렇게 대답했다.

"너는 기억할지 모르겠지만, 네 아버지 돌아가시고 그다음 주에 학원에서 만났을 때, 내가 너한테 게임을 빌려 달라고 했어. 아버지를 잃은 친구에게 그런 부탁을 태연하게 하다니, 지금 생각하면 어처구니가 없어."

"하하, 그걸 기억하는구나."

"내가 너무 둔감했어."

"하나같이들 그랬어. 나도 아버지가 돌아가시지 않았다면 너희 어머니가 돌아가셨을 때 크게 와닿지 않았을 거야."

"나도 가족을 잃고서야 알았는데, 우리 나이에는 남의 죽음에 무관심한 것 같아."

도오루가 요즘 든 생각을 말했다.

"어쩔 수 없지. 경험이 없으니 무리도 아니야. 젊다는 건 남의 일처럼 여겨지는 것이 많다는 뜻이기도 한 것 같아."

"하하, 그래그래."

도오루는 고바야시의 말에 감탄했다. 자신도 지금까지는 부모의 죽음이 남의 일일 뿐이었다.

"아버지가 돌아가시고 처음 배운 게 세상일에는 온도 차가 있다는 사실이야. 유족은 세월이 아무리 흘러도 여전히 슬픈데 주위 사람들은 사흘만 지나면 평소처럼 생활하고 평소처럼 웃더라고. 그래서 유족은 그 온도 차에도 괴로워하지."

"야, 맞는 말이다."

도오루는 마음속으로 손뼉을 쳤다. 지금껏 끌어안고 있던 개운치 않은 감정의 퍼즐이 제대로 들어맞은 기분이었다.

"고마워."

도오루는 눈앞에 있는 소꿉친구를 힘껏 껴안고 싶어졌다.

"뭘 그리 정색하고 그러냐."

고바야시가 웃으며 말한다.

"아니야, 정말 고마워."

워낙 오랜만이라 대화가 탄력을 받아 집에 도착할 때까지 서로의 근황과 일에 관한 얘기를 나누었다. 다음에 같이 한잔하러 가자는 얘기도 나왔다. 똑같은 슬픔을 지니고 있다는 사실만으로도 사람은 치유가 된다.

4

다음 날 아침을 먹을 때, 이시다 부장의 조언대로 아버지에게 병원에 가서 상담을 받아 보자고 했다. 아버지는 아들의 말이 의외였는지 젓가락질을 멈추고 멀뚱히 도오루를 바라보았다.

"별걱정을 다 하는구나. 그보다, 너는 회사 생활을 제대로 하고 있니?"

아버지는 오히려 그렇게 반문했다.

"나야 제대로 하고 있죠. 매일 야근인걸요. 바빠서 엄마 생각할 틈도 없어요."

"그럼 됐다. 나도 49재가 지나면 일이 바빠질 테고, 그러면 평소대로 돌아갈 게다."

"그렇게 쉽게 돌아가겠어요?"

"괜찮다. 걱정 마라."

"괜찮지 않다니까요."

하루카가 옆에서 끼어들었다.

"요즘 내내 식욕도 없고 몸 컨디션도 안 좋으시잖아요. 그런 상태로 일이 바빠지면 몸이 망가져요."

하루카는 아버지가 식사를 남기는 것이 몹시 신경 쓰이는 모양이었다. 오늘 아침에도 아버지는 기운이 없고 밥 한 공기를 비우기도 힘들어하는 듯했다.

"둘이 나를 병자로 몰아가는구나."

아버지는 말로는 강한 척했지만 젓가락질은 여전히 신통

치 않아, 보고 있기가 애처로웠다.

　도오루는 이때다 싶어 이시다 부장 얘기를 꺼내기로 했다.

　"실은 우리 부장님이, 이름이 이시다 씨인데, 아버지랑 나이도 같은 데다 작년에 부인이 암으로 돌아가셨어요. 그런데 자신이 고생한 경험이 있어서인지 나더러 아버지가 틀림없이 힘들 테니까 어서 가서 상담을 받으라고 권하더라고요. 그래서 말씀드리는 거예요."

　"흐음, 그런 사람이 있구나."

　아버지가 고개를 들었다.

　"이시다 부장님은 제대로 손도 못 써 보고 아내를 암으로 잃은 것이 자신이 검진에 소홀했기 때문이라며 자책하다가 우울증에 걸리고 말았다면서 제게 아버지도 지금 스스로를 책망하고 있을 테니 누군가 아버지 탓이 아니라고 말해 줘야 한다고 했어요."

　아버지는 잠자코 듣고 있었다.

　"이시다 부장님은 아버지가 몹시 걱정되는지, 원래는 과장을 건너뛰고 나 같은 평사원에게 직접 말을 거는 법이 좀처럼 없는데, 나랑 마주칠 때마다 아버지가 어떻게 지내시는지 물어요. 그 심정을 속속들이 아는 거죠. 이런 말도 하던걸요. 이 나이가 되어 반려자를 잃는다는 건 인생의 절반을 잃는 거나 다름없는 일이라고요."

아버지는 코로 살짝 숨을 내쉰 후 밥공기 위에 젓가락을 내려놓았다. 그리고 입을 열었다.

"알겠다. 이시다 씨에게 고맙다고 전해 다오. 병원에 가는 문제는 생각해 보마. 네 얘기를 들으니 마음이 조금 편해지는구나. 그래, 너희 부장님도 아내를 잃고 자책했단 말이지……."

"아버지도 자책하고 계세요?"

하루카가 물었다.

"응? 아니, 그건……."

아버지는 그 질문에 분명히 대답하지 않은 채 식탁에서 일어나 자신이 사용한 그릇을 싱크대로 가져갔다.

"설거지는 제가 할게요."

하루카의 말에 아버지는 "아, 그래 주겠니? 그럼 부탁하마."라고 대답하고 출근 준비를 하러 침실로 들어갔다.

"아빠, 화나셨나?"

하루카가 침실 쪽을 보면서 묻는다.

"아닐 거야. 그럴 이유가 없잖아."

도오루와 하루카는 아침을 마저 먹은 뒤 엄마 영정 앞에 서서 다녀오겠습니다, 라고 인사하고 먼저 집을 나섰다. 아버지는 매일 아침 그러듯이 또 엄마 영정에 대고 뭔가 얘기를 할 것이다. 오늘은 무슨 얘기를 할까.

회사에 도착하자마자 이시다 부장을 찾아가 아버지가 부탁한 감사의 말을 전했다.

"그래서, 어떻게 하기로 했나, 병원에 가신다던가?"

"생각해 보시겠답니다."

"그렇군. 그리고 혹시 내 주치의라도 괜찮으면 언제든지 말씀하시라고 다시 한 번 전해 드리게."

"알겠습니다."

"부디 사양하시지 않았으면 좋겠군. 아버님은 회사 안에서 의논할 상대를 찾는 것보다 외부 사람과 의논하시는 게 나을 거야. 회사 사람에게는 아무래도 약한 소리를 하고 싶지 않으실 테니까. 그런 점에서 나는 이해관계가 없지 않은가."

이시다 부장은 아버지의 반응이 기뻤는지 기분이 상당히 좋아 보였다.

그리고 그날 점심때 이시다 부장이 다시 부르기에 책상으로 갔더니 "이거, 아버님께 전해 드리게." 하며 봉투를 건넸다.

"아버님께 내가 편지를 썼어. 지나친 참견일지 모르지만, 내가 경험자 아닌가. 반드시 도움이 될 거라고 보네."

"네……."

얼떨떨한 채 받아 들고 보니 봉투가 꽤 두툼했다. 편지지가 다섯 장은 들었을 듯했다.

"개인적인 편지니까 자네는 읽으면 안 돼."

"알겠습니다."

오전 내내 이 편지를 썼을까. 왠지 이시다 부장이 아버지의 친구처럼 여겨졌다.

자리로 돌아오자 후쿠이가 물었다.

"부장이 자네한테 무슨 용무야?"

"아니, 그게……, 개인적인 일입니다."

"자네 말이야, 요즘 좀 느슨해졌어. 아베 음료의 송년회도 얼굴만 내밀고 냉큼 돌아갔다면서? 끝까지 자리를 지키지 못하고서 말이야. 2차, 3차까지 쫓아가서 그쪽 담당자에게 얼굴 도장을 찍었어야지. 그런 비용은 얼마든지 지원해 주잖아. 광고맨은 얼굴을 익히는 게 무엇보다 중요하단 말이야. 알겠어?"

또 설교가 시작되었다.

하지만 도오루는 고바야시의 말을 듣고 난 터라 여유 있게 후쿠이의 말을 받아들일 수 있었다. 이 선배도 언젠가는 가까운 사람의 죽음에 직면함으로써 세상을 좀 더 알게 될 것이다.

"이봐, 와카바야시. 듣고 있는 거야?"

"네, 듣고 있습니다, 듣고 있어요."

주위에 있던 여사원이 쿡쿡 웃었다.

그날 밤, 9시 넘어서 집에 들어가 아버지에게 이시다 부장의 편지를 전했다. 아버지는 처음에는 의아하다는 듯이 봉투를 바라보더니 이내 그 내용을 짐작했는지, "참으로 정이 두 터운 사람이구나."라고 말하고 봉투를 뜯지 않은 채 침실로 가져갔다.

아버지가 거실을 나가자 하루카가 오랜만에 텔레비전을 켰다. 버라이어티 프로그램의 원색으로 가득한 화면에 눈이 아플 지경이었다. 당신도 웃어 보라는 듯이 왁자지껄한 스튜 디오의 웃음소리가 귀에 거슬린다. 도오루는 냉동 볶음밥을 데워서 먹으면서 보고 있었다.

"재미없다. 채널 좀 바꿔 봐."

하루카가 리모컨으로 채널을 하나씩 넘긴다. 지상파는 하 나같이 시끄러운 프로그램뿐이어서, 텔레비전이라는 것이 이렇게 텐션을 올리지 않으면 돈벌이가 안 되는 미디어인가, 하며 광고 기획사 직원인 주제에 쓸쓸함을 느꼈다.

할 수 없이 케이블 텔레비전으로 채널을 바꾸어 하루카와 둘이 옛날 드라마를 멍하니 보았다.

"너, 겨울 방학 때 뭐 할 거냐? 올해도 스키 타러 갈 거야?"

도오루가 물었다.

"안 가. 상중이잖아."

"친구들이 같이 가자고 하지 않아?"

"가자고 하지. 내가 거절하니까, 상중이면 어떠냐고 하더라."

"다들 똑같구나. 나는 동기가 미팅을 하자고 해서 싫다고 했더니 야유하더라고."

"그럴 때는 정말이지 인간이 이해가 안 돼. 공감해 주는 후배가 딱 한 명 있는데, 물어보니까 어릴 때 동생이 사고로 죽어서 남은 가족의 고통을 안다고 하더라."

"그런 거야. 고바야시도 같은 말을 했어."

"나, 나중에 사회인이 되면 남을 배려하는 입장에 설 거야."

하루카가 진심을 담아 말했다. 그래, 배려로군. 도오루는 이제야 적절한 말을 찾은 기분이었다. 엄마가 돌아가시고 나서 오늘까지, 주위 사람들을 정확히 두 종류로 나눌 수 있었다. 배려할 줄 아는 사람과 배려할 줄 모르는 사람으로.

"우리, 엄마가 돌아가시는 바람에 배운 게 많아."

"맞아, 정말 그래."

그러고서 한동안 말없이 텔레비전을 봤다. 하루카는 점점 싫증이 나는지 스마트폰을 만지작거렸다.

"아버지는 뭐 하셔? 침실에 들어가서 안 나오시네. 벌써 잠드셨나……."

식사를 마친 도오루가 싱크대에서 접시를 씻으며 물었다.

"설마. 이제 10시야. 씻지도 않으신 것 같은데."

하루카가 소파에서 몸을 내밀어 복도 끝 쪽을 바라보았다.

"오빠가 일어선 김에 보고 와."

"알았어."

도오루는 복도를 걸어 아버지 침실로 향했다. 그러다가 문득 어떤 예감이 들어서 뒤꿈치를 들고 살금살금 걸었다. 침실에서 라디오 소리가 흘러나왔기 때문이다. 최근에 침실에서 라디오를 듣는 것이 아버지의 습관이 되었다. 그러니 딱히 이상한 일은 아니다. 그러나 편지를 읽으려면 라디오 소리가 방해가 될 텐데.

도오루는 발소리를 내지 않고 침실 앞까지 가서 문 안쪽에서 나는 소리에 귀를 기울였다.

라디오에서 흐르던 곡이 잠시 멈췄을 때, 훌쩍거리는 아버지 울음소리가 들렸다. 아버지가 울고 있다.

도오루는 아버지가 눈치채지 않도록 다시 살금살금 거실로 돌아왔다.

"오빠, 왜 그러고 걸어?"

하루카가 묻자 도오루는 집게손가락을 입술에 댔다.

"아버지가 울고 계셔."

소곤거리듯이 말한다.

"아니, 또? 왜 그러시지?"

"편질 읽으면서 우시는 모양이야."

"무슨 내용인데 그래?"

"모르겠어. 나는 안 읽었으니까."

둘이 잠시 얼굴을 마주 보았다. 같은 눈물이라도 이시다 부장의 편지 때문이라면 비탄에 젖은 눈물은 아닐 것이다. 분명 위로를 얻은 것이다.

어찌 되었든 두고 볼 수밖에 없으니 도오루는 일단 목욕을 하기로 했다. 하루카는 2층 자기 방으로 올라갔다.

거실 불을 끈다. 엄마 영정을 향해 "안녕히 주무세요." 하고 속삭였다. 어슴푸레한 가운데 엄마가 살포시 웃는 것처럼 보였다.

다음 날 아침, 도오루가 식탁에서 아침을 먹고 있는데 아버지가 침실에서 나오더니 봉투를 하나 식탁에 올려놓았다.

"이시다 씨에게 전해 다오. 아버지가 보내는 감사의 편지라고 하고."

봉투가 이시다 부장이 보낸 것만큼이나 두툼한 걸 보니 편지지가 다섯 장 이상은 들어 있을 듯했다. 어제 밤중에 썼을 텐데, 대체 몇 시까지 썼을까.

"네, 알았어요."

도오루가 살짝 당황스러워하며 대답한다.

"사적인 편지니까 읽으면 안 된다."

아버지가 이시다 부장과 똑같은 말을 했다.

그런데 아버지 표정이 어쩐지 환하다. 최근에는 늘 등이 구부정했는데 지금은 가슴을 활짝 펴고 있다. "우웃." 하고 의미를 알 수 없는 신음까지 내뱉는다. 마치 엔진에 시동을 거는 소리처럼 들리기도 했다.

그리고 아버지는 식욕을 보였다. 토스트를 한 장 먹고 잠시 생각하더니 또 한 장을 구운 것이다.

"한 장 더 드실 거예요? 그럼 마가린 말고 스크램블드 에그를 얹어서 드실래요? 내가 금방 만들 테니까."

하루카가 물었다.

"그럼 부탁할까."

하루카가 벌떡 일어났다.

이유야 어찌 되었든 기운을 차린 건 좋은 일이다. 그렇게 아버지다운 얼굴을 오랜만에 본다.

그날 도오루는 출근하자마자 이시다 부장을 찾아갔다. 신문을 펼치고 읽던 이시다 부장이 그에게로 얼굴을 향했다.

"안녕하세요. 이거, 아버지가 드리는 감사의 편지입니다."

도오루가 봉투를 내밀었다.

"정말 올곧은 분이시군. 답장은 안 하셔도 되는데."

이시다 부장이 이를 하얗게 드러내며 웃는다. 그리고 편지를 받아 들면서 그 두툼함에 멈칫하는 것 같았다. 본인도 엄청 두툼하게 보냈으면서.

"아버지가 부장님 편지에 감격하신 것 같아요."

"아, 그래? 도움이 되었다면 다행이고."

"부장님은 뭐라고 쓰셨어요?"

"그건 비밀이야. 내 경험담이지. 아내를 떠나보내고 이런저런 일이 많았으니까."

"아무튼 기운이 좀 나시는 모양이에요. 오늘 아침에는 토스트를 두 장이나 드셨어요."

"그래? 그거 잘됐군."

도오루는 다시 한 번 꾸벅, 고개를 숙인 후 자기 자리로 돌아왔다. 그리고 컴퓨터 전원을 켠 뒤 메일을 확인했다. 그러면서 이시다 부장 쪽으로 힐끔힐끔 시선을 향한다. 부장이 안경을 코에 걸치고 아버지의 편지를 꺼내 읽기 시작했다.

의자에 몸을 깊숙이 묻고 편지를 조금 멀찍이 뗀 채 눈을 찡그리고 읽는다.

아버지는 뭐라고 썼을까. 동년배이자 당신마냥 반려자를 잃은 이시다 부장에게 고통스러운 심정을 토로했을까. 집에서 자식들에게는 할 수 없는 마음 약한 소리도 편지라면 가능할 것이다. 일면식도 없는 사람이라 오히려 솔직해질 수도 있을 것이다.

그런 생각을 하고 있는데 이시다 부장이 갑자기 얼굴을 찡그렸다. 그리고 편지를 손에 든 채 일어서더니 왼손으로 코를 누르며 빠른 걸음으로 사무실을 나갔다.

울잖아. 도오루는 자신의 눈을 의심했다. 그러나 그의 동작은 아무리 봐도…….

옆에서 우연히 그 모습을 목격한 듯한 여사원이 뒤를 돌아보다가 도오루와 시선이 마주쳤다.

"저, 이시다 부장님, 왜 그러시는 거예요?"

그녀가 속삭이듯 물었다.

"글쎄요, 잘 모르겠어요."

도오루는 고개를 저었다.

도오루는 사실을 말할 수 없었다. 이시다 부장의 명예를 지키기 위해서라도 못 본 척하는 것이 좋을 테지. 아버지와 자신의 모습이 겹쳐 보이면서 아내를 잃었을 때의 일이 떠올라 감정이 북받쳤을 것이다. 그런데 도대체 나이 든 아저씨들끼리 이게 무슨 일이지?

도오루는 왠지 재미있어졌다. 어른들은 좋겠다는 생각도 들었다. 그리고 마음이 가벼워졌다. 모두들 서로 의지하며 살아가고 있다. 그건 이해득실을 넘어선, 인간의 본능 같은 것이다.

엄마는 이 상황을 천국에서 내려다보며 웃고 있을 것이다.

그렇게 생각하자 도오루도 코끝이 찡해졌다.

임신부와 옆집 부부

요코는 옆집에 새로 이사 온 수수께끼의 부부에게 신경이
쓰여 견딜 수가 없었다.

마쓰자카 요코는 서른두 살의 회사원으로, 첫아이 출산을
앞두고 현재 출산 휴가 중이다. 그래서 사회인이 되고 나서
처음으로 낮 시간을 집에서 보내고 있다. 예정일은 아직 한
달 이상이나 남았는데, 잔걱정이 많은 성격인 상사가 무슨 일
이 생기면 곤란하니까 일찌감치 휴가에 들어가라고 닦달하
는 바람에 벌써 두 달 전부터 쉬고 있다.

임신 생활은 순조로웠다. 체중도 적당히 조절되어 담당 의
사에게 늘 칭찬을 들었다. 동갑인 남편 에이스케는 은행원으
로 매일 밤늦게 들어온다. 요코는 혼자서 할 일이 없으니 괜
히 이런저런 생각에 빠져들곤 한다.

요코가 사는 집은 도심에 있는 UR(일본 도시 재생 기구)에서
관리하는 임대 아파트다. 입지가 좋은 데다 높은 층에서 바라
다보이는 전망이 마음에 들어 입주했다. 월세는 적지 않지만
보증금과 갱신료가 없어 결과적으로는 그리 비싼 편이 아니
었다. 게다가 남편이 다니는 은행에서 주택 수당이 나오니 여

기서 5년 정도 살면서 돈을 모아 교외에 단독 주택을 마련하는 것이 당장의 목표다.

그런데 보름 전쯤 옆집인 1801호에 요코네보다 다소 나이가 들어 보이는 부부가 이사를 왔다. 남자는 키가 크고 등이 구부정했고 여자는 몸집이 작고 화장기가 없는 얼굴로, 두 사람 다 겉모습이 수수했다.

일요일에 에이스케와 외출하다가 짐을 옮기는 부부와 복도에서 우연히 마주쳤다. 요코는 '아, 새 이웃이구나!' 하며 살짝 긴장하면서도 웃는 얼굴로 "안녕하세요."라고 인사했다. 하지만 상대는 들릴 듯 말 듯 한 소리로 형식적으로 대답하며 살짝 고개를 숙일 뿐 제대로 눈도 마주치지 않은 채 횡하니 집으로 들어가 버렸다. 가만 보니 이사 업체도 부르지 않고 둘이서 짐을 나르는 듯했다. 짐도 학생들 살림처럼 별로 없었다.

그날 밤에 과자라도 들고 인사하러 오려나 했는데, 오지 않았다. 하기야 도시에서는 이제 드문 일도 아니다. 이 아파트에는 독신 가구가 많고, 번화가에서 가까운 탓에 술집에서 일하는 사람도 많이 산다. 그리고 요즘은 애초에 이웃과 교류하는 게 번거로워서 도시 생활을 선택하는 사람도 있다. 물론 요코 부부는 이사했을 때 같은 층에 사는 사람들과 관리인에게 돌아다니며 인사를 했지만.

옆집 부부는 현관에 명패를 붙이지 않았다. 1층 현관에 있는 우편함에도 명패가 없었다. 이것도 흔한 일이라 딱히 이상하게 여기지 않았다. 다만 옆집 부부는 거의 외출을 하지 않는다. 옆집이 복도 맨 안쪽에 있어서 밖에 나가려면 요코네 집을 지나치지 않을 수 없다. 하루 종일 집에 있는데도 나가는 발소리가 들리지 않아 옆집에 누가 산다는 느낌이 들지 않았다. 그게 이상해서 견딜 수가 없었다.

지금까지 그 집 부인과는 복도와 쓰레기 수거장에서 두 번 마주쳤는데, 두 번 다 요코가 먼저 인사했지만 상대는 말없이 고개만 끄덕했을 뿐이다. 그리고 여전히 눈길을 마주치려 하지 않았다.

"옆집 말이야, 뭐 하는 사람들 같아?"

요코가 밤이 늦어 들어온 에이스케에게 밤참으로 줄 우동을 삶으면서 묻자 에이스케는 피식 웃으며 "또 그 얘기야?"라고 되묻고는 식탁에 석간신문을 펼쳤다.

"신경이 쓰여서 그러지. 부부가 종일 집 안에 처박혀 있으니까 말이야."

"당신이 모르는 사이에 나가는 거 아닌가? 하루 종일 지켜보는 것도 아니잖아."

"그건 그렇지만, 이 아파트는 현관 옆 벽의 콘크리트가 얇잖아. 옆집 현관문 여닫는 소리가 다 들리는 거 당신도 알면서.

그런데 그런 소리가 전혀 안 나. 복도를 걸어가는 발소리도 안 들리고. 엘리베이터를 타려면 우리 집 앞을 지나가야 하는데……."

"조심스러운 사람들이라서 소리를 안 내나 보지."

에이스케는 리모컨으로 텔레비전 채널을 바꾸더니 고개를 돌려 스포츠 뉴스를 봤다.

"빨래를 널 때는 베란다 쪽에서 소리가 들린단 말이야. 그러니까 낮 시간에 집에 있는 게 분명해."

"낮에 집에 있는 게 뭐가 어때서?"

"아무리 그래도 전혀 나가지 않는 건 이상해."

요코는 따뜻하게 데운 사발에 국수를 담고 직접 만든 장국을 부었다. 다랑어의 풍미가 사방에 퍼진다. 총총 썬 파를 올리고 어묵 한 토막을 곁들여 우동을 완성했다.

"와, 맛있겠다."

에이스케가 식탁을 향해 고쳐 앉으며 우동에서 피어오르는 김에 코를 대고 냄새를 맡았다. 향신료를 뿌리고 나서 젓가락을 들고 후루룩거리며 먹는다.

"대체 뭐 하는 사람들일까?"

요코가 에이스케 맞은편에 앉아 남편이 먹는 모습을 바라보며 묻는다.

"집에서 할 수 있는 일 아닐까. 원고 교정이라든지 일러스트라든지."

"그렇다면 우편물이 수시로 올 텐데, 옆집에는 택배도 배달된 적이 없어."

"당신, 그런 것까지……."

에이스케가 젓가락질을 멈추고 요코를 비난하듯이 얼굴을 찡그렸다.

"이 아파트는 옆집 벨소리도 어렴풋이 들린단 말이야. 소리가 안 들린다는 건 아무것도 오지 않는다는 뜻이야."

"그럼 작가일지도 모르지. 메일로 주고받으면 그만이니까. 부부가 둘 다 순수 문학 작가라든가……."

"작가라는 게 그렇게 흔한 직업이 아니야. 그리고 작가라고 해도 산책조차 안 나갈 이유는 없잖아."

"아, 알겠다."

에이스케가 고개를 들었다.

"뭔데?"

요코가 에이스케 쪽으로 바짝 다가들었다.

"엘리베이터를 안 타고 비상계단을 이용하는 거야. 계단은 복도 맨 안쪽에 있으니까 우리 집 앞을 지나지 않아도 갈 수 있잖아."

"있지 여보, 여기가 몇 층인 줄 알아? 18층이야, 18층. 작년에 지진으로 하루 종일 엘리베이터가 멈췄을 때 우리도 계단으로 오르내렸지만, 무릎이 후들거렸잖아. 잊어버렸어?"

"체력을 단련하려고 그러는 모양이지."

에이스케가 우동 국물을 쭉 들이켜고 숨을 크게 내쉬었다.

"아, 맛있게 먹었다."

"부부가 맞기나 한가 몰라."

"그거야 모르지. 아무러면 어때."

에이스케가 자리에서 일어나 스스로 그릇을 씻었다. 요코가 아이를 가진 후로 에이스케는 집안일을 적극적으로 거들게 되었다.

"오누이는 아닐 거야. 언뜻 봤지만 인상이 전혀 안 닮았던걸."

"모르겠어요."

"혹시 사랑의 도피?"

"모, 릅, 니, 다, 요."

에이스케가 귀찮다는 듯이 내뱉고는 화제를 바꿨다.

"그건 그렇고, 오늘 정기 검진 받으러 다녀왔지? 뭐래?"

"별 이상 없대. 지극히 정상."

"택시 타고 갔지?"

"아니, 지하철. 돈 아깝잖아."

"그런 돈을 왜 아껴. 임신부는 안전이 제일이야. 지하철은 혼잡하지, 계단도 있지, 바닥에 물이라도 있으면 미끄럽지……, 위험투성이라고."

배가 불러 올수록 에이스케의 걱정도 늘어난다. 최근에는 욕실에 난간을 설치하자는 말까지 꺼냈다. 노인들이 사는 집도 아닌데.

"여보, 사랑의 도피, 그럴 듯하지 않아?"

"또 그 얘기야? 모르겠다니까."

"이사 올 때 보니까 짐이 너무 없더라고. 다들 이사 업체에 맡기거나 회사 동료들이 도와주는데 옆집은 둘이서 옮겼잖아. 생각해 보니까 가구다운 가구가 있었는지……."

요코는 옆집이 이사하던 장면을 떠올려 보았다. 짐이라고는 종이 상자밖에 없었다. 이불 보따리도 보이지 않았던 것 같다.

"당장 필요한 짐만 자기들이 나르고 가구 같은 것은 따로 부쳤을 수도 있잖아."

"그런가. 어쨌든 내가 집에 있는 동안에는 아무것도 들어오지 않았는데."

"당신이 쇼핑하러 가거나 병원에 갔을 때 2차, 3차로 온 거야."

"흠, 그럴까……."

"그렇다니까. 자, 자자."

설거지를 마친 에이스케가 기지개를 펴며 말했다. 남편은 허세가 없는 좋은 사람이지만, 너무 진지해서 재미가 없기도 하다. 차를 타고 고속도로를 달릴 때도 맨 바깥 차선으로만 달린다. 신중한 성격이라 은행원으로는 안성맞춤이지만.

침실로 가기 전에 문득 궁금해서 거실 유리문을 열고 베란다로 나갔다. 난간 밖으로 얼굴을 내밀고 옆집을 살피니 아직 불이 켜져 있다. 옆집 부부는 평소에 몇 시에 잘까. 혹시 아침까지 깨어 있는 것은 아닐까.

그러고 나서 잠자리에 들었더니 무서운 꿈을 꾸었다. 베란다에서 무슨 소리가 들려 뭘까 하고 커튼을 들치니 옆집 부부가 요코네 베란다에 앉은뱅이책상을 놓고 원고를 쓰고 있다.

"죄송해요. 기분 전환 삼아 여기서 쓰기로 했어요."

여자가 태연하게 말했다. 그 옆에서 남자는 귀신 형상을 하고 원고지에 글씨를 휘갈겨 쓰고 있다. 요코는 아무 말도 못한 채 일단 그들이 노여워하지 않도록 차를 내갔다.

아침에 일어나자 그녀가 제일 싫어하는 돼지비계를 먹고 난 것처럼 속이 울렁거렸다. 배 속에 있는 아기에게 좋지 않은 영향을 미치지나 않을까 싶어 요코는 미안한 마음이 들었다.

2

옆집 부부는 그 후에도 계속 집에만 틀어박혀 있었다. 텔레비전을 끄고 퍼즐을 맞추고 있거나 하면 간혹 화장실 물 내려가는 소리가 들리는 것으로 미루어 집에 있는 것은 틀림없었다. 그렇다면 장은 어떻게 볼까. 여전히 벨이 울리지 않으니 음식을 배달시켜 먹는 것 같지는 않다.

그러면 안 된다는 걸 알면서도 요코는 컵을 거실 벽에 댄 다음 거기에 귀를 바짝 붙여 도청을 시도했다. 하지만 아주 소소한 소리 외에 별다른 소리가 들리지 않았다. 대체 뭘 하며 지내는 것일까. 궁금해서 견딜 수가 없다.

그날도 점심을 먹은 후 요코는 장을 보러 나간 김에 산책을 했다. 출산 휴가에 들어간 이래 그것이 일과가 되었다. 의사가 매일 만 보를 채우라는 과제를 주기도 했지만, 달리 할 일이 없으니 기분 전환을 하려면 산책을 빼놓을 수 없다.

동네에 있는 커다란 공원을 한 바퀴 돈 다음 도서관에 가서 쉬면서 잡지를 읽고, 늘 가는 슈퍼마켓에 갔다. 에이스케는 어차피 야근을 할 테고 혼자 뭘 만들어 먹기도 귀찮아서 약간 비싼 도시락을 사 들고 아파트로 돌아왔다. 입구의 우편함에서 우편물을 꺼내는데 요코의 내면에서 악마의 유혹이 모락모락 피어오른다. 요코네 우편함 바로 위에 있는 1801호 우편함을 들여다봤다. 광고 전단이 수북이 들어 있다. 빈집의 우편함이나 다름없었다.

요코는 헛기침을 한 번 하고 주위를 둘러보았다. 아무도 보이지 않는다. 다시 얼굴을 바싹 대고 우편함 안을 들여다보았다. 배달 피자 광고지, 구청에서 보낸 홍보 전단 등의 종이로 가득했다. 아무래도 보름 이상 우편함을 열지 않은 듯하다.

우편함을 열어 내용물을 확인하고 싶은 충동이 밀려왔다. 허리를 살짝 굽히고 알루미늄으로 된 우편함 덮개에 손가락을 걸었다. 그때였다.

"안녕하세요."

등 뒤에서 느닷없이 그런 소리가 들려 요코는 감전이라도 된 것처럼 몸을 벌떡 일으켰다.

"아, 네. 안녕하세요."

반사적으로 인사했다. 관리인 아줌마가 서 있다.

아유, 깜짝이야. 심장이 멎는 줄 알았다. 아가야, 미안.

"지금 몇 개월이죠?"

관리인이 살가운 미소를 지으며 물었다. 이 관리인 아줌마는 주민들에게 말을 자주 건다. 전에도 "어머나, 축하해요." 하며 알은체를 한 적이 있다.

"네, 산달이 다 됐어요."

"그래요? 조심히 잘 지내요."

밝게 말하고는 멀어져 간다. 요코는 마음을 고쳐먹고 옆집 우편함은 열지 않기로 했다. 아무튼 옆집에 우편물이 오지 않는다는 사실은 알았다. 그렇다면……

집에 돌아온 요코는 생각에 잠겼다. 우편물이 오지 않는다는 건 외부와 교류가 없다는 뜻이다. 이메일의 시대라고는 하지만, 평범하게 산다면 홍보 우편물 정도는 온다. 신용 카드가 있다면 회원지라도 온다.

혹시 옆집 부부는 신용 카드조차 없는 게 아닐까. 요즘 세상에 그래도 생활이 가능할까.

요코는 또 벽에 컵을 대고 귀를 바싹 갖다 붙였다. 오랫동안 그러고 있었더니 말소리는 들리지 않아도 간혹 사람 발소리는 들렸다. 역시 집 안에 있는 것이다.

수수께끼다. 대체 집에 틀어박혀 뭘 하는 것일까. 오늘 저녁은 어떻게 먹을까. 짐작도 안 간다.

혼자 집에 있으면 정말 할 일이 없다. 요코는 옆집의 수수께끼를 조목조목 적어 보았다.

1. 옆집 부부는 집에서 매일 뭘 하나.
2. 장은 어떻게 볼까.
3. 수입원은 무엇인가.
4. 과연 부부이기는 한 것일까.

밤에 에이스케가 집에 돌아오자 요코는 대뜸 우편함 얘기를 꺼냈다.

"여보, 설마 남의 집 우편함을 멋대로 열어 본 건 아니겠지?"

에이스케가 미간을 찡그리며 말한다.

"아니야. 위쪽 틈새로 살짝 들여다봤을 뿐이야."

열려다 말았다는 말은 하지 않았다.

"우편물이 전혀 없다면 이상하기는 한데……."

"그렇지?"

에이스케와 드디어 말이 통해서 요코는 신이 났다. 낮 시간 내내 혼자 있으니 대화에 굶주려 있는 것이다.

힘을 내서 밤참을 준비하기로 했다. 소금에 절여 구운 연어 살을 잘게 부수고 장아찌를 다져서 오차즈케를 만들었다.

"우아, 맛있겠다."

에이스케가 흐뭇한 표정으로 먹는다.

"그런데 나, 한 가지는 알겠어. 이 아파트가 임대료는 비싸지만 입주할 때 보증인이 없어도 되잖아. 일반 아파트는 보증인이 있어야 하고 근무처에 전화해서 신분을 확인하기도 하지만 여기는 물장수든 외국인이든 쉽게 들어올 수 있어. 옆집 사람들이 신분을 감추고 싶어서 이 아파트를 선택한 거 아닐까?"

"그래도 주민등록은 있어야 하잖아. 소득 증명도 필요하고. 그리고 임대료를 자동 이체 해야 하니까 은행 계좌도 필요해."

에이스케가 오차즈케를 훌훌 마시며 논리 정연하게 말했다.

"하지만 서류만 갖추면 나머지는 사무 절차뿐이고 중개업

자나 집주인을 대면할 필요가 없으니까 그런 점에서는 입주하기 쉽다고 볼 수 있지. 홈페이지에도 서류 심사는 간단하다고 쓰여 있고."

"그래서, 무슨 말이 하고 싶은 건데?"

"그러니까 정체를 숨기고 싶은 부부가 아닐까……."

"옴 진리교의 지명 수배자라든가?"

"그 정도까지는……. 무엇보다 그 사람들은 전부 검거됐잖아."

"어떤 식으로 살든, 남의 생활을 너무 파고드는 건 실례야."

에이스케가 젓가락을 내려놓고 선생처럼 훈계했다.

"그렇지만 신경이 쓰이잖아. 남들 눈을 피해서 숨죽이고 생활하는 느낌이란 말이야."

"당신, 신경과민 아니야?"

"아니야. 확실히 수상해."

에이스케가 오차즈케를 다 먹고 "아아, 맛있다." 하며 의자에 기대어 만족스러운 듯이 배를 문질렀다.

"아, 좋은 생각이 났어. 오늘 본가에서 전화가 왔는데, 배를 보내 준다니까 그걸 옆집에 나눠 주면 어떨까? 그러면서 다시 한 번 인사를 나누는 거야."

"에이, 나 그런 거 못해."

요코가 대뜸 고개를 가로저었다.

"사람이 상대의 정체를 모를 때 가장 두려운 법이거든. 일단 얘기를 나눠 보면 그것만으로도 안심이 될 거야."

"그럼, 당신이 가."

"나는……"

에이스케가 입을 오므렸다.

"거봐, 당신도 싫잖아."

"남자가 가는 것보다 여자가 가는 게 자연스럽지."

"그럼 같이 가자. 그런다면 생각해 볼게."

"하지만 부부가 같이 가면 아무래도 자기네를 살피러 온다는 인상을 줄 것 같아."

"응, 그렇긴 하네."

생각해 보니 그럴 것 같아 요코는 한 걸음 물러섰다.

"당신 말이야, 집에 혼자 있으면 지루할 테니까 당분간 친정에 가 있지 그래?"

에이스케가 그릇을 씻으며 말했다. 요코의 친정은 군마현이다.

"싫어. 그쪽은 이웃들이 가만 놔두질 않아. 산책만 잠깐 나가도 스무 명은 말을 건다고. 얼마나 피곤한데."

요코가 열여덟 살에 도쿄로 올라온 이유는 도시에 대한 동경도 있었지만, 사람들에게 하도 부대껴서이기도 했다. 고등학교 때는 동네 아저씨가 "요코, 살이 좀 찐 것 같은데." 하면서 웃는 바람에 마음에 크게 상처를 입기도 했다.

"그럼 이 기회에 프루스트를 독파하든가."

"지금 내게는 너무 버거워. 미스터리라면 몰라도."

출산 휴가 전에는 자유 시간에 뭘 하며 지낼지 갖가지 계획을 세웠는데, 정작 휴가가 시작되자 관심이 온통 배 속 아기에게로 향해 다른 일에는 도무지 집중할 수 없었다. 할 수 있는 것이라고는 시간 보내기에 좋은 퍼즐 맞추기와 할리우드 영화를 DVD로 빌려 보는 것 정도다.

"구에서 운영하는 산모 교실에 간다더니, 그건 어떻게 됐어?"

"안 하기로 했어. 도중에 들어가면 아는 사람도 없고 해서."

"문화 센터에서 그림을 배우겠다던 계획은?"

"그것도 관두기로 했어. 혼자 다니기 싫어."

요코는 낯을 가리는 성격이라 인간관계에 서툴다. 직장에서는 적극적으로 인맥을 쌓아 갔는데, 어찌 된 영문인지 사생활에서는 통 그만한 의욕이 없다.

"매일 혼자 있으니까 지루하지?"

"당연하지. 그러니까 일찍 들어와."

요코의 말에 에이스케는 어깨를 으쓱하더니 침실로 가 버렸다.

옆집에 신경이 쓰이는 것은 말 상대도 없이 매일 혼자 지내기 때문인지도 모른다. 늘 이런저런 생각을 하다 보니 상상력만 풍부해지는 것이다.

요코는 또 베란다로 나가 옆집을 살폈다. 그게 잠자리에 들기 전 또 하나의 습관처럼 되고 말았다. 불은 켜져 있는데 아무 소리도 들리지 않는다. 눈을 감고 귀에 온 신경을 집중했지만 말소리는 들리지 않았다.

그날 밤, 요코는 화장실에 가고 싶어 눈을 떴다. 빈뇨는 임신 후기의 증상이다. 협탁으로 눈을 돌리니 자명종의 형광 문자판이 어둠 속에서 빛나고 있었다. 새벽 2시였다. 일어나기 귀찮았지만, 아침까지 참으면 몸에 안 좋을 것 같아 하는 수 없이 침대에서 내려왔다. 맨발로 복도를 걸어가 화장실에서 소변을 보고 한숨 돌린다.

그때 현관 쪽에서 찰칵, 소리가 어렴풋이 들렸다. 옆집 현관문이 열리는 소리다. 요코는 생각할 겨를도 없이 살금살금 복도를 지나 현관 바닥에 내려섰다. 도어스코프로 바깥을 내다본다. 찰칵. 이번에는 문이 닫히는 소리가 들린다. 심장이 콩닥거렸다. 눈앞의 복도를 옆집 부부가 조용히 걸어간다. 요코는 두 사람의 옆얼굴을 똑똑히 보았다. 특히 여자의 매부리코가 눈에 새겨졌다. 두 사람 모두 플리스 점퍼에 청바지를 입은 가벼운 차림이다.

옆집 부부가 한밤중에 외출한 것이다. 요코는 살짝 안도했다. 한 걸음도 집 밖으로 나가지 않는 생활은 있을 수 없다.

그런데 또 새로운 수수께끼가 고개를 들었다. 이런 밤중에 부부가 나란히 어딜 가는 것일까. 일 때문일까, 아니면 물건이라도 사러 가는 걸까. 보아하니 부부는 맨손이었다.

다시 안으로 들어온 요코는 침실을 그대로 지나쳐 거실을 가로질렀다. 유리문을 열고 베란다로 나간다. 난간에서 고개를 내밀고 바로 밑에 있는 아파트 입구를 내려다보았다.

잠시 후 남녀의 모습이 나타났다. 큰길 방향으로 총총히 걸어간다. 그 모습이 가로등 불빛에 수상쩍게 비쳐 마치 범행 현장이라도 목격한 느낌이 들었다. 그들의 뒷모습이 모퉁이를 돌 때까지 지켜본다.

그때 아기가 요코의 배를 발로 걷어찼다. 아차, 감기라도 걸리면 큰일인데. 요코는 허둥지둥 실내로 들어와 유리문을 닫은 뒤 침실에서 이불을 뒤집어썼다. 옆에서는 아무것도 모르는 에이스케가 코를 골며 자고 있었다.

그런데 흥분이 가시지 않아 잠이 오지 않았다. 조금 전의 장면을 머릿속에서 몇 번이나 반추했다. 스니커즈를 신어서 발소리가 들리지 않았던 것일까. 마치 닌자처럼 느껴진다.

새벽녘에 요코는 또 무서운 꿈을 꾸었다. 거실 커튼을 열자 아래위로 시커먼 닌자 복장을 한 옆집 부부가 까마귀마냥 베란다 난간에 앉아서 이쪽을 빤히 바라보고 있었다. 위험해요, 하고 말을 걸자, 이것도 수행이니까요, 하고는 옆 걸음으로 옆집으로 돌아갔다.

또 태교에 안 좋은 밤이었다. 요코는 아침부터 긴 여행을 끝내고 돌아온 듯한 피로감에 시달렸다. 배 속 아기에게 더없이 미안하다.

3

다음 날은 내내 퍼즐을 맞추면서, 간간이 컵을 벽에 대고 귀를 쫑긋 세워 뭔가 소리가 들리기를 기다렸다. 이제는 책도 읽지 않는다. 옆집에서 관심을 뗄 수 없어서다.

점심이 가까웠을 때, 벽 너머에서 화장실 물 내리는 소리가 들렸다. 이제 일어난 걸까. 그렇다면 아침 일찍 들어왔다는 얘긴데. 소곤거리는 말소리도 들리지만 너무 작아서 무슨 얘기인지는 알 수 없다.

그때 현관 벨이 울렸다. 컵에 귀를 대고 있었던 탓에 벽을 타고 전해진 소리가 고막을 울려 심장이 멎는 줄 알았다. 어느 집 벨 소리일까. 당황해서 주위를 두리번거린다. 인터폰에서 불빛이 깜박거렸다. 우리 집이다.

현관문을 열자 젊은 택배원이 상자를 품에 안은 채 서 있었다.

"택배입니다."

살갑게 인사한다. 아아, 맞다. 시댁에서 배를 보낸다고 했지.

요코는 상자를 받아 들면서 '옆집에 나눠 주면 어떨까?'라던 에이스케의 말을 떠올렸다. 용기가 필요하겠지만, 옆집을 조금이라도 알 수 있는 구실이 된다. 현관 안쪽을 슬쩍 들여다보기만 해도 집 안의 상황을 알 수 있다. 요코는 고민에 빠졌다.

아니야, 그만두자. 애당초 겁이 많은 성격이다.

배는 오래 묵힐 수 없으니 일단 관리실 아줌마에게 몇 개 나눠 주기로 했다. 슈퍼마켓 봉지에 여섯 개를 담아 들고 1층으로 내려갔다. 관리실에 있던 아줌마가 사자탈마냥 콧구멍을 벌름거리며 좋아한다. 그리고 관리실 안으로 들어오라고 해서는 차까지 끓여 주며 "시댁이 어딘데?" "애는 어느 병원에서 낳을 거야?" 하고 이것저것 물어 댔다.

요코는 기회다 싶어 옆집 사람들에 관해 물어보기로 했다. 관리인이니까 알지도 모른다.

"얼마 전에 이사 온 우리 옆집, 1801호 말이에요, 어떤 분들이 살아요? 인사하러 가고 싶은데, 어떤 분들인가 하고요."

구차한 변명까지 곁들여 넌지시 물었다.

"아, 18층 1호 말이지? 복도 맨 끝에 있는 집. 거기서들 정말 살고 있어?"

아줌마가 손을 팔랑팔랑 흔들면서 묻는다.

"세대마다 화재경보기 점검을 해야 해서 희망하는 날짜를 적어 달라고 신청서를 우편함에 넣어 두었는데 돌려주지 않아서 골치를 썩이는 중이야."

그리고 보니 지난주에 위탁 업자가 돌아다니며 화재경보기를 점검했다. 요코네 집은 그녀가 보는 앞에서 했다.

"연락처에 적힌 번호로 전화를 해도 안 받아서 메시지를 남겼는데도 회신이 없고, 대체 어떻게 된 건가 궁금해하던 참이야."

아줌마의 말에 요코는 등골이 서늘해졌다. 역시 수상하다.

"살고 있을 거예요. 베란다 너머로 불이 켜져 있는 게 보이거든요. 화장실 물 내리는 소리도 들리고요."

시치미를 떼고 대답한다.

"어머나, 그래? 그럼 무시하는 거네. 이거야, 원. 점검을 안한 세대가 많으면 본부에서 뭐라고 할 텐데."

"지금 집에 사람이 있을 거예요."

"그래?"

"네. 방금 소리가 났거든요."

"그럼 직접 가 봐야겠네. 빨리 끝내야지."

아줌마가 자리에서 일어섰다. 선반에서 파일을 꺼내 입주민의 이름을 확인한다.

“1801호라……, 다나카 씨네.”

유니폼 점퍼에 팔을 꿰며 관리실을 나선다. 요코에게는 더 바랄 것이 없는 전개였다. 뒤에서 들여다봐야지.

아줌마를 따라 엘리베이터를 타고 18층으로 올라갔다. 복도를 걷다가 요코는 자기 집 앞에 서서 상황을 살피기로 했다.

아줌마는 그대로 1801호 앞까지 가서 벨을 눌렀다. 딩동. 집 안에서 벨 소리가 들린다. 반응은 없다.

아줌마가 벨을 한 번 더 눌렀다. 현관문 안쪽은 여전히 고요하다.

“다나카 씨! 관리인이에요.”

아줌마가 이번에는 소리를 질렀다. 그런데도 아무 반응이 없었다.

“역시 없나 보네.”

돌아서서 요코에게 말했다. 요코는 고개를 갸웃거리며 뻘쭘하게 웃고는 집으로 들어왔다. 아줌마는 다시 한 번 옆집 사람 이름을 부르고 나서 “그것참, 난감하네.” 하고 혼잣말을 하며 돌아갔다.

요코는 거실로 가서 벽에 컵을 갖다 댔다. 눈을 감고 귀에 온 신경을 집중한다. 남녀가 소곤거리는 소리가 희미하게 들렸다. 거봐, 집 안에 있잖아. 그런데 왜 대답을 안 하지.

요코는 확신할 수밖에 없었다. 옆집 남녀는 사람들의 눈을 피해 살고 있다. 이건 '잠복'이라는 표현이 어울리는 수준이다. 그렇다면 부부인지도 의심스럽다. 더는 퍼즐에도 손이 가지 않았다. 하얀 벽을 몇 번이나 바라다본다.

저녁 무렵, 장도 보고 산책도 하러 밖으로 나왔다. 에이스케의 밤참에 쓸 식재료를 사고, 자신의 몫으로는 도시락을 샀다. 슈퍼마켓에서 나온 후 공원을 가로질러 파출소 앞 네거리로 나왔다. 신호를 기다리다가 파출소 게시판에 우연히 눈길이 갔다.

거기에는 전국에 지명 수배된 범죄자의 얼굴 사진이 줄줄이 붙어 있었다. 배 속에서 뭔가 꿈틀거리는 것 같아 요코는 그 사진 하나하나를 뚫어져라 바라보았다.

옆집 사람들의 얼굴을 제대로 본 적이 없어 딱히 비슷하다 싶은 사진은 없었다. 그런데 두 사람 모두 몸을 숨기고 있는 것일까. 어쩌면 한쪽은 몸을 숨기고 있고 다른 한쪽은 그 사람을 숨겨 주고 있는지도 모른다. 그리고 성형했을 가능성도 있다. 최근에 성형 후의 사진을 뉴스에 공개하자마자 시민의 신고가 들어와 수배자가 체포된 일도 있었다.

"닮은 사람이라도 있습니까?"

누군가 불쑥 말을 걸어와 요코는 화들짝 놀랐다. 경찰이 파출소 안에서 나온 것이다.

"아, 아니요, 그⋯⋯."

"신호등이 녹색으로 바뀌었는데도 계속 보고 계셔서 수배자와 닮은 사람이 근처에 있나 하고요."

둥그스름한 얼굴에 친절해 보이는 경찰이 살갑게 말한다. 요코는 순간적으로 옆집에 수상한 남녀가 산다고 말할까 생각했다. 경찰이니까 확실하게 조사해 줄 것이다.

입을 거의 열려는 찰나 '아니지, 그건 지나친 짓이야.' 하는 생각이 들었다. 그들이 무슨 일을 저지른 것도 아니잖아. 또 다른 자아가 가로막고 나섰다.

"이 근처에 사십니까?"

경찰이 물었다.

"아, 네. 운하에 면한 UR 아파트에요."

"아아, 리버타운 타워로군요. 좋은 곳에 사시네요."

"네, 뭐⋯⋯."

"신경 쓰이는 일이 있으면 무엇이든 말씀하세요."

경찰이 채근하듯 말한다. 요코가 갈팡질팡, 안절부절못하는 것을 눈치챈 듯하다. 어떡하지.

"배가 많이 불러서 서 있기 힘드실 텐데 안으로 들어오세요."

경찰이 권하자 요코는 어물거리며 파출소 안으로 들어갔다. 마음속에 있는 말을 전부 꺼내고 말 것 같은 예감이 들었다.

"당신, 제정신이야? 경찰에 신고를 하다니, 어떻게 된 거 아니야?"

"신고한 건 아니야. 파출소에 들어가서 상담했을 뿐이지."

"그게 그거지. 수상하다는 느낌만 가지고……."

"그래도 귀중한 정보를 주어서 감사하다고 하던걸."

그날, 밤이 늦어 들어온 에이스케와 티격태격 말다툼을 벌였다. 에이스케가 요코의 행동을 지나치다고 비난했기 때문이다.

"그야 예의로 한 말이지. 경찰이 옆집을 방문해서 당신이 신고했다는 걸 알게 되면 어쩔 거야?"

"걱정 마. 비밀은 지켜 준다고 약속했으니까."

요코가 강변하자 에이스케는 잠시 아내를 바라보다가 한숨을 깊이 쉬고 나서 말했다.

"집에서 크게 할 일이 없으니까 그런 이상한 망상에 빠진 거 아니야?"

"망상이라고?"

"내가 참다못해 말하는 건데, 다음에 병원에 가면 정신과 진료도 한번 받아 보지 그래?"

"그게 무슨 뜻이야?"

"우리 은행에도 있어. 어느 영업 사원이, 자신과 거래하는 고객이 자신을 싫어한다면서 담당을 바꿔 달라고 했는데, 조사해 봤더니 전혀 그런 게 아니고 본인의 피해망상이었어."

"너무하네. 정말 어처구니가 없다. 관리인이 벨을 몇 번이나 눌렀지만 나오지 않았단 말이야. 그건 현실적으로 이상하잖아."

"그러니까 실제로 집에 없었는데 당신이 잘못 들은 거 아니냔 말이야."

"그렇지 않다니까."

망상으로 간주하다니 어떻게 그럴 수 있느냐며 요코는 크게 분개했다. 밤참으로 녹차 가루가 들어 있는 메밀국수를 삶아서 마와 오쿠라를 얹어 주려고 했던 요코는 기분이 상해서 오차즈케용 김이나 뿌려 줘야겠다고 마음먹었다.

"나는 당신이 걱정돼서 그래. 임신 중에는 정신적으로 불안정하다는 얘기도 들었고."

"나는 정상이야."

"물론 그렇겠지. 하지만 신경과민으로 없는 소리까지 들리니까……."

"진짜로 들린단 말이야. 당신도 벽에다 귀를 대고 들어 봐."

요코가 침을 튀기며 항의했다. 에이스케도 더는 아내의 화를 돋우고 싶지 않은지 "오늘 밤참은 됐어."라고 말하고 침실로 내뺐다.

너무 무례한 거 아니야? 요코는 분이 삭지 않아 자기가 오차즈케를 먹었다. 냉장고에 있던 생선살 소시지도 베어 먹었다.

그러고는 카디건을 걸치고 베란다로 나갔다. 칸막이 너머로 옆집을 살핀다. 방에 불이 켜져 있다. 역시 아침부터 내내 집에 있는 것이다. 그리고 밤이 깊으면 또 밖에 나갈지도 모른다.

요코의 머릿속에서 옆집 남녀의 존재가 점점 더 커져 갔다. 만에 하나 살인범이면 어쩌지. 이대로는 안심하고 출산을 할 수도 없다.

4

며칠 후 요코는 파출소를 찾아갔다. 그 후로 어떻게 되었는지 궁금했던 것이다. 지난번 그 얼굴이 둥그스름한 경찰이 안에서 업무를 보고 있었다.

"안녕하세요."

요코가 인사하자 경찰은 화들짝 놀라더니 굳은 표정으로 "아아, 일전에 뵈었던 분이군요." 하고 데면데면하게 말했다.

"네. 그때 말씀드린 우리 옆집 말이에요, 어떻게 됐어요?"

"아, 그게······, 딱히 문제는 없지 않을까요?"

경찰의 말투가 어쩐지 모호했다. 지난번과는 영 딴판이다.

요코가 대답할 말을 찾지 못하고 어물거리자 경찰은 "도시에는 다양한 사람이 살지 않습니까. 매일 집에 있다고 해서 이상할 건 없지요."라고 변명하듯 말했다.

"어떤 사람들이었어요?"

요코가 물었다.

"그건 말씀드릴 수 없습니다. 개인 정보라서요."

"1801호에 방문하시긴 하셨어요?"

"네……, 가 봤습니다."

경찰이 요코의 시선을 외면하며 대답한다. 거짓말이라고 생각했다. 그동안 옆집에 아무도 찾아오지 않았다. 혹시 요코가 집을 비웠을 때 왔는지도 모르지만, 그렇다 해도 경찰의 태도는 부자연스럽다. 왜일까. 괜한 일거리를 만들고 싶지 않은 건가, 아니면 뭔가를 숨기고 있는 건가.

그 이상 시시콜콜 캐물을 수도 없고 해서 요코는 일단 물러나기로 했다. 남편에 이어서 또 한 번 내쳐진 느낌이었다.

장을 보고 집으로 돌아오는 길에 관리실을 들여다보았다. 관리인 아줌마가 안쪽에 있는 책상에서 귤을 먹고 있다가 요코를 보고 "좀 드시려우?" 하며 단박에 안으로 불러들였다.

"1801호 화재경보기 점검은 어떻게 되었어요?"

요코가 물었다.

"아직이야. 연락도 안 되고, 아주 골치야."

아줌마가 태평하게 말한다.

"무슨 일을 하는 사람들일까요?"

지나가는 말처럼 슬쩍 찔러봤다.

"글쎄, 여기서야 알 수 없지. 신청 서류를 본부에서 관리하
니까."

"그럼 본부에 한번 물어보세요. 점검을 할 수 없다면서요."

"그럴 것까지 뭐 있어. 아직 점검을 안 한 집이 수두룩한데."

아줌마는 본부의 관리가 허술하다는 점을 거리낌 없이 털
어놓았다.

"호스티스 같은 사람들은 남의 명의로 입주하는 경우도 많
아. 본부에서도 알면서 모르는 척하고. 민간 아파트마냥 까다
롭게 굴면 물장수나 외국인은 들어가 살 수 있는 집이 없잖아."

일리 있는 말이다. 옆집도 남의 명의로 계약했을지 모른다.

"혹시 경찰이 찾아오지 않았어요?"

"응, 왔었어, 공원 앞 파출소에서. 주민 조사를 한다면서 말
이야."

"아, 그래요?"

"1801호에 이사 온 사람들이 어떤 사람이냐고 묻더라고.
여기서는 알 수 없으니까 본부에 문의하라고 했지. 그랬더니
알았다면서 그냥 가던걸."

"그랬군요……."

요코는 맥이 빠졌다. 그 경찰은 직무를 제대로 수행한 것이다. 그렇다면 아까 그 어색한 태도는 무엇이었을까.

의문을 품은 채 집으로 돌아와 또 습관처럼 컵을 벽에 대고 도청을 시도했다. 눈을 감고 귀에 온 신경을 집중한다. 정적 속에서 콩, 콩, 발소리가 들렸다. 오늘도 집 안에 있다.

콩, 콩, 콩, 콩, 소리가 계속된다. 오늘은 왜 저렇게 돌아다니는 것일까. 숨을 멈추고 정신을 집중한다. 한동안 그러고 있자 그 소리가 심장 고동으로 바뀌었다. 쿵, 쿵, 쿵, 쿵.

순간적으로 상황이 파악되지 않았다. 무엇이 자신의 고막을 흔들고 있을까. 왼쪽 가슴에 손을 대어 보았지만 자신의 심장 고동은 아닌 듯하다.

설마, 배 속 아기의 심장 고동? 그러고 보니 청진기로 들었던 심장 소리와 똑같다. 이런 일이 있을 수 있을까. 임신과 출산에 관한 책을 수도 없이 읽었지만, 아기의 심장 고동이 들린다는 얘기는 어디에도 쓰여 있지 않았다.

착각인가 싶어 다시 한 번 신경을 집중했다. 여전히 들린다. 쿵, 쿵, 쿵, 쿵. 아무리 생각해도 생명의 고동이다.

요코는 컵을 내려놓고 벽에서 물러났다. 그리고 식탁에 턱을 괴었다. 매일 혼자 있으면서 옆집에만 신경을 곤두세운 탓에 감각이 이상해진 것일까.

아니다, 나는 정상이다. 점도 풍수지리도 UFO도 믿은 적이 없다. 초현실적인 현상은 모두 냉소적으로 바라보았다. 나는 냉정한 사람이다. 그런데 어떻게 된 일인지 여우에게 홀린 기분이다.

고개를 숙이고 배 속의 아기에게 말을 걸었다. 네가 낸 소리, 아니지? 하지만 한편으로는 아기에게서 나는 소리라도 나쁠 것 없지, 하는 기분이 들었다. 태아의 고동이 들리다니, 그건 아주 멋진 일이다.

잠시 그러고 있다가 다시 벽에 컵을 대고 귀를 기울였다. 쿵, 쿵, 쿵, 쿵. 아까보다 선명하게 들렸다. 더는 끊을 수 없게 된 습관처럼, 요코는 하염없이 그 고동을 듣고 있었다.

그날 밤 귀가한 에이스케에게 벽에 귀를 대고 있었더니 배 속 아기의 심장 고동 같은 소리가 들렸다고 하니 에이스케는 일순 입을 떡 벌리더니 "아무래도 정신과에 가서 진료를 받아야겠네." 하고 걱정스러운 얼굴로 말했다.

"당신이 그렇게 말할 줄 알았어. 하지만 안 갈 거야. 어차피 임신부에게는 약을 처방해 주지 않으니까 얘기를 나누는 게 전부잖아. 시간 낭비야."

"그래도 조언은 들을 수 있잖아. 그것만으로도 마음이 가벼워질 거야."

"나보다 옆집이 문젠데 말이야, 파출소에 있는 경찰도 태도가 어색했어. 뭔가 숨기는 일이 있는 것 같단 말이야."

"얘기를 엉뚱한 데로 돌리지 마. 태어날 아기를 위해서라도 지금은 당신 건강이 제일 중요해."

"나는 건강해."

"건강한데 환청이 들리겠어?"

"환청이라고?"

요코가 눈을 부라리자 에이스케는 아차 싶었는지 당황한 표정으로 "싸구려 아파트도 아닌데 발소리나 말소리나 물 내리는 소리가 그렇게 크게 들릴 리 없잖아. 당신이 그렇게 느낄 뿐이지."라고 변명하듯 말을 늘어놓았다.

"컵을 사용했다니까."

"나도 해 봤지만 안 들렸어."

"거짓말. 당신이 해 봤다고?"

"그래, 당신이 목욕할 때."

"귀가 시원찮아서 그래. 청각에 이상이 있는 거지."

"있잖아 여보, 임신해서 이런저런 감각이 예민해진 건 남자로서도 상상이 가. 출산은 포유류 최대의 과업이니까. 자신의 배 속에서 다른 생명이 자라난다는 건 인생 최고의 경험일 거야. 그러니까 이론적으로는 설명할 수 없는 현상도 생길 수 있겠지. 남자는 몸의 변화라고 해 봐야 성장과 노화밖에 없지만 말이야. 좀 부럽기도 해."

"그래서, 하고 싶은 말이 뭔데?"

"내가 생각해 봤는데 말이야, 당신이 컵에 귀를 대고 듣는 소리, 실은 당신 배 속에서 나는 소리 아닐까?"

요코는 남편이 지금 무슨 말을 하는 거지, 하고 자신의 귀를 의심했다.

"발소리라든가 물 내리는 소리, 희미한 말소리, 그런 게 전부 당신 배 속에서 나는 소리란 말이야. 그런 소리가 들리는 거야."

"……당신, 은행원 맞지?"

"맞지. 뜬금없이 무슨 소리야."

"사실은 작가 지망생이었다, 이제 와서 그런 말 하면 안 돼. 우리 집 생활 설계가 무너지니까."

"엉뚱한 소리 좀 하지 마."

에이스케는 어디서 읽었는지, 정신 의학에 관련된 얘기를 늘어놓았다. 인간은 익숙하지 않은 환경에 놓이면 자신도 모르는 새 신경이 압박을 받아 자각 증상이 없는 상태에서 환각이나 환청, 망상 같은 초현실적 체험을 하기도 한다는 것이다.

"나보다 당신 추리가 더 초현실적이지 않아? 정말이지 기발하네."

"당신이 걱정돼서 하는 말이야."

"걱정은 내가 해야 할 것 같은데. 병원에 가야 할 사람은 당신이야."

요코가 큰 소리로 되받아치자 에이스케는 불만스러운 표정으로 입을 다물었다.

"그런데, 나 배고픈데……."

요코는 우동을 삶아 장국만 부어서 냈다.

"고명은?"

"없어."

요코의 쌀쌀맞은 대답에 에이스케는 말없이 국수만 후루룩거렸다.

5

그날 밤, 요코는 좀처럼 잠을 이루지 못했다. 에이스케에게 이상한 말을 들었기 때문이다. 정작 그 말을 한 에이스케는 옆에서 코를 골고 있었다.

할 수 없이 거실에서 DVD라도 볼까 하고 침실을 나왔는데 벽으로 눈길이 가자 그쪽에 신경이 쓰여 결국 또 컵을 대고 도청을 시도했다.

심호흡을 한 뒤 눈을 감고 신경을 집중한다. 쿵, 쿵, 쿵, 쿵……, 심장 고동 같은 소리가 고막을 울렸다. 그러나 그 소리와 별개로 분명히 옆집에서도 소리가 들렸다. 이를테면 벽장문 여닫는 소리 같은 건 요코의 집이나 똑같다. 옆집 사람들은 오늘도 내내 집에 틀어박혀서 뭔가를 하고 있다.

그때 벽 너머에서 휴대 전화가 울렸다. 요코는 처음 있는 일에 흥분해서 귀를 더 바싹 댔다. 남자가 뭔가 말을 하는데 소리가 작아서 알아들을 수 없다.

요코는 에이스케를 깨워서 묻고 싶었다. 이게 배 속에서 나는 소리냐고.

통화가 끝나자 한동안 바스락거리는 소리가 계속되었다. 시계를 보니 새벽 1시가 넘었다. 혹시 외출하려는 것일까.

요코는 재빨리 현관으로 가서 귀를 쫑긋 세웠다. 옆집에서 찰칵, 문 열리는 소리가 났다. 도어스코프로 복도를 내다봤다. 옆집 사람들이 소리 없이 앞으로 쓱 지나간다. 오늘 밤에는 남자 쪽이 배낭을 멨다.

호기심을 억누를 수 없었던 요코는 그들을 뒤쫓기로 했다. 도회지라서 밤늦게 돌아다녀도 별로 눈에 띄지 않는다.

서둘러 운동복으로 갈아입고 플리스 점퍼를 걸친 다음 지갑을 주머니에 챙겨 넣었다. 준비하는 동안 아기가 계속 배를 찼다. 안 돼, 지금은 엄마가 바쁘단 말이야. 마음속으로 말을 건넨다.

스니커즈를 신고 밖으로 뛰어나갔다. 고요한 아파트 복도를 빠른 걸음으로 걸어 엘리베이터를 탄다. 1층에서 내린 후 출입구로 바깥을 내다보니 큰길 방향으로 걸어가는 남녀의 모습이 보였다.

끝까지 쫓아갈 생각은 없었다. 두 사람이 택시를 타면 거기서 그만두면 된다. 지갑을 들고 나온 것은 편의점에서 뭔가 사려고 그런 것이라고 스스로에게 변명한다.

전화를 받은 후 나왔으니 누군가를 만나려는 것일까. 이렇게 깊은 밤에 무슨 볼일이 있을까.

만 쪽에서 바닷바람이 불어와 요코는 플리스 점퍼를 목까지 잠갔다. 밤에는 가을빛이 완연하다.

큰길로 나오자 일정한 간격으로 가로등이 서 있어 두 사람의 모습을 이내 확인할 수 있었다. 어깨를 기댄다든가 하는 커플 같은 느낌은 없고 그저 묵묵히 걷는다. 요코는 50미터 정도 거리를 둔 채 워킹을 하는 척하면서 그들을 미행했다. 혹시 돌아보더라도 얼굴까지는 보이지 않을 거리다.

가게 쇼윈도에 자신의 모습이 비쳤다. 내가 왜 이러는 거지. 일순 정신을 차리는가 싶었지만, 어차피 올라탄 배다, 하고는 다시 걸음을 옮겼다.

두 사람은 5분 정도 걸어 해안 길을 가로지른 후 운하에 걸려 있는 다리를 건너갔다. 그 앞은 인적이 없는 창고 거리다.

그때부터 요코는 불안을 느꼈다. 옆집 남녀는 뭘 사러 나온

게 아니다. 부두에 볼일이 있는 것이다. 어쩌지, 돌아갈까. 아니야, 여기까지 왔는데…….

침을 꿀꺽 삼키고 그들을 따라 다리를 건너는데 아기가 배를 찬다. 왜 또 그래. 얌전히 자렴. 배에다 대고 속삭였다.

이제 오가는 사람이 전혀 없다. 다리 건너에는 택시도 다니지 않는다. 간간이 트럭의 엔진 소리가 바람을 타고 들리는 정도다.

요코는 자신이 워킹을 하는 척해야 한다는 것도 잊고 닌자처럼 몸을 낮추어 주위를 살피며 휘적휘적 걸었다.

남녀가 모퉁이를 돈다. 잠깐 기다렸다가 요코도 모퉁이를 돌았다. 그런데 두 사람의 모습이 보이지 않는다. 그 자리에 우뚝 멈춰 섰다. 근처 창고에라도 들어갔나?

무심결에 시선을 돌리니 반대쪽 갓길에 왜건 두 대가 서 있었다. 운전석에 사람의 그림자가 어른거린다. 요코는 반사적으로 전신주 뒤에 몸을 숨겼다. 누굴까. 이런 시간, 이런 장소에.

일단 조금 더 가 보자. 나는 운동복 차림이다. 아무도 수상히 여기지 않을 것이다. 배는 불룩하지만.

그렇게 생각하고 발을 내디디는데 배 전체가 꿈틀꿈틀 움직였다. 요코는 자기도 모르게 전신주에 기댔다. 이런 일은 처음 경험한다. 혹시 진통이 시작된 걸까. 설마. 아직 한 달 넘게 남았는데. 핏기가 싹 가시는 느낌이었다. 배 속에서 아기가 요동친다.

식은땀까지 흘리며 이를 악물고 10초 정도 견뎠을 때 앞쪽에 있는 창고에서 사람들이 나왔다. 일고여덟 명쯤 되는 듯하다. 조금 전까지 그녀가 뒤쫓던 사람들도 그들 가운데 섞여 있다. 동시에 반대 방향에 서 있던 왜건 두 대의 슬라이딩 도어가 열리더니 남자들이 우르르 내렸다.

창고 쪽에 있던 사람들이 몸을 움츠리더니 뭐라고 소리를 질렀다. 일본말이 아니다. 요코가 알기로 그건 중국말이었다. 옆집 사람들이 중국인이었나.

차에서 내린 남자들이 나지막이 말했다. 그 말이 정적 속에서 요코의 귀에도 들렸다.

"경찰이다."

중국어로도 뭐라고 말한다.

뭐지, 대체 무슨 일이 일어나고 있는 거야. 요코는 당황해서 발이 움직여지지 않았다. 이거 혹시 체포극이라는 건가. 도합 스무 명에 가까운 사람이 눈앞에 있다.

다음 순간, 팡! 하고 귀청을 때리는 듯한 소리와 함께 흰 연기가 솟구쳤다. 중국인 측이 뭔가를 땅에 던진 것이다.

"최루탄이다! 숨 쉬지 마!"

경찰 측의 지시가 날아든다. 언제 왔는지 다른 차량도 합류했다. 사람 수가 더 늘었다. 대대적인 체포 작전이다.

전신주 뒤에서 조마조마해하고 있는데 뒤에서 누군가 목덜미를 움켜잡았다. 놀라서 심장이 멈추는 줄 알았다.

"여기서 뭐 하시는 겁니까?"

강한 어조로 다그친다.

"아, 저, 저는, 워, 워, 워킹을……."

요코는 그 자리에 털썩 주저앉았다. 몸이 떨려 말이 제대로 나오지 않는다.

그때 젊은 남자가 달려와서 뒤쪽 남자에게 무어라고 했다.

"아니, 댁이 그 사람이에요?"

남자가 한 톤 내려간 목소리로 그렇게 말하며 손을 놓고는 "임신부가 여기서 이러시면 안 됩니다. 어서 돌아가세요. 우리는 공안 경찰입니다. 신고해 주신 건 감사하지만 감사장은 드리지 않습니다. 그리고 여기서 본 일은 누구에게도 말씀하시면 안 됩니다. 아무것도 모르시는 게 좋아요."

요코는 말이 나오지 않았다. 느닷없는 사태에 머리가 돌아가지 않는다. 대체 이게 무슨 일인가.

"이제 그만 돌아가세요."

그리고 요코를 일으켜 세워 그녀가 왔던 방향으로 돌려 세우더니 등을 툭 밀었다. 휘청휘청 걸어가던 요코가 길모퉁이에서 뒤를 돌아보니 중국인들이 수갑을 찬 채 차 안으로 떠밀려 들어가고 있었다.

그다음은 별로 기억이 없다. 정신을 차리고 보니 어느새 집에 돌아와 잠옷으로 갈아입고 침대에 걸터앉아 있었다. 뒤에서는 아무것도 모르는 에이스케가 새근새근 자고 있다.

내일 아침, 아까 벌어진 사건을 얘기하면 남편은 과연 믿어 줄까. 보나마나 더 어두운 표정을 지으며 정신과에 가 보라고 강권할 것이다.

아예 말을 꺼내지 말자. 설명하기도 귀찮다.

요코는 산처럼 불룩한 배를 내려다보았다. 아, 이제는 안 아프구나. 손바닥으로 배를 살살 쓰다듬는다. 안에서 아기가 얌전히 자고 있다는 걸 감각으로 알 수 있었다.

요 며칠, 요코에게 위험을 알리려고 배 속에서 그리도 발길질을 해 댄 것일까. 부두에서는 진통인가 싶을 정도로 움직였다. 거기서 멈춰 서지 않았다면 체포극에 휘말려 최루 가스를 들이마셨을 것이다. 배 속 아기가 엄마를 구해 주었다.

그렇게 무서운 일을 당했는데 신기할 만치 마음은 따스하다. 비로소 출산에도 자신감이 솟구쳤다. 틀림없이 건강한 아기를 낳을 것이다.

갑자기 잠이 쏟아졌다. 이불 속으로 파고들자 3초 만에 잠이 들었다.

다음 날 오전에 공안 경찰이 여러 명 들이닥쳐 1801호에서 짐을 내갔다. 현관문을 살짝 열고 상황을 살피다가 어젯밤 목덜미를 움켜쥐었던 남자와 눈이 마주쳤다. 남자가 요코를 매섭게 쏘아본다. 그 얼굴에 '일반 시민은 끼어들지 마세요.'라고 쓰여 있었다. 웃는 것 같기도 하고 화를 내는 것 같기도 한 얼굴이다. 그들이 옆집에서 내간 것은 컴퓨터 몇 대였다. 뉴스에는 한마디도 나오지 않았다.

옆집 남녀는 대체 뭐 하는 사람들이었을까. 아무도 알려 주지 않으니 상상하는 수밖에. 요코에게 옆집에 수상한 사람들이 있다는 말을 들은 파출소 경찰이 그 사실을 관할 서에 보고했는데, 실은 공안이 쫓던 스파이니까 찾아가면 안 된다는 명령이 떨어진 것 아닐까. 그렇다면 갑자기 어색해진 태도와도 앞뒤가 맞는다.

그날 밤 이후 옆집에는 아무도 살지 않는다. 며칠이 지나자 빈집임을 표시하는 도쿄 전력의 서류 봉투가 문손잡이에 걸렸다.

"옆집 말이야, 이사 갔나 봐."

요코가 집에 들어온 에이스케에게 알려 주자 아무것도 모르는 남편은 "당신이 하도 수상하다 수상하다 하니까 그 말이 전해져서 이사 갔나 보지."라고 빈정거렸다.

"내 생각에는 은둔형 부부였던 것 같아. 그런데 그렇게 살아서는 안 되겠다고 마음을 고쳐먹고 도시를 떠나 사람들 간의 유대가 강한 시골에서 새 삶을 살려고 떠난 거야."

"여전하네. 대단한 가설이야."

요코는 피식 웃었다.

밤참으로는 살짝 데친 부추와 마, 명란 무침을 밥에 올려, 버섯 맑은 국과 함께 내주었다.

"맛있네, 맛있어."

에이스케가 눈을 가늘게 뜨고 먹는다.

그때 배 속에서 아기가 툭, 발길질을 했다. 태어나기 전부터 이미 마음이 잘 통하는 엄마와 자식 사이라는 느낌이 들었다.

아내와 선거

아내 사토미가 시의회 의원 선거에 입후보하겠다고 선언했다. 사토미는 이전부터 우리가 사는 하루나시의 복지 센터에서 자원 봉사자로 활동해 왔고, 거기서 소개해 준 비영리 법인에서 고령자에게 신문을 읽어 주는 일을 했는데, 고령자들이 처한 외롭고 가혹한 현실을 목격하면서 이건 시정이 해결해야 할 문제라고 생각했고, 마침내 스스로 발 벗고 나서기로 결의를 굳히기에 이른 것이다.

오쓰카 야스오는 쉰 살의 소설가로 집에서 일한다. 아내 사토미는 옛날에는 파트타임으로 아르바이트를 했지만 최근 10년간은 줄곧 전업 주부였으며, 그 반작용인지 아니면 남편과 조금이라도 떨어져 있고 싶어서 그러는지 의식적으로 밖에서 일을 찾는 경향이 있었다. 과거에도 로하스에 심취하는가 하면 마라톤에 빠지는 등 이런저런 전력이 있다.

그런 차에 쌍둥이 아들들이 대학생이 되었고, 그중에서도 형은 지방 대학에 진학하게 되어 완전히 부모를 떠나서 혼자 살아가고 있다. 요컨대 시간이 차고 넘치는 아내가 새로운 생의 보람을 모색하고 있는 것이다.

사토미가 선거에 출마하겠다고 밝힌 것은 황금연휴 기간이었다.

"있지, 여보. 아무래도 다음 달에 공고되는 시의회 의원 선거에 나가야겠어."

둘이 점심으로 냉메밀을 먹고 있는데 그녀가 조그만 콧잔등을 부풀리며 말했다.

야스오는 대답할 말이 궁했다. 지난달부터 같이 봉사 활동을 하는 동료들이 사토미에게 시의원에 출마해 보는 게 어떻겠냐고 권유했고, 그 일에 관해 남편에게 상담을 청해 왔다. 야스오는 "농담이겠지?" 하며 진지하게 응수하지 않았고, 사토미는 그런 반응이 몹시 못마땅했는지 그 후로는 스스로 그 일을 입에 올린 적이 없다. 다만 인터넷으로 시정을 조사하고 시의회 회의를 방청하는 등의 활동을 계속하길래 야스오도 신경이 쓰였는데, 그러는 동안 결심을 굳힌 모양이었다.

"출마하는 건 괜찮은데, 만에 하나 당선되면 어쩌려고?"

야스오는 자신도 모르게 그런 말을 툭 내뱉었다.

"만에 하나라니, 그게 무슨 뜻이야?"

사토미의 표정이 순식간에 굳어졌다.

"나는 당선을 목표로 입후보하는 거야. 이게 장난으로 보여?"

"아니, 그런 게 아니라……."

"그런 게 아니면 뭔데?"

"시의회 의원 활동이 당신 생각보다 훨씬 힘들지 않을까 해서……."

야스오가 횡설수설 변명했다. 아닌 게 아니라 말이 심하기는 했다.

"물론 주부의 순진한 발상으로 할 수 있는 일이 아니라는 걸 모르는 바는 아니야. 하지만 그동안 공부도 이것저것 했고 지원해 줄 팀도 있으니까 할 수 있지 않을까 생각하는 거야."

"지원해 줄 팀이라면, 사루비아회 사람들 말이야?"

"그래, 맞아."

사루비아회란 사토미가 활동하고 있는 비영리 법인으로, 회원 전원이 주부다. 그 홈페이지를 한 번 본 적이 있는데, 삼십 대에서 오십 대에 이르는 평범한 여자들의 봉사 활동 모임이라는 느낌이었다.

"그래서, 승산은 있어?"

야스오가 물었다.

"전혀 없는 건 아니야. 그게 말이지……,"

사토미가 마침 잘 물었다는 듯이 야스오 쪽으로 바싹 다가들었다.

"하루나시는 신도시라서 보수 세력이 별로 강하지 않아. 그래서 매번 무소속의 신인 의원이 탄생한대. 굳이 상위 당선을 목표로 할 필요는 없으니까 2천 표만 받으면 되나 봐. 만약 출마하면 생협 회원들도 밀어준다고 했고, 다른 비영리 단체도 협조해 준다고 했어."

"벌써 그렇게 본격적으로 돌아가는 거야?"

야스오는 아내가 어느새 상당한 인맥을 쌓았나 싶어 내심 놀랐다.

"있잖아, 야스다 씨 남편이 변호사라고 전에 말한 적 있지? 그 사람이 발이 아주 넓어서 여러 가지로 힘을 실어 주고 있어."

야스다 씨는 사루비아회의 회장이다. 만난 적은 없지만, 믿을 만한 사람이라고 사토미에게 여러 번 들은 바 있다.

"그럼 야스다 씨 본인이 출마하면 되잖아. 왜 당신보고 출마하라는 건데?"

"야스다 씨가 자기는 참모 체질이래. 게다가 나이가 곧 환갑이야. 유권자들에게 새로운 얼굴로 어필하려면 나처럼 젊은 사람이라야 한다는 거야."

"젊다니, 당신도 마흔아홉이잖아."

"그렇긴 한데, 야스다 씨 말이 나는 너무 젊지도 않고 늙지도 않아서 후보로 딱 좋은 나이래. 그리고……, 이건 내가 한 말이 아니라……,"

사토미가 잠시 뜸을 들였다가 코를 한 번 훌쩍이고 나서 말했다.

"야스다 씨를 비롯해서 이사들이 나는 미인이라서 선거에 유리하다나."

"하하."

야스오는 그만 실소하고 말았다.

"웃을 줄 알았어."

사토미가 샐쭉하며 말했다. 위험한 상황이라는 징후다.

"아, 아니야, 미안. 미인이지, 미인이고말고."

야스오는 서둘러 말을 주워 담으면서, 선거란 이런 거로군, 하고 이해했다. 추대하는 사람과 추대되는 사람이 있는 것이다.

"그런데, 말투로 보니 당신은 반대하나 봐?"

사토미가 데면데면하게 말한다. 위험 지역으로 들어섰다는 얘기다.

"아니야, 그런 건. 다만 당선되면 당신이 힘들 것 같아서……."

어떻게든 화를 돋우지 않으려고 간드러지는 목소리를 냈다.

사토미가 시의원이 된다……. 야스오는 그 모습을 전혀 상상할 수 없었다. 학부모회나 주민회의 간부조차 해 본 적이 없는 사람이다.

"각오는 이미 했어. 복지를 위해 힘쓰고 싶어."

사토미가 청년처럼 결의를 표명한다. 야스오는 일단 자신이 걱정하는 점을 말했다.

"저 말이지, 스트레스를 받는 일이 정말 많을 거야. 보수파 다선 의원에게 성희롱적인 발언을 들을 수도 있고, 유권자들이 염치없는 부탁을 할 수도 있어. 일의 압박감도 무시하지 못할 테고."

"그렇겠지. 하지만 해 보고 싶어. 아, 그리고, 돈 걱정은 안 해도 돼. 공탁금 30만 엔 포함해서 80만 엔 안에서 끝낼 거야. 사루비아회가 그 절반을 부담하겠다고 하니까 나머지는 내 저금을 깨면 돼."

"80만 엔으로 가능하단 말이야?"

"응, 가능해. 포스터와 유세 차량 렌트비만 있으면 되거든. 나머지는 모두 무보수로 도와줄 거야. 업자에게 맡기지 않을 거고 아나운서도 안 쓸 거야. 사루비아회 사무실을 선거 사무실로 이용할 거고."

"흐음."

상당히 안이한 계산이라고 느껴졌지만 더는 파고들지 않았다.

"당신은 아무것도 안 해도 돼."

"아, 그래……."

그 말을 듣고 절반은 안도했다. 혹시 응원 연설에 동원되는 건 아닐까 하고 걱정했던 것이다.

"다만 한 가지,"

사토미가 집게손가락을 세우며 말했다.

"프로필에 '남편은 N상 수상 작가인 오쓰카 야스오'라고 한 줄만 넣게 해 줘. 다들 그렇게 하라더라고. 그것만으로도 유권자의 신뢰도가 높아질 거야. 부탁해. 절대 당신한테 폐를 끼치지 않을 테니까."

"그 정도라면 괜찮겠지만."

아무래도 출마 얘기가 상당히 구체화되고 있는 모양이다. 이대로 놔둬도 괜찮을지 야스오는 판단이 서지 않는다.

"그럼, 나 출마한다."

"아, 응."

야스오는 어쩔 수 없이 고개를 끄덕였다.

아내가 선거에 출마한다……. 그 현실감 없는 상황에 야스오는 적당한 감상이 떠오르지 않았다. 사토미는 남편이 반대하지 않아 안심했는지 숨을 크게 내쉬고는 기분 좋을 때 보이는 미소를 지었다.

출마하기로 결정한 사토미는 그다음 날부터 하루가 멀다 하고 집을 비웠다. 사루비아회 사무실에 마련된 선거 대책 본부에서 선거 공약을 작성하느라 여념이 없는 듯했다. 공고까지 한 달이 채 남지 않았으니 준비하기에 빠듯할 것이다.

시의회 홈페이지를 보니 하루나시의 시의회 의원은 정원

이 마흔두 명이었다. 야스오는 그렇게 많은가 하고 놀랐다. 이 동네로 이사 온 이래 단 한 번도 선거에 참여하지 않아 몰랐던 것이다. 정치에 대한 관심이 제로였다.

홈페이지에는 현직 의원의 사진도 게재되어 있었다. 접대부처럼 화장을 짙게 한 여성 의원이나 학생으로 보일 만큼 젊은 남성 의원도 있었다. 아닌 게 아니라 국회의원과는 달리 상당히 느슨해 보인다. 여성 의원은 일고여덟 명이다. 이 비율이 높은 건지 낮은 건지는 모르겠지만, 사진을 보고 있자니 이 중에 있으면 사토미도 미인 축에 들겠다 싶었다. 아무튼, 문턱이 그리 높아 보이지는 않는다.

그날, 오전 집필을 끝내고 이제 점심이나 먹을까 하고 보니 사토미가 집에 없었다.

하는 수 없이 스파게티를 삶기로 했다. 레토르트 소스가 몇 가지 있으니 야스오도 만들 수 있다.

냄비에 물을 끓이는데 2층에서 쌍둥이 중 동생 요스케가 잠옷 차림으로 내려왔다.

"뭐야, 너, 집에 있었어?"

야스오는 미간을 찌푸렸다. 연휴 중이니 집에 있어도 이상할 건 없지만, 대낮까지 잠을 자는 건 대체 무슨 생활 리듬이란 말인가.

"아빠, 나도 스파게티 먹을래. 내 것도 만들어 줘."

그러고는 냉장고에서 우유를 꺼내더니 컵에 따라 두 잔을 연거푸 공룡처럼 입에 털어 넣는다.

요스케는 와세다 대학 이공학부 2학년이다. 수학에 젬병이었던 야스오의 아들이 이과계 수재라니, 유전자란 참 알 수 없는 것이다.

한편 교토의 그다지 유명하지 않은 사립대에 진학한 형 게이스케는 봄 방학에도 황금연휴에도 아르바이트와 풋살 동아리 활동 때문에 바쁘다면서 집에 오지 않았다. 이쪽은 야스오를 닮았는지도 모르겠다. 요즘 들어 조금 까칠해졌는데, 오로지 부모를 떠나고 싶은 마음에 교토로 진학했으니 그걸 반대했다면 아마 대학도 가지 않고 집을 나갔을 것이다. 학업 성적이 우수한 동생과 비교되는 게 싫었을 수도 있는데, 부모로서는 잠자코 지켜보는 수밖에 없다.

요스케는 아빠에게 점심 준비를 미루고는 스마트폰을 만지작거렸다.

"어젯밤에는 몇 시에 들어왔어?"

"첫 전철 타고 왔어."

"마작하다가?"

"응."

이쪽은 돌아보지도 않고 무성의하게 대답한다. 열아홉 살이란 부모의 존재 따위는 안중에 없는 나이다. 야스오 자신도 그랬으니 딱히 할 말은 없지만.

야스오는 스파게티를 접시 두 개에 덜어 식탁에 놓았다. 요스케가 잘 먹겠다는 말도 없이 먹기 시작한다.

"오늘은 아르바이트를 가나?"

야스오가 물었다. 요스케는 과외 아르바이트를 한다.

"응, 휴일이라서 낮에. 먹고 금방 나갈 거야."

"너, 수염은 좀 깎고 가라."

"응."

부자간의 대화래야 간단한 질의응답이 전부다.

잠시 말없이 먹고 있는데 요스케가 "엄마는?" 하고 물었다.

"사루비아회 사무실에 갔어."

"선거 때문에?"

"아니, 너도 알고 있었어?"

아이들에게는 아직 얘기하지 않은 줄 알았다.

"며칠 전에 들었어. 엄마가 시의원에 출마하려고 하는데, 어떻게 생각하느냐고 묻더라고."

"그래서, 뭐라고 대답했어?"

"나가고 싶으면 나가라고 했어. 나는 아직 열아홉 살이라 선거권이 없어서 투표할 수 없지만."

"흠, 너그럽네. 만약 엄마가 시의원에 당선되면 바빠서 매일 저녁밥도 못 챙겨 줄 텐데."

"별 상관 없어. 어차피 평일에는 거의 집에서 먹지도 않는 걸, 뭐. 곤란한 사람은 아빠지."

맞는 말이다. 아내가 당선되면 집에 남겨질 사람은 야스오 하나다.

"게이스케는 뭐라던?"

"글쎄, 모르겠어."

"엄마가 출마한다는 건 알아?"

"그것도 모르겠는데."

"서로 연락 안 해?"

"응."

요스케는 스파게티를 맹렬한 속도로 해치우더니 싱크대에 서서 스스로 접시를 씻었다.

"형제가 메시지 정도는 주고받아야지."

"귀찮아."

요스케는 그렇게 내뱉고는 휭하니 2층으로 올라갔다.

쌍둥이니까 늘 서로 의지하며 살아갈 줄 알았는데 그러기 는커녕 고등학생이 된 후로는 완전히 따로 논다. 사이가 나쁜 게 아니라 서로에게 무관심하다. 아들들만 그런 것이 아니라 야스오와 사토미도 따로따로 행동하는 일이 많다. 오쓰카 집 안은 지금이 가족 간의 인력이 가장 약한 시기인지도 모른다. 가족이 북적거리던 시대는 이미 끝났다.

야스오는 게이스케에게 문자를 보낼까 하다가 관두었다. 휴대 전화에 전화번호는 입력되어 있지만, 메시지를 보낸 적은 한 번도 없다. 귀찮아할 게 뻔하니까.

오후에는 애견 프레디를 데리고 산책을 나서야겠다. 관계가 변하지 않는 건 이제 나이를 먹을 대로 먹은 프레디뿐이다.

2

황금연휴가 끝나자 집에 남은 사람은 야스오 혼자였다. 수시로 배달되는 택배를 받고, 방문 판매를 거절하고, 걸려 오는 전화를 받는다. 그럴 때마다 집필이 중단되어 조금 짜증스럽기는 하지만, 불만을 표시할 상대가 없으니 포기하기로 했다. 그리고 그런 핑계들과 상관없이, 집필 속도 자체가 상당히 느려졌다.

야스오 자신, 작가라는 직업에 얼마간 권태를 느끼고 있었다. 책이 예전만큼 팔리지 않게 된 것이다. 작품의 질이 떨어졌다면 어쩔 수 없겠는데, 이번에는 자신이 있다고 생각한 책도 생각만큼 팔리지 않자 새삼 세상의 덧없음을 깨달았다. 바람이 불지 않을 때는 제아무리 좋은 연을 만들어도 날아오르지 않는 것이다. 초판 부수는 정확히 반토막이 났다.

애당초 상승 욕구가 희박한 인간이라서 딱히 불만은 없었다. 어느 정도 업적을 남겼다는 자부심이 있고, 모아 둔 돈도 충분하다. 회사원 시절에 비하면 천국 같은 생활이다.

앞으로도 판매 부수가 점차 줄어 마침내는 지나간 과거의 사람이 될 것이다. 그래도 어쩔 수 없다고 생각한다. 원래부터 평범한 남자다.

그리고 남편과 바통 터치를 하듯 아내가 세상으로 나아가려 하고 있으니 이것도 하늘의 이치인지 모른다. 처음에는 당선될 리 없다고 생각했는데 시간이 지나면서 응원하자는 마음이 샘솟았다. 적어도 참패라는 결과로 아내를 낙담시키고 싶지는 않다.

사토미는 연일 시내 여기저기에서 회합을 열고 있다. 시의원 선거의 공식적인 선거 운동 기간은 7일이지만, 지지자를 모으기 위한 활동은 이미 시작된 듯하다.

"유권자들이 뭘 원하는지 듣고 다니는 거야. 나는 무명의 신인이니까 그렇게 해서라도 얼굴과 이름을 알리지 않으면 표를 모을 수 없거든."

그렇게 말하는 사토미의 모습이 발랄해 보여 다행이었다.

그날 밤, 편집자와 회의 겸 식사를 하게 되어 야스오는 긴자로 나갔다. 긴자라고는 해도 그저 선술집일 뿐으로 샐러리

맨들로 북적거리는 서민적인 곳이다. 예전에는 1인분에 2만 엔이나 하는 생선초밥 집에서 주로 접대를 받았지만, 요즘은 저렴한 곳에만 간다. 출판 시장의 장기 불황에 따라 교제비도 삭감된 모양이다. 물론 작가에 따라 다를 것이다. 팔리지 않으면 가는 곳의 수준도 내려가는 법이다. 요즘은 부장이나 편집장도 거의 얼굴을 내밀지 않는다.

"요즘은 경기가 좀 어때?"

맥주를 마시면서 30대인 슈에이 출판사의 담당 편집자 마쓰바라에게 물었다.

"말도 마세요, 정말이지……,"

마쓰바라가 손을 휘휘 내저으며 대답했다.

"제가 입사한 이래 일관되게 매출이 내리막입니다. 보너스를 온전히 받은 일이 지난 5년 동안 한 번밖에 없었을 정도니까요. 문예국은 만성적인 적자 부서라서 베스트셀러나 나와야 숨통이 트입니다."

"그래? 힘들겠군."

야스오는 예상을 벗어나지 않는 대답에 쓸쓸히 웃었다.

"문예지를 폐간하라는 소리도 사내에서 불거진다니까요. 만화국 놈들 얘기예요. 물론 수익을 기대할 수 없는 잡지이긴 하지만, 그나마 없으면 단행본이 거의 나오지 않을 테고, 그렇게 되면 문고본 출판도 줄어들어서 회사가 타격을 받을 텐데 말이죠. 정말이지 만화 쪽 놈들은 오만하기가 이를 데 없어요."

"뭐, 돈을 벌어들이는 부서가 큰소리를 치는 건 어디나 마찬가지지."

"하지만 실제로 숫자를 들이대면 괴롭긴 해요. 국장도 기가 죽어서는, 판매가 기대되지 않는 소설은 단행본을 건너뛰고 곧장 문고본으로 낼 수 없느냐는 말까지 한다니까요."

듣고 있으려니 야스오는 가슴이 아렸다. 자신을 두고 하는 말인가 싶기도 했다.

"아, 물론 오쓰카 선생님은 다르죠. 어느 정도는 판매가 예상되니까요. 훨씬 심한 작가도 있습니다."

마쓰바라가 당황하며 변명을 했지만 야스오는 남의 일로 느껴지지 않았다. 마쓰바라는 최근에 책이 얼마나 팔리지 않는지를 장황하게 늘어놓았다. 야스오는 편집자가 늘 하는 푸념에 익숙해져 있지만, 책이 나오기도 전에 변명부터 늘어놓는 꼴이라니.

"본론으로 들어가서, 가을부터 시작되는 연재 말인데요, 선생님은 어떤 작품을 생각하고 계십니까?"

"다시 한 번 범죄 소설에 도전해 보고 싶네만."

야스오의 대답에 마쓰바라의 표정이 순간적으로 흐려졌다.

"아, 그러세요. 알겠습니다……."

대답에 패기가 없다.

야스오는 3년쯤 전에, 유머 소설 일변도에서 벗어나려고 범죄 소설을 써서 슈에이 출판사를 통해 출간했다. 평범한 사람들의 심적인 어둠과 전락을 묘사한 작품으로, 자기 딴에는 자신 있게 내놓았지만 결과는 참패였다. 그래서 그때의 굴욕을 만회하고 싶었다.

"'이바타 씨 일가' 시리즈는 더 안 쓰실 겁니까?"

마쓰바라가 조심스럽게 물었다. '이바타 씨 일가' 시리즈는 N상을 수상한 작품으로, 과거에 제일 많이 팔린 유머 소설 시리즈다. 지금까지 세 편을 썼고, 모두 히트했으며, 텔레비전 드라마로 만들어지기도 했다. 지난 5년간 속편을 쓰지 않았는데, 야스오는 그만 쓸 생각을 하고 있었다. 점점 상투적으로 쓰게 되어 작가 자신이 식상한 것이다.

"더는 못 쓰겠어. 아이디어가 떠오르질 않아."

솔직하게 대답했다.

"하지만 인터넷 같은 데 보면 지금도 오쓰카 야스오의 '이바타 씨 일가' 시리즈는 언제 또 나올까, 하고 기다리는 글이 숱하게 올라와 있던데요."

"그래? 그거야 기쁜 일이지만, 무리해서 계속 쓰다가 작품의 질이 떨어지면 그게 오히려 독자를 배신하는 셈이야."

"무슨 말씀을요. 오쓰카 선생님이 누굽니까. 일단 쓰기 시작하면 틀림없이 감을 잡으실 겁니다."

마쓰바라가 어쩐 일로 끈질기게 달라붙는다.

"뭐야, 범죄 소설은 안 된다는 거야?"

"아니, 그런 건 아닙니다만, '이바타 씨 일가' 시리즈를 그만두자니 너무 아까워서요. 실은 편집장이 다음 연재는 그 시리즈를 재개하는 것으로 부탁드리라고 해서……."

"그랬군."

야스오는 쓴웃음이 나왔다.

"고맙지만 그렇게는 안 될 것 같아."

"알겠습니다. 편집장에게 그렇게 전하죠."

거절한 탓에 분위기가 어색해지고 말았다. 야스오는 새로운 연재에 관한 구상을 털어놓았지만 마쓰바라는 형식적으로 대꾸할 뿐 별로 내키지 않아 하는 눈치였다. 그러고서 화제는 다시 출판 시장의 불황으로 돌아갔다. 마쓰바라가 요즘은 전개가 빠르고 이해하기 쉬운 소설만 잘 팔린다고 지적하자 야스오는 그 말이 충고이자 빈정거림으로 들려 분위기가 한층 무거워졌다.

2차는 호스티스가 있는 클럽이 아니라 일반적인 바로 갔다. 이 또한 경비 삭감 탓일 것이다. 마쓰바라는 약간 취해서, 앞으로는 출판사도 작가도 목숨을 걸어야 하는 시대라고 열변을 토했다. 틀린 말이 아니어서 야스오는 잠자코 들었다.

하지만 그것과는 별개로 약간 충격을 받았다. 신인 시절을 빼고는 편집자가 야스오에게 소설에 관해 이러쿵저러쿵 주문을 덧붙이는 일이 없었기 때문이다. 야스오가 내키는 대로 쓴 원고를 그저 감사합니다, 하고 받아 드는 것이 지금까지의 통례였다. 어쩌면 오늘 밤은 작가 인생의 전환점이 될지도 모른다. 자신이 베스트셀러 작가였다면 출판계의 비관적인 얘기도 듣지 않았을 것이다.

야스오는 바의 떠들썩한 소음 속에서 노인이 된 듯한 기분을 맛보았다.

다음 날, 이번에는 편집장에게서 전화가 왔다. 마쓰바라의 보고를 받고 다시 한 번 설득하려는 속셈인 것이다.

"'이바타 씨 일가' 시리즈를 쓰실 마음이 없다고 하시니 여간 아쉬운 게 아닙니다. 이 이상 간격이 벌어지면 재개할 타이밍을 완전히 놓치게 될 텐데, 그래도 괜찮겠습니까?"

말투가 어딘가 모르게 사무적이어서, 설득이라기보다는 통보로 느껴졌다.

"네, 괜찮습니다. 더는 쓸 마음이 없으니까요."

야스오가 딱 잘라 말했다. 편집장의 말투에 얼마간 심술이 난 것도 있다.

"알겠습니다. 그럼 가을에 시작되는 연재는 저희 잡지 말고 웹 매거진에 연재하시는 게 어떨까요? 아시겠지만, 우리 문예국에서 운영하는 사이트로, 에세이나 연재소설도 게재하고 있습니다만……."

"그래요, 나도 압니다. 어디에 연재하든 상관은 없어요."

야스오는 애써 침착하게 대답했다. 내 가치가 떨어졌다는 얘기인가. 그 정도로 전작이 팔리지 않은 것인가. 혹시 웹 매거진은 원고료가 더 낮은가. 하지만 그런 걸 물을 만큼 야스오는 유들유들하지 않았다.

"여차하면 연재 말고 통으로 쓰는 것도 좋고."

동요한 탓인지 생각지도 않은 말까지 내뱉는 허세를 부리고 말았다.

"아……, 그래요?"

편집장은 잠깐 말이 없었다.

"저, 그렇다면 다음 장편은 한꺼번에 쓰시는 걸로 알고 있어도 될까요?"

순식간에 목소리가 밝아졌다.

"음, 그래요. 마감이 없으면 느긋하게 쓸 수 있으니까. 이번에도 지난번처럼 작품이 길어질 것 같아서 말이지."

제 입으로 말을 꺼낸 이상, 주워 담을 수도 없었다. 전작(全作)이면 원고료가 발생하지 않는다.

"그럼 죄송하지만 전작으로 부탁드리겠습니다. 이야, 오쓰카 선생님 같은 중견 작가에게 전작을 의뢰하다니, 죄송한 마음도 듭니다만, 마쓰바라에게 연재와 다름없이 선생님을 서포트 해 드리라고 말해 둘 테니 모쪼록 잘 부탁드리겠습니다."

기분이 좋아진 편집장이 마지막에는 "아하하." 하고 소리 내어 웃기까지 했다.

전화를 끊고 나자 알 수 없는 공허함이 밀려왔다. 생각이 정리되지 않아 서재 창문으로 멍하니 바깥 풍경을 내다보았다.

지금까지는 없었던 일이다. 어느 출판사나 야스오의 원고를 탐냈고, 편집자가 내용을 가지고 이러쿵저러쿵하는 일은 한 번도 없었다. 특히 N상 수상 이후로는 완전히 이쪽이 우위였다. 그런데 이제는 나를 필요로 하지 않는다.

야스오는 한숨을 깊이 내쉬었다. 초여름 같은 햇살이 아스팔트를 하얗게 비추고 있다.

저녁이 되자 사토미에게서 메시지가 왔다. 오늘 밤은 늦을 것 같으니 미안하지만 저녁을 배달시켜 먹으라는 내용이었다.

하는 수 없이 동네 생선초밥 집에 배달을 주문하기로 했다. 한잔하고 싶어서 초밥과는 별도로 생선회도 주문했다. "적당히, 만 엔 정도로."라고 말했더니 동네에 있는 가게라 그런지 놀라는 기색이었다.

집에 아무도 없어서 거실에 있는 오디오 볼륨을 한껏 키우고 옛날 록 음악을 들었다. 맥주로는 성에 차지 않아 위스키도 마셨다.

불현듯 누군가와 얘기를 나누고 싶었지만, 아내 이외의 말 상대가 떠오르지 않았다. 이제 일 관계를 빼면 친구가 없는 것이다. 술기운을 빌려 큰아들 게이스케에게 메시지를 보냈다. 이 시간에 아들이 뭘 하는지는 전혀 모른다.

'너, 엄마가 시의원에 출마하는 거 알아?'

5분쯤 후에 회신이 왔다.

'아는데, 왜?'

그래, 알고 있었군. 아내와 큰아들은 연락을 주고받는구나.

'알면 됐어.'

그걸로 끝이었다. 별일은 없는 모양이다.

음악 소리가 밖으로 새어 나가는지 프레디가 마당에서 유리창에 얼굴을 대고 안을 들여다본다. 평소에는 집 안으로 들이지 않는데, 그날 밤에는 프레디를 불러들였다.

3

다음 작품을 전작으로 결정해서 마감일이 없어지니 긴장감도 떨어지고 말았다. 준비를 위해 자료를 읽지만, 그것도 서두를 필요는 없다. 극단적으로 말하자면, 기분 내킬 때 글을 쓰면 그만이다.

일말의 허망함은 있었지만 어쩔 수 없는 일이라며 체념했다. 어차피 어딘가에서는 한계에 다다랐을 것이다. 사라져 가는 작가를 수도 없이 보아 왔다. 백만 부짜리 베스트셀러를 낸 작가조차 몇 년 안에 이름을 들을 수 없는 곳이 이 업계다. 자신만 예외일 수 없다.

그런 상황에 쐐기를 박듯이, 오랫동안 야스오를 담당해 온 편집자가 인사이동으로 문예국을 떠나게 되었는데 작별 인사를 메일 한 통으로 끝내고 후임에게 인수인계조차 하지 않은 일이 발생했다. 그 출판사에는 이제 야스오에게 관심을 갖는 편집자가 없을 것이다.

야스오는 아침부터 창밖만 바라보고 있었다. 집 앞으로 세탁소 배달 차량이 지나간다. 야스오와 비슷한 나이의 남자가 운전하고 있다. 구조 조정으로 회사에서 잘리고 아르바이트 같은 일거리밖에 구할 수 없었던 것일까. 자신이 쉰 살이어서 다행이라고 생각했다. 만약 마흔이었다면 두 아들이 아직 초등학생일 테니 가장으로서의 압박감이 이만저만 아니었을 것이다. 이제 의무는 다했다. 자식 교육도 일단락되었고, 집을 살 때 빌린 대출금도 다 갚았다.

사토미에게는 지금 자신에게 일어나고 있는 일을 말하지

않았다. 원래부터 일 얘기는 거의 하지 않았고, 사토미도 들으려 하지 않았다. 다만 소득 신고 결과를 볼 테니 남편의 수입이 상당히 줄었다는 건 알 것이다. 사토미는 눈치가 빠른 여자다. 술자리 초대가 눈에 띄게 줄어든 사실도 눈치챘을 것이다.

점심때쯤 되어 현관 벨이 울렸다. 누군가 싶어 나가 보니 한동네 사는 야마다 씨였다. 아이들이 어렸을 때 여러 가지로 친절을 베풀어 주기도 한 노인이다.

"부인, 계시우?"

외출 중이라고 대답하자 야마다 씨는 시의원 선거와 관련된 일이라고 전제하고 나서, 말을 꺼내기가 껄끄럽다는 듯이 머뭇거리다가 입을 열었다.

"얼마 전 간담회에서 부인의 공약을 들었는데, 그 후에 지역 시니어회에서 얘기를 나눈 결과, 우리 쪽 조건을 확실히 들어 주면 생각해 보겠다는 결론이 나와서 말이지. 지역 버스 노선을 공원 옆길까지 연장해 줄 것, 그리고 마을 용수로에 덮개를 설치해 줄 것, 이 두 가지야. 내가 대표로 전하러 왔네."

"아, 그렇군요……."

"부인이 고령자 복지에 충실하겠다는 공약을 내건 것은 물론 우리 같은 노인들에게 고마운 일이지만, 시의원 선거인 이상 구체적으로 뭘 해 주느냐가 중요하고, 특히 방금 말한 두 가지는 시니어회의 간절한 바람이라서 말이지. 그저 한동네 사람이라는 이유로 지지를 기대할 수도 있겠지만, 이 점만은 확실히 해 줬으면 하네."

야마다 씨가 난감하다는 듯한 표정으로 얘기를 계속했다.

"인근 야요이마치에서 출마하는 현직 시의원은…… 아, 이름이 와타나베인데, 이 두 가지를 해 주겠다고 약속했어. 그러니까 오쓰카 씨 부인은 거기에다 뭔가를 더하지 않으면, 솔직히 말해서 시니어회의 표를 얻기 힘들지 않나 싶어서……. 한동네 사람이니까 응원하고 싶은 마음은 굴뚝같아. 그러니까 가능하다면 한 가지만이라도 더……."

"네, 알겠습니다."

"결국 선거란 기브 앤드 테이크잖아."

야마다 씨가 본인이 말하고 본인이 고개를 끄덕였다. 야스오는 갑작스런 방문과 호소에 당황스러웠지만, 추측건대 사토미의 공약에 동네 어르신들이 만족할 수 없어 구체적인 요구를 하러 온 거라고 해석했다.

야마다 씨는 겸연쩍었는지 "게이스케랑 요스케는 잘 지내나?"라고 화제를 돌린 후 잠시 이런저런 얘기를 하다가 돌아갔다.

아하, 이런 게 찾아다니는 선거 운동이라는 건가. 야스오는 약간 애닲은 심정으로 아내의 얼굴을 떠올렸다. 역시 선거는 만만치 않다. 사토미가 악전고투하고 있는 건 아닐까.

그날 밤, 낮에 있었던 일을 전하자 사토미는 금세 표정이 어두워지면서 "아, 그래……." 하고 한숨을 내쉬었다.

뭔가 말하고 싶은 얼굴이지만, 그 말을 삼킨 채 생각에 잠긴 듯했다.

"힘든가 봐?"

야스오가 슬그머니 멍석을 깔았다.

"응, 힘드네."

사토미가 힘없는 소리로 대답했다.

"다들 자기네들에게 편의를 얼마나 제공할 것인가, 그 생각뿐이야."

"어쩔 수 없지, 세상이 그러니까."

야스오의 위로에 사토미는 잠시 침묵하다가 "내가 너무 쉽게 생각했나 봐."라고 허공을 응시하며 중얼거렸다.

"고령자 복지는 누구와도 관련된 문제니까 다들 관심을 가질 줄 알았는데, 실제로는 그렇지 않더라고. 자기는 부모가 사이타마에 살고 있으니까 상관없다는 사람이 있는가 하면 부유한 사람들의 노후는 개인의 책임이라는 사람도 있고……. 관심이라고는 기껏해야 자기네 집 앞길을 일방통행으로 변경해 달라든지 마을 가로등을 LED로 교체해 달라는 것 정도밖에 없어. 학부모회에서 알았던 사사키 씨 같은 사람은 '표를 줄 테니까 당신 남편한테 잘 말해서 우리 아들을 출판사에 취직시켜 줄 수 없겠느냐', 그런 말까지 하지 뭐야."

"하하, 그건 무리지."

야스오가 쓴웃음을 지었다.

"날마다 그렇게 이기적인 주민들을 대하다 보니까 좀 지긋지긋해."

"사루비아회 사람들은 뭐래?"

"여러 가지야. 그런 말은 무시하면 된다는 사람이 있는가 하면 참아야 한다고 조언하는 사람도 있고."

"흐음."

"나, 이젠 의욕이 꺾여. 그만두고 싶어졌어."

사토미는 연거푸 한숨을 쉬더니 식탁에 엎드렸다. 침묵이 흐른다. 마냥 켜져 있는 텔레비전에서는 이제 인기가 시들해진 탤런트가 자신의 전성기 수입을 밝히는 데 열을 올리고 있었다.

"지금 그만두면 나중에 틀림없이 후회할 거야."

야스오의 말에 사토미가 고개를 들었다.

"아직은 조금 더 부딪쳐 보는 게 좋을 것 같은데."

잠시 생각에 잠겼던 사토미가 "아니, 나는 당신이 당장 그만두라고 할 줄 알았어."라고 의외라는 듯이 말했다.

"깨끗하기만 해서는 정치를 하기 힘들어. 일방통행으로 바꾸겠습니다, 가로등을 LED로 교체하겠습니다, 그러니까 제게 표를 주세요, 그렇게 말하면 어때서 그래? 당선되면 그다음은 당신 마음이니까 유권자의 개인주의를 피해 가면서 한 걸음씩 이상을 향해 나아가면 되잖아."

"당신, 무슨 일 있었어?"

"왜?"

"당신답지 않은 말을 하니까."

"그런가."

"그렇잖아. 누구보다 세상에 무관심하고 시니컬한 사람이 소설가 오쓰카 야스오인데."

사토미가 턱을 괴고 말한다. 틀린 말이 아니어서 야스오는 말없이 아랫입술만 쑥 내밀었다.

"애당초 당신은 내가 출마하는 걸 달가워하지도 않았고."

"아닌데. 당신이 무언가에 도전한다면 나도 응원하고 싶어."

"어, 그래? 그렇다면 기쁘지만."

"선거란 결코 점잔 빼면서 치를 수 있는 일이 아니야. 현직 시의원들은 일면식도 없는 사람의 장례식에 참석해서 조의금을 내고 그러잖아. 엎드려 절도 하고, 거짓으로 울기도 하고 말이야. 당신도 일정 부분 그럴 필요가 있어."

"말도 안 돼. 그렇게까지 해야 해?"

"말하자면 그렇다는 거지. 깊이깊이 고개를 숙이고, 무슨 말을 하든 웃는 얼굴로 대하고, 싫어도 손을 내밀어서 악수를 청하고, 사람이 모이는 곳이면 어디든 얼굴에 철판 깔고 찾아가고……, 그런 식으로 이름을 각인시키지 않으면 앞으로 나아가기 힘든 게 정치의 세계야."

사토미가 눈썹을 찡그리고 야스오를 바라보았다.

"선거 운동도 사무실을 번듯하게 차리고, 아나운서도 고용하고, 장비를 제대로 갖춰서 하면 좋지 않을까? 그러고서 유권자를 찾아다니는 거야. 자존심을 던져 버리고, 역 앞에서 회사원과 학생 들을 만나 악수하고, 자전거에 깃발을 꽂고 달리고……, 그래야만 겨우 이길 수 있는 게 선거야. 땀을 흘리고, 목이 터져라 외치면서 싸워야 한다고 생각해. 나는 얼마든지 협조할 수 있어."

부부의 대화인데 목청이 높아졌다. 말이 제멋대로 입을 뚫고 나오는 느낌이었다. 자신이 그늘에 있을 때는 아내에게 햇빛이 쏟아졌으면 좋겠다고 생각한다. 앞으로는 그렇게 될 것이다. 부부는 어느 한쪽만 좋아도 충분히 행복할 수 있다.

"지금이라면 나도 보탤게. 나는 당신이 당선되면 좋겠어."

"여보, 역시 무슨 일이 있었지?"

사토미가 이번에는 웃음을 참으며 묻는다.

"아무 일 없었어. 나는 당신이 매일 활기차게 지내는 모습을 보고 싶어."

사토미는 한참이나 야스오를 바라보다가 "고마워, 힘낼게."라고 촉촉한 눈으로 말한 뒤 의자에서 일어나 식탁을 돌아오더니 야스오를 꼭 껴안았다. 그리고 그대로 소파에 밀어 쓰러뜨렸다.

"다녀왔어요!"

타이밍이 좋은 건지 나쁜 건지, 바로 그때 요스케가 들어왔다. 둘은 황급히 떨어졌다.

다음 날, 남편이 도와줄 것 같다는 사토미의 말을 듣고 사루비아회의 야스다 씨가 집으로 찾아왔다. 단발머리에 환갑이 가까운 부인이다.

"오쓰카 씨, 협조해 주시겠다고요. 정말 감사합니다."

야스다 씨는 야스오의 손을 부여잡고 감격한 표정으로 고개를 숙였다.

"아닙니다, 남편으로서 응원하는 건 당연한 일이죠."

야스오는 그녀의 열성에 당황스러웠다.

"사토미 씨가 남편을 선거에 끌어들이고 싶지 않다고 처음부터 선언한 터라 저희도 기대를 안 하고 있었어요."

"하, 그러셨군요."

옆에 있는 사토미를 보니 어깨를 살짝 으쓱한다. 아아, 그런 비하인드 스토리가 있었군.

"저희로서는 아무래도 오쓰카 씨의 지명도를 빌렸으면 하는 마음이 있었는데, 이쪽에서 먼저 말을 꺼내자니 너무 염치가 없는 것 같아서 어떻게 해야 하나 하고……."

"무슨 말씀을요. 제 지명도라는 게 대단하지 않습니다. 도움이 될지 어떨지……."

"아닙니다. 유권자는 내력을 모르는 사람에게 표를 주지 않아요. 유명 대학 출신이라든가 변호사 자격이 있다든가, 그런 경력이 굉장히 중요합니다."

"맞아요. 그런데 나는 아무것도 없잖아요."

"아니, 그런 뜻으로 하는 말이 아니에요. 사토미 씨는 봉사활동을 오랫동안 해 왔고 이 지역 사정에도 훤하니까 그런 점에서는 아주 유리해요. 다만 지명도가 부족해서 바깥분 이름을 빌리고 싶다는 거죠."

"그럼 제가 뭘 하면 좋을까요?"

야스오가 물었다.

"가두연설은 싫으신가요?"

"네에?"

사토미와 야스오가 동시에 자신들도 모르게 소리를 꽥 질렀다.

"그건 어려워요. 우리 남편은 그런 거 딱 질색이에요."

야스오보다 사토미가 먼저 거절했다. 과연 남편이 뭘 싫어하는지 잘 알고 있다.

"부창부수라는 인상을 심어 주는 게 상당히 효과가 있을 텐데……."

"하지만 가두연설은 무리예요. 그렇지, 여보?"

"으응, 그건 좀……."

야스오는 떨떠름한 표정을 지었다. 어렸을 때는 성격이 활달했는데, 학생 시절부터 남 앞에 나서기가 힘들어졌다. 문단 파티조차 피할 정도니 연설은 고문에 가깝다.

"그럼 아쉽지만 그건 포기해야겠네요."

야스다 씨도 무리라고 생각했는지 더는 강요하지 않았다. 남자 체면이 말이 아니었다.

"홈페이지에 추천사를 써서 올리는 일 정도는 할 수 있습니다."

미안한 마음에 차선책을 제안했다.

"아, 네. 그럼 부탁드릴게요. 사토미 씨의 사람 됨됨이가 엿보이는 에세이를 써 주세요. 필시 유권자들의 관심을 끌 수 있을 겁니다."

"그리고 선거 전단 배부라든가 유세 차량 운전 같은 것도 도울 수 있는데요."

"아니, 여보. 당신 일은 어떡하고. 무리할 것 없어."

옆에서 사토미가 말했다.

"아니야. 당분간은 마감이 없으니 나는 괜찮아."

야스오의 마음속에는 조금이라도 일에서 도피하고 싶은 심정이 도사리고 있었다. 그러기에 좋은 구실인 것이다.

"그리고 돈 얘기를 꺼내서 죄송하지만, 오쓰카 씨도 선거 자금을 보태 주시겠다고……."

야스다 씨가 조심스럽게 물었다.

"백만 엔을 내겠습니다."

야스오가 내친김에 거기까지 말했다.

"잠깐. 금액은 신중히 생각해서 나중에 결정하지."

사토미가 눈을 동그랗게 뜨며 제지하고 나섰다.

"나는 어디까지나 평범한 주부도 정치를 할 수 있다는 풀뿌리 운동의 자세로 나아가고 싶지 남편의 돈에 기대고 싶지 않아."

"알았어. 그럼 나중에."

야스다 씨가 애매하게 웃으며 고개를 끄덕였다. 여하튼 야스오가 선거 운동에 가세한다는 것만은 결정되었다.

야스다 씨는 선거 활동을 해 보니 힘든 일 천지더라, 여자들뿐인 사루비아회가 다소 의기소침해 있던 차에 오쓰카 씨가 서포터로 나서 주어서 얼마나 고마운지 모른다, 라면서 흐

못하게 웃었다.

"기성 정당이 얼마나 강한지 몰라요. '달걀로 바위 치기'라는 말이 이런 건가 하고 다들 초조해하고 있던 차에 오쓰카 씨가 힘을 보태 주시겠다니, 천군만마를 얻은 기분입니다."

"아니, 그렇게 치켜세우시면……."

"아닙니다. 겸손한 말씀이죠."

야스오는 자신이 힘이 된다고 하니 싫지는 않았다. 사람이란 자신을 필요로 하는 곳에서 분발하는 법이다.

얘기가 마무리되자마자 지역 상점가의 빈 점포를 2주일간 빌려 그 즉시 선거 사무실을 열었다. 그리고 테이블과 의자, 찻잔 등을 대여 업체에서 빌렸는데, 이 세상에 선거 업자라고 불러도 좋을 업체가 존재해, 선거에는 문외한이라고 할 수 있는 사토미에게 친절하고 꼼꼼하게 필요한 물품을 알려 주는 데는 옆에서 보는 야스오도 놀라지 않을 수 없었다.

선거 포스터를 제작하는 업자도 있어서 야스오가 모르는 사이에 포스터 제작이 진행되고 있었다. 사진사나 디자이너라면 야스오도 아는 사람이 있으니 도움을 줄 수 있지 않을까 했는데, 사토미는 '진료는 의사에게, 약은 약사에게'라는 비유를 들며 전문가에게 맡기겠다고 했다.

그렇게 해서 나온 포스터는 어떻게 하면 주름을 이렇게 감

쪽같이 지울 수 있을까 싶게 후보정이 되어 야스오는 할 말을 잃었다. 이래서 남편에게 의논하지 않은 것인가.

"하고 싶은 말이 뭔지 다 아니까 말하지 마."

사토미는 포스터를 손에 든 야스오에게 즉시 못을 박았다. 기분이 좋지 않을 때면 나오는 사무적인 말투였다.

흰 폴로셔츠와 스니커즈도 선거 운동원의 수만큼 구입했다. 순백색 머리띠와 장갑도 샀다. 야스오가 돈을 보탠 덕에 살 수 있게 된 물건들이다. 다들 좋아해서 야스오도 기뻤다.

그렇게 준비가 진행되는 가운데 눈 깜짝할 새 공고일이 다가와 후보 등록을 마치고 일주일간의 공식 선거 운동에 들어갔다. 울든 웃든, 7일 후에는 결과가 나온다.

사토미로서는 취직 시험을 본 후로 25년 만의 합격, 불합격 판정일 것이다. 야스오까지 흥분되어 몸이 떨렸다. 4년쯤 전에 아내가 도쿄 마라톤 대회에 출전했을 때도 출발선에서 배웅하며 가슴이 찡했는데, 이번에는 그 정도가 달랐다. 선거인 것이다. 선거에 출마하는 아내를 둔 남편이 과연 이 세상에 얼마나 있을까. 소설가의 입장에서 표현하자면 조그만 요트를 타고 망망대해로 나가는 아내를 해안에서 혼자 배웅하는 남편의 심경이다. 당연한 일이지만, 일이 손에 잡히지 않았다.

4

선거 운동이 시작되자 야스오는 유세 차량의 운전을 자진해서 떠맡았다. 조수석에는 아나운서가 앉아 있고, 사토미는 경차 뒷자리에 앉아 창밖으로 손을 흔든다. 남편이 옆에 있는 걸 사토미가 싫어하면 어떡하나 싶었는데, 아내는 그런 기색 없이 활기차게 출진했다.

다만 처음으로 구호를 외쳤을 때는 용기가 다소 부족했는지 어딘가 모르게 머뭇거리는 기색이 있었다.

옆 자리에 앉은 야스다 씨가 "좀 더 힘차게."라고 격려하자 "안녕하세요!"라고 목소리를 한 옥타브 올렸고, 덩달아 용기가 생겼는지 그다음은 시끄러울 정도로 목청이 커졌다.

야스오가 가장 걱정했던 것은 가두연설이었다. 그가 아는 한 사토미는 지금까지 사람들 앞에서 연설한 적이 없다. 어린 시절에 학급 임원을 했다든가 하는 얘기도 들은 적이 없다. 평범한 주부가 마이크를 쥐고 자신의 정책을 시민들에게 호소해야 하는 것이다.

주부들의 집안일이 일단락되는 오전 11시경을 노려, 대형 아파트 단지 입구에 유세 차량을 세웠다. 고령자와 주부층이 공략 대상이다. 맥주 박스를 뒤집어 놓고 그 양옆에 깃대를 세웠다. 사토미가 박스 위에 올라서서 연설을 시작한다. 행인들 중 그 누구도 걸음을 멈추지 않았다. 바로 옆 공원에는 아이를 데리고 나온 젊은 엄마들도 있었지만 이쪽으로는 눈길도 주지 않는다.

"저는 정치 경험이 없습니다. 그러나 지난 5년간 봉사 활동을 하면서, 이래서는 안 된다는 생각이 들어서 직접 나서기로 했습니다."

사토미가 목청을 돋워 연설한다. 원고는 야스오가 썼다. 함께 원고에 관해 의논하다가, 자신이 쓰는 편이 빠를 것 같아 직접 쓰게 되었다. 사토미가 "과연 작가는 작가네." 하며 야스오를 다시 보게 한 원고다. 그런데 아무도 듣는 이가 없다. 듣기는커녕 시끄럽다는 듯이 얼굴을 찡그리거나 혀를 차며 지나가는 사람도 있다. 하긴 야스오 자신도 지금까지 선거 연설 따위를 들은 적이 없고 오히려 소음 공해로 여겼으니 인과응보인 셈이다.

20분 정도 연설했지만 반응이 전혀 없었다. 하지만 사토미가 "자, 다음 장소로 가죠." 하고 짐짓 명랑한 척하자 다른 사람들도 활기차게 행동했다. 야스오도 "다들 집 안에서 들었을 거예요."라고 사토미와 스태프를 격려했다.

이어서 슈퍼마켓으로 갔다. 부지 안으로는 들어갈 수 없어 보도에서 사토미는 연설하고 야스오와 일행은 홍보 전단을 배부했다. 손님 대부분은 그것을 받으려고 하지 않았다. "괜찮습니다."라며 손을 내젓는 건 그나마 나은데, 성가시다는 듯이 피하는 행인들이 많은 데는 정말이지 의욕이 꺾이는 것만 같았다.

상점가에서도 역 앞에서도 같은 일이 되풀이되었다. 반응을 전혀 느낄 수 없었다. 마치 어둠을 향해 끊임없이 공을 던지는 격이었다.

이래저래 첫날 결과는 참담했다. 사토미는 스태프를 배려해 내내 웃는 얼굴이었지만, 그럼에도 선거 사무실은 분위기가 무거웠다. 다들 '이럴 리가 없는데.' 하는 생각을 품고 있었다.

사토미는 집에 돌아오자 소파에 쓰러진 채, 야스오가 사 온 도시락에는 손도 대지 않았다.

"승산이 없어 보여."

목소리에 힘이 하나도 없었다.

"그런 소리 마. 다들 열심히 돕고 있는데."

야스오가 질책했다.

"나도 알아."

"내일은 제방에 있는 조깅 코스에 가 보자고. 당신이 매일 달리는 곳이니까 아는 얼굴이 있을 거야."

"그러네. 가 보자."

겨우 기운을 차리고 부부는 도시락을 먹었다. 아들들은 오늘이 엄마의 선거 운동 첫날이란 걸 알 텐데도 연락이 없었다.

다음 날도 선거 운동은 지지부진했다. 제자리걸음이라는 느낌을 떨치기 힘들었다. 반응이 없다는 건 얼마나 허망한 일인가. 야스오는 신인 작가 시절 신작을 발표해도 서평조차 실리지 않고 팬레터 한 통 오지 않던 날들을 떠올렸다. 사람은 무시당할 때 가장 견디기 힘들다.

셋째 날, 상점가에서 연설할 때였다. 자민당 현직 시의원인 후보가 나타나 앞으로 10분 후에 자리를 내달라고 엄포를 놓았다. 어쩔 수 없이 양보했더니 2세 국회의원에 잘생기기까지 한 당 청년 국장이 응원 연설을 하러 나타났고, 순식간에 인파가 몰려들었다. 여당의 힘에 압도되어 야스오 일행은 서둘러 그 자리를 떠났다. 기분이 말할 수 없이 비참했다.

사토미는 의욕이 완전히 꺾인 듯 보였다. 호소하는 목소리에도 힘이 없다.

선거 운동 나흘째, 저녁 귀가 시간에 역 앞에서 연설을 시작하려고 맥주 상자에 올라서던 사토미가 비틀거리다가 땅에 엉덩방아를 찧었다. 그녀는 쓴웃음을 지으며 일어섰지만, 피로한 기색이 온몸에서 배어 나왔다. 야스오는 이대로 가다가는 지겠다고 생각했다. 무슨 수를 써야 한다.

야스오 안에서 사명감이 부글부글 끓어올랐다. 이런 때 아내를 돕지 않으면, 남편으로서 가치가 없는 것 아닐까. 자신은 앞으로도 아내와 서로 의지하며 살아가야 한다. 작가로서의 수명은 고작해야 앞으로 10년. 다른 일을 찾을 가능성은 없다. 보나마나 고집쟁이 노인네가 될 것이다. 그러니 아내만이라도 인생을 충실히 보냈으면 좋겠다. 절반은 자신의 도피인지도 모르지만.

야스오는 사토미에게 다가갔다.

"마이크 이리 줘 봐."

"어? 왜?"

사토미가 무슨 일인가 싶어 눈을 동그랗게 떴다.

"응원 연설을 하려고. 당신은 잠시 쉬어."

"……정말이야?"

믿을 수 없다는 듯이 눈살을 찌푸린다.

그때 바로 옆에 있던 야스다 씨가 "진짜요?" 하며 입을 활짝 벌렸다.

"오쓰카 씨, 부탁해요. 제가 지금 당장 소개할게요."

야스다 씨가 마이크를 쥐더니 역 앞을 오가는 사람들에게 외쳤다.

"여러분, 시의회 의원 후보, 오쓰카 사토미입니다. 오쓰카 사토미의 부군 되시는 분은 하루나시의 주민이며 N상 수상 작가인 오쓰카 야스오 씨입니다. 베스트셀러 '이바타 씨 일가' 시리즈는 드라마로도 방영되었으니까 여러분도 잘 아실 겁니다. 오늘 바로 그 부군께서 아내를 응원하러 달려오셨습니다. 그럼 오쓰카 야스오 씨, 부탁드립니다."

야스다 씨가 야스오에게 마이크를 건넸다. 놀랍게도 그녀의 방송을 듣고 행인 몇 명이 걸음을 멈췄다. 호오, 하는 표정으로 이쪽을 쳐다본다.

야스오는 헛기침을 한 번 하고 연설을 시작했다.

"여러분, 안녕하십니까. 오쓰카 야스오입니다. 소설가이자, 여기 있는 오쓰카 사토미의 남편입니다. 제 아내 사토미는 결혼하고 20여 년간 두 아들을 키우며 남편을 뒷바라지하고, 때로는 아르바이트까지 하면서 줄곧 가정을 지켜 왔습니다. 어디에나 있을 법한 평범한 주부입니다. 그런 평범한 주부가 이번에 무슨 생각에선지 시의회 의원 선거에 입후보했습니다. 누구보다 놀란 사람은 바로 남편인 저였습니다."

회사원으로 보이는 젊은 여성이 스마트폰을 높이 들었다. 내 사진을 찍는 건가 싶어 야스오는 어리둥절했다. 그 옆에 서 있는 젊은 남녀는 "저 사람이 소설가 오쓰카 야스오래."라며 손가락으로 그를 가리켰다. 입 모양으로 그들이 하는 말을 짐작할 수 있었다.

"당신 대체 무슨 생각이야, 정치는 아마추어가 할 수 있는 일이 아니야, 주부로 살던 사람이 삶의 보람을 찾겠다며 고개를 들이미는 건 시민들에 대한 실례라고, 그러면서 간곡히 아내를 말렸습니다……라는 건 거짓말이고, 마음속으로만 생각했습니다. 입 밖에 내면 부부 싸움으로 번질 테니까요. 부부 싸움이 벌어지면 대체로 제가 집니다."

여기저기에서 웃음이 일었다. 오오, 반응이 있다. 야스오는 몸이 후끈 달아올랐다. 무슨 일인가 하고 몇몇 사람이 걸음을 멈추자 군중 심리에 힘입어 사람들이 순식간에 야스오 일행을 빙 둘러쌌다.

"그런데 얘기를 듣다 보니 아내가 매우 진지하다는 걸 알겠더군요. 고령자 복지를 위한 자원 봉사 활동을 계속하면서 여러 가지로 벽에 부딪히고 갈등하는 가운데 시정이 개선해야 할 점을 절실히 느낀 겁니다. 고령자 복지는 그 누구에게도 남의 일이 아닙니다. 여기 계신 분들은 대부분이 현역 세대이니 몇십 년 후의 일이라고 생각할지도 모릅니다. 하지만 여러분의 부모님은 어떤가요? 돌보아 드릴 필요가 생겼을 때 여러분은 대처할 수 있습니까?"

얘기가 점차 궤도에 오르고 있었다. 점차 열기를 띠어 간다. 막힘없이 얘기하는 자신에게 야스오 본인이 가장 놀랐다. 시야 한쪽으로 입을 쩍 벌리고 있는 사토미가 들어왔다.

"일개 주부가 무슨 일을 하겠느냐고 생각하는 분도 있을지 모릅니다. 그러나, 지역 시정(市政)에는 시정(市井) 사람의 …… 이거, 말장난인데 통했나요? 죄송합니다, 시답잖은 말장난을 해서요. 개개인의 생활을 지원하는 시정에는 시정 사람들의 눈높이가 필요합니다. 여러분, 모쪼록 제 아내를 시정으로 내보내 주십시오. 정치에 닳고 닳은 사람이 아니어서 무슨 일이라도 할 겁니다. 욕심이 없어서 이권에도 얽히지 않을 겁니다. 제 아내는 여러분의 수족이 될 것입니다. 제가 드리고 싶은 말씀은 여기까지입니다. 들어 주셔서 감사합니다. 아, 아직 돌아가지 마세요. 지금부터 제 아내가 잠시 말씀을 드릴 겁니다. 조금만 함께해 주십시오.”

야스오가 고개를 꾸벅 숙이고 나서 사토미에게 마이크를 넘겼다. 몇 명이 박수를 쳤다. 이윽고 사토미가 맥주 박스 위에 올라섰다. 이번에는 발걸음에 흔들림이 없었다.

그녀가 연설을 시작했다. 청중이 일부 남아 있었다. 그중 중년 여자 하나가 쪼르르 야스오에게 다가왔다.

“실례합니다. 팬이에요. 저기 있는 서점에 가서 책을 사 왔는데, 사인을 해 주실 수 있을까요?”

“물론이죠. 기꺼이 해 드리겠습니다.”

이런 곳에 독자가 있었다니. 야스오는 너무 갑작스러워 믿기지 않을 정도였다.

또 한 사람, 이번에는 젊은 회사원풍의 여성이 다가왔다.

“죄송하지만, 저도 사인요.”

“아, 네. 저를 아십니까?”

“같은 하루나시에 사는 작가라기에 몇 권 읽었어요.”

야스오는 뛸 듯이 기뻤다. 그렇다. 자신도 과거에는 베스트셀러를 낸 적이 있는 작가였던 것이다. 그런 사실을 잊고 있었다.

야스다 씨가 악수를 청했다.

"감사합니다, 오쓰카 씨. 반응이 엄청나네요. 오늘로 흐름이 바뀔 것 같아요."

사토미의 연설은 그 어느 때보다 한결 생기가 넘쳤다. 스태프의 표정도 단숨에 밝아졌다.

그날 밤, 선거 사무실에서 주먹밥을 먹으면서 회의를 하는데 사토미의 스마트폰으로 메시지가 들어왔다. 게이스케였다.

"어머, 웬일이야."

사토미가 메시지를 열었다. 그리고 "아니!" 하고 소리를 질렀다.

"여보, 오늘 당신이 역 앞에서 연설하는 모습이 동영상 사이트에 올라왔대."

"뭐라고?"

야스오가 놀라 컥컥거렸다.

다 함께 사무실 컴퓨터를 켜고 검색해 보니 아닌 게 아니라 오늘 연설이 올라와 있었다.

"대체 누가……."

야스오는 눈길을 돌렸다. 중년이 된 자신의 모습을 별로 보고 싶지 않았다.

"몇몇이 스마트폰으로 촬영했으니까 그중 하나겠죠. 잘됐네요, 이거 엄청나게 선전이 되겠어요."

야스다 씨가 눈을 반짝이며 말했다.

사토미가 게이스케에게 전화를 걸었다. 얘기를 들어 보니 동생 요스케가 알려 준 모양이었다. 야스오는 애가 타서 전화기를 빼앗아 들고 직접 들었다.

"어떻게 된 일이야. 요스케는 어떻게 알았대?"

"아빠 팬이 트위터로 퍼뜨렸나 봐. 아빠는 컴맹이라서 잘 모르겠지만 지금은 그런 식으로 정보가 눈 깜짝할 새에 퍼져 나가는 시대야."

게이스케의 목소리를 듣기는 지난 설날 이래 처음이었다. 건강한 것 같아 무엇보다 다행이었다.

"아빠, 멋지던데. 친구들한테도 인기야."

그러고서 아하하, 하고 딴청을 피우듯이 평소처럼 웃었다.

"너, 아빠가 교통비 줄 테니까 이번 일요일에 집으로 와. 시의원 선거일이잖아. 밤에는 당락이 결정될 테니 엄마 옆에 있어야지. 우리 가문의 빅 이벤트잖아. 알겠지?"

"응, 알았어."

게이스케가 웬일로 순순히 대답했다.

"일부러 오지 않아도 괜찮은데."

사토미는 말은 그렇게 했지만 눈꼬리를 늘어뜨리며 좋아했다. 주말에는 가족이 오랜만에 모인다.

그때 젊은 남자가 다가왔다. 명함을 내밀며 주오 신문의 지방 주재 기자라고 한다.

"인터넷에서 보니까 N상 수상 작가인 오쓰카 선생님이 부인을 응원하기 위해 가두연설을 하신다던데, 내일 그 모습을 취재해도 괜찮겠습니까?"

"네, 부탁드릴게요!"

야스다 씨가 재빨리 대답했다. 야스오는 사람들 눈에 띄는 것을 싫어해서 평소 같으면 거절했겠지만, 이번만은 승낙하기로 했다. 지금은 사토미를 위해서라면 무슨 일이든 하고 싶은 마음이다. 기자가 찾아온 일로 모두들 흥분했다.

선거 운동 중반에 예기치 않게 순풍이 불기 시작한 느낌이었다. 선거 운동이 내일부터 활기를 띨 것임은 물론이다. 이렇게 된 이상 어떻게든 아내를 당선시키고 싶다.

투표 당일 밤에 개표가 시작되었다. 야스오는 집에서 안절부절못하며 시간을 보내고 있었다. 선거 사무실에서 지지자들과 같이 결과를 기다릴 줄 알았는데, 후보자는 대개 다른 장소에서 대기하는 경우가 많다고 한다. 낙선하면 사람들 앞에서 어떤 표정을 지어야 할지 모를 테니 그럴 만도 하다.

게이스케와 요스케는 거실에서 배달된 생선초밥을 먹으면서 텔레비전을 보고 있다. NHK의 지방 선거 특별 방송으로, 간토 지역 방송국에서 하루나 시의원 선거 결과도 전하고 있었다.

사토미는 산책을 다녀오겠다며 프레디를 데리고 나가 버렸다. 혼자 있고 싶을 것이다.

야스오는 N상 심사 당시를 떠올리면서, 나도 그랬지, 하고 생각했다. N상 후보에 오르는 일이 네 번째였고, 또 주위 사람들을 실망시킬까 봐 그날 밤 혼자서 제방을 산책했다. 휴대 전화로 수상 소식을 듣고는 곧장 집으로 달려왔다.

당선일지 낙선일지 야스오는 전혀 예상할 수 없었다. 선거 운동 종반에는 확실히 반응이 있었고, 후원회도 분위기가 고조되었다. 특히 주오 신문 지방판에 아내를 응원하는 야스오에 관한 기사가 사진과 함께 실린 일은 홍보에 더할 나위 없이 도움이 되었다. 그러나 선거는 뚜껑을 열어 보지 않고는 결과를 알 수 없다고 기자가 말했다. 더욱이 신인이라서 부동 표를 기대할 수밖에 없는 사토미 같은 경우는 출구 조사로도 예측이 어렵다는 것이다.

"아빠, 당선 확정자가 나오기 시작했는데."

태블릿을 보고 있던 게이스케가 말했다.

"텔레비전보다 인터넷 쪽이 빨라. 주오 신문 지국에서 속보를 올리고 있어."

요스케도 소파에 게이스케와 나란히 앉아 태블릿을 들여다보며 말했다. 아이들이 서로 어깨를 기대고 있는 광경을 얼마 만에 보는지 모른다. 쌍둥이라 역시 닮았다.

"당선되면 좋겠는데."

"엄마가 시의회 의원이라니, 얼마나 멋지겠어. 그렇게 되면 우린 정말이지 대단한 가족 아니야?"

둘이 끊임없이 얘기를 주고받는 이유는 자신들도 초조하기 때문일 것이다.

"당선되면 롤렉스."

"나는 오메가."

"무슨 말이야, 카시오 G 쇼크면 충분하지."

야스오가 못을 박는다.

두 아들은 자신보다 한발 앞서 스무 살이 된 이 지역 동창생들에게 사토미를 뽑아 달라고 부탁하고 돌아다녔다고 한다. 감격한 야스오는 "엄마가 당선되면 너희들에게 손목시계를 사 주마." 하고 덜컥 약속해 버렸다.

밤 9시가 넘자 당선 확정을 나타내는 별 표시가 갑자기 늘어났다. 42석의 의석 중 절반이 벌써 채워졌다. 개표율은 20퍼센트에도 못 미치는데 어떻게 당선이 확정될 수 있는지 야스오는 전혀 이해가 되지 않았지만, 프로 방송인들이 보도하는 것이니 틀림없을 것이다.

"아빠, 개표가 언제 끝나?"

"지방 선거니까 금방 끝날 거야. 10시가 조금 넘으면 거의 결정된다고 들었는데."

조금씩 불안감이 밀려왔다. 야스오도 가만히 앉아 있기가 힘들어서 집 안을 이리저리 서성거렸다.

이렇게 안절부절못한 일이 언제 또 있었던가, 하고 야스오는 돌이켜 보았다. 자신이 문학상 후보에 올랐을 때, 아이들이 대학 입시를 치를 때. 그리고 이번에는 아내의 출마다. 그때마다 가족이 모두 들썩거리며 어쩔 줄을 몰랐다. 가족의 증거가 그런 거라면 우리 집은 그런대로 괜찮은 것 아닐까. 야스오는 옛날을 회상할 만큼 늙지도 않았는데 그런 생각에 젖어들었다.

거실 커튼을 열고 바깥을 내다보았다. 지금쯤 사토미는 무슨 생각을 하며 걷고 있을까. 자신에 관해서는 늘 비관적인 아내인 만큼 마음의 준비는 되어 있을 것이다.

낙선한다면 무슨 말을 해 줘야 할까. 사토미는 그녀답게 어렴풋이 웃으며 "어쩔 수 없지, 뭐." 하고 체념할 것이 분명하다. 그러나 야스오는 아내의 그런 얼굴을 보고 싶지 않았다. 안타까워서 자신이 오히려 더 침울해질 것 같다.

"벌써 35석이 찼어."

"남은 건 7석이야. 위험한데."

두 아들은 여전히 얘기를 주고받는다.

"나, 선거 운동이라도 거들 걸 그랬나."

"그러게 말이야. 말했으면 전단이라도 나눠 줬을 텐데."

그때 게이스케가 소리쳤다.

"어, 당선 마크다! 오쓰카 사토미, 1892표."

"아빠, 당선 확정이야!"

요스케가 돌아보며 외쳤다. 그 순간 야스오는 머릿속이 새하얘졌다.

"어디 보자, 어디."

야스오는 다급히 달려가 태블릿을 들여다보았다. 명단에 기입된 '오쓰카 사토미'라는 이름에 빨간 별 표시가 붙어 있었다.

"우아!"

환호성을 올리며 부자 셋이 서로 어깨를 두드렸다. 몸이 떨렸다.

"엄마한테 전화해, 얼른."

"잠깐만. NHK의 당선 확정 보도를 기다리자. 지방 방송만으로는 불안해서 말이지."

"그럴 필요 없어. 개표율이 90퍼센트인데."

"그래도 만에 하나라는 게 있잖아."

그때 전화가 울렸다. 받으니 야스다 씨의 흥분한 목소리가 귀로 날아들었다.

"당선 확정이에요! 개표 현장에 나가 있는 스태프한테서 방금 연락이 왔어요. 사토미 씨가 2천 표를 넘게 얻어서 당선이라고요. 해냈어요! 축하드립니다."

"확실하죠?"

"그럼요, 확실해요. 다들 기다리고 있으니 곧장 오세요."

"만세!"

야스오는 수화기를 든 채 만세를 불렀다. 아들들도 거실에서 펄쩍펄쩍 뛰었다.

"엄마한테 전화할게."

게이스케의 말에 야스오는 "그래, 빨리 해 봐." 하고 재촉했다.

"엄마, 당선이야. 축하해!"

"축하해! 엄마, 대단하네. 빨리 집으로 와."

두 아들이 번갈아 전화기에 대고 축하를 해 준다. 야스오도 "여보, 축하해. 애 많이 썼어."라고 말했다.

아들들이 흥분해서 떠들어 댄 만큼 야스오는 조용히 말했다.

"고마워. 지금 들어갈게."

사토미는 침착했다. 물론 마음속에는 안도와 환희가 넘칠 것이다.

"당신 덕분이야."

그 한마디에 코끝이 시큰해졌다. 안 되지. 아들들 앞에서 울 수는 없다.

전화를 끊고 사토미를 기다리는 동안 사토미가 선거 운동을 하던 모습이 뇌리에 떠올랐다. 연약한 몸으로 땀을 흘리며 이리저리 뛰어다니고, 목청을 돋워 외쳤다. 그녀에게는 인생의 클라이맥스였을 것이다. 또 눈시울이 시큰해지려고 한다.

"와, 롤렉스다!"

"난 그랜드 세이코라도 괜찮아."

옆에서 아들들이 아빠를 놀리듯이 말한다.

밖에서 개 짖는 소리가 들려왔다.

"아, 프레디다."

"돌아왔나 봐."

두 아들이 현관으로 달려간다. 야스오도 그 뒤를 따라갔다. 문이 열리고, 프레디가 먼저 뛰어 들어왔다. 그 뒤에서 사토미가 웃고 있다.

아들들이 뭐라고 말을 하는데 귀에 들어오지 않았다.

야스오는 눈물이 앞을 가려서 자식들 앞으로 나서지 못했다.